W0384303

STOLEN LUST – GESTOHLENE LUST

Buch 1, Schönheit im Gestohlenen

CHARMAINE PAULS

Übersetzt von
GRIT SCHELLENBERG

GREY EAGLE PUBLICATIONS

Originaler Titel: *Stolen Lust*
© 2021 Charmaine Pauls

Für diese Ausgabe :
© 2022, Grey Eagle Publications LLC
greyeaglepublications.com
Alle Rechte vorbehalten.

Covergestaltung: Coverluv Book Designs
www.coverluv.com

Aus dem Amerikanischen von Grit Schellenberg
Lektorat: Fehler-Haft.de

ISBN: 978-1-64366-459-0
Print ISBN: 978-1-64366-466-8

1

CAS

Die Lichter des Casinos schillern schon von weitem. Eine Decke aus Diamanten funkelt in Rot, Gelb, Gold und Weiß. Der Anblick erinnert mich an diese verschneiten Weihnachtskartenszenen mit dem mit Lametta und Lichterketten geschmückten Baum, aber in Wirklichkeit ist es nur eine Pappfantasie. Ich habe noch nie Schnee gesehen. In Südafrika schneit es nicht viel. In der Umgebung von Rustenburg definitiv nicht.

Im Casino ist der Lärm unendlich. Der Tag geht in die Nacht über, und die Nacht in den Tag. Egal, ob draußen die Sonne oder der Mond scheint, unter den schummrigen Lichtern, die in der Decke brennen, sehen alle Stunden gleich aus. Spielautomaten klingeln blechern, und überladene Werbetafeln führen Showgirls in falschen Straußenfedern vor. Frauen füttern die Maschinen mit Münzen und drehen die Glücksräder, ihre Konzentration gilt den

Gewinnfeldern. Männer, die an ihren Automaten Rum oder Brandy trinken – die hier gerne mit Coca Cola gemischt werden – heben die Augen, als wir vorbeigehen.

Einer von ihnen brüllt: »Netter Arsch.« Er bewegt seine Faust in einer anzüglichen Geste rauf und runter. »Komm her und lass mich dir zeigen, wer dein Daddy ist.«

Mint neben mir hat einen finsteren Gesichtsausdruck, aber er vermeidet den Blickkontakt. Ich habe ihm schon gesagt, dass wir keinen Sex haben werden, und vielleicht denkt er, dass ich ohne dieses Extra den Kampf nicht wert bin.

Ich zeige dem Kerl meinen Mittelfinger und will gerade vorbeigehen, als er sagt: »Wenn du die Aufmerksamkeit nicht willst, Schätzchen, solltest du dich nicht so anziehen.«

Das lässt mich innehalten.

Mint ergreift meine Schulter. »Komm schon, Cas.«

Ich stelle mich breitbeinig vor den Kerl und stütze meine Hände in die Hüften. Sein Lächeln vergeht ihm, und die Mundwinkel hängen herunter wie eine Eistüte in der heißen Sonne. Die fleckige Haut seiner Wangen wird rot. Tyrannen denken nie, dass du dich mit ihnen anlegen würdest, wenn sie größer sind als du.

Ein paar Männer pfeifen. Die Aufmerksamkeit lässt meinen *Verehrer* knurren. Der Mann, der meine Kleidungswahl kritisiert, trägt ein khakifarbenes Hemd mit einem Fettfleck am Bauch, zerknitterte Bermudashorts und hohe Socken mit Sandalen. Um das Ensemble abzurunden, steckt ein Kamm in seiner Socke.

Ich lehne mich näher heran und sage: »Hier ist ein Tipp, Cowboy. Schlechter Anmachspruch. Wenn du etwas *Arsch* willst, versuche, ein anständiger Mensch zu sein.« Ich lasse meinen Blick über ihn wandern. »Da du offensichtlich die Aufmerksamkeit willst, werde ich ein weiteres Geheimnis mit dir teilen. Zieh dir etwas Anständiges an.«

Lachen bricht aus. Unsere Zuschauer pfeifen durch die Zähne. Der Kerl umfasst seinen Münzbecher so fest, dass dieser in seiner Faust eindellt.

»Lass uns gehen«, sagt Mint und zieht am Ärmel meiner Jacke.

Ich schüttele Mint ab, und der grobe Fettsack existiert nicht mehr. In der Minute, in der ich mich zum Ausgang wende, ist er meiner Energie oder meiner Gedanken nicht würdig. Ich verschwende meinen Ärger und meine Zeit nicht mit Abschaum. Alles, was ich will, ist, hier herauszukommen. Ich hasse den Lärm und ich war noch nie ein Fan von Glücksspielen. Es ist nicht so, dass ich prinzipiell etwas dagegen hätte, ich finde sie einfach langweilig.

»Ich habe noch Chips übrig«, sagt Mint. »Wie wäre es mit einem weiteren Versuch am Pokertisch?«

Ich beschleunige meine Schritte. »Nein, danke. Ich muss wegen der Arbeit früh aufstehen.«

Der rote Teppich mit den goldenen Sonnen riecht wie abgestandenes Popcorn. Draußen vor dem Fast-Food-Court trete ich auf etwas Glibberiges.

Fluchend hebe ich meinen Fuß. Ein Kaugummi klebt an der Sohle meiner Sandale. Großartig. Diese Verabredung war ein Fehler. Ich hätte mich nie von Mint bequatschen lassen sollen. Es hat ein Jahr gedauert, bis er mich dazu überreden konnte. Warum habe ich Ja gesagt? Weil jeder eine faire Chance verdient hat. In jedem steckt etwas Attraktives. Aber wenn mich der heutige Abend etwas gelehrt hat, dann, dass es immer Ausnahmen gibt.

Nachdem ich den Kaugummi so gut es geht auf dem Teppich abgerieben habe, setze ich meinen Weg fort.

»Also«, sagt Mint und läuft einen Schritt, um mich einzuholen, »mein neues Juweliergeschäft wird in weniger als einem Jahr eine weitere Million abwerfen. Ich denke, ich werde mir ein Haus in Durban kaufen.« Als ich nicht antworte, sagt er: »Am Strand.« Ich zeige immer noch keine Reaktion, also fügt er hinzu: »Direkt am Wasser.«

Wir kommen bei der Kasse an, wo die Klimaanlage mit voller Kraft bläst. Ich bekomme eine Gänsehaut.

»Ja.« Ich ziehe den Reißverschluss meiner Lederjacke über meinem Camisole-Top zu. »Das freut mich für dich.«

»Mensch, das ist wirklich anständig von dir. Die meisten Leute sind neidisch auf meinen Erfolg.«

Um Himmels willen! Hat er nicht verstanden, dass ich das sarkastisch gemeint habe?

Ich reibe mir die schmerzenden Muskeln im Nacken und mache mich auf den Weg zur nächsten Kasse. Ich bin todmüde und pleite. Ich habe freiwillig

Überstunden gemacht, indem ich Doppelschichten im Archiv der Bank, in der ich als Kassiererin arbeite, geschoben habe, und ich spüre die Nachwirkungen davon, mich stundenlang über Kartons mit Papieren zu beugen, immer noch in meinem Rücken. Ich verschwendete kostbaren Schlaf für Veggieburger und Pommes mit Mint im Sun City, das von den Leuten in unserer Stadt, die das Glücksspiel verurteilen, ominöserweise Sin City genannt wird. Deshalb findet das Glücksspiel auf der ehemals anderen Seite der südafrikanischen Grenze statt, auf der Seite von Bophuthatswana. Sol Kerzner hatte keine andere Wahl. Als er das Casino baute, war das Glücksspiel in Südafrika noch illegal, auch wenn Bophuthatswana mittlerweile wieder zu Südafrika gehört.

Der Kassierer fragt nach unserer Tischnummer und erstellt die Rechnung.

Mint nimmt sie zögernd. »Teilen wir?«

Ich blicke ihn mit offenem Mund an. Ich habe ihm gesagt, dass ich es mir nicht leisten kann, auswärts zu essen. Er war derjenige, der gedrängelt hat, bis ich nachgab. Er ist der angehende Milliardär.

Aber was soll's? Ich werde mir nicht die Blöße geben, ihn jetzt darauf hinzuweisen. Dies wird eine wertvolle Lektion darin sein, nicht auf mein Bauchgefühl zu vertrauen. Ich werde einfach meine Verluste begrenzen und dann zusehen, dass ich Land gewinne.

»Ja«, sage ich und fische einen Schein aus meiner Handtasche.

Er nimmt sein Handy heraus und öffnet die Taschenrechner-App. Ich kann es nicht glauben.

»Es sind zweihundert und etwas«, sage ich. »Geben wir jeder einfach hundertfünfzig für das Trinkgeld.«

Er grinst die Kassiererin an, um ihre Reaktion einzuschätzen, und hat zumindest den Anstand, etwas verlegen auszusehen.

Nachdem er die Summe in sein Telefon eingegeben hat, hält er es hoch, damit ich den geteilten Betrag sehen kann.

Einhundertzehn Rand und einundfünfzig Cents.

Ich beobachte fassungslos, wie er der Kassiererin eine Kreditkarte gibt und ihr sagt, sie solle den Betrag abbuchen. Geiziger Mistkerl. Ich bezahle meinen Teil und lasse meinen letzten Hunderter als Trinkgeld da. Ich habe auch schon gekellnert. Es ist ein harter Job. Außerdem tut mir die Kellnerin leid, die ständig ihre knappe Casino-Uniform herunterzieht, um ihren Hintern zu bedecken.

»Wo wir gerade dabei sind«, sagt er, während er darauf wartet, dass die Kreditkartenmaschine sich verbindet, »sollten wir vielleicht auch das Benzin und den Verschleiß teilen.«

Mein Kiefer klappt einen weiteren Zentimeter herunter. »Verschleiß?«

»Für das Auto«, sagt er und nimmt seine Karte zurück. Als ich die Stirn runzele, fügt er hinzu: »Du weißt schon, der Verschleiß der Reifen und des Motors.«

»Ich weiß, was zum Teufel Verschleiß ist.«

Sein Lächeln besteht nur aus Zähnen. »Gut. Ich schätze, fünfzig sollten reichen.« Er muss die Ungläubigkeit in meinem Gesicht gesehen haben, denn er fährt in einem unsicheren Ton fort: »Dafür, dass ich dich hierhergefahren habe. Mein Auto ist teuer im Unterhalt.«

Meine Wangen werden heiß vor Wut, als ich die Kassiererin um einen Fünfziger als Wechselgeld bitte. Sie reicht ihn mir mit einem mitfühlenden Blick. Mint nimmt den Fünfziger und schiebt ihn fein säuberlich in seine Brieftasche.

Ich warte nicht darauf, dass Mint die Quittung bekommt, von der er sagt, dass er sie für Steuerzwecke braucht. Er wird wahrscheinlich bei seiner Steuererklärung lügen und sagen, dass es ein Geschäftsessen war. Ich verlasse den Fast-Food-Bereich und gehe schneller, als meine hohen Absätze es zulassen, in die Lobby. Ich bin schon bei der Haltestelle des Zuges, der zum Parkplatz pendelt, als Mint mich einholt.

Glücklicherweise fährt gerade ein Zug ein, und wir steigen zusammen mit den anderen zwei erbärmlichen und vom Unglück verfolgten Menschen ein, die um zwei Uhr morgens fahren.

»Das hat Spaß gemacht«, sagt Mint. »Wir sollten das wiederholen.«

Ich schnaube spöttisch und schaue aus dem Fenster. Es ist Sommer, aber die Brise ist kühl, und auf den Dächern der Autos liegt Tau. Ich fröstele, als wir am dritten Parkplatz aussteigen und den ruhigen, fast leeren Platz bis zu seinem Porsche überqueren.

Er schließt das Auto auf, steigt ein und wartet darauf, dass ich ihm folge. Ich bin noch dabei, mich anzuschnallen, als er bereits die mit Palmen gesäumte Straße zur Ausfahrt entlangfährt.

Die Stille zwischen uns ist unangenehm, aber ich bin kaputt und dankbar, dass er nicht redet. Ich lehne meinen Kopf gegen die Kopfstütze und schließe die Augen.

»Hey.« Er stößt mich mit dem Ellenbogen an. »Du solltest vielleicht mit mir reden, damit ich wach bleibe.«

Die Straße nach Rustenburg ist dunkel und ruhig. Sie verläuft durch eine ländliche Gegend und ist berüchtigt für tödliche Unfälle aufgrund von betrunkenen Fahrern oder Kühen, die die Straße überqueren. Wir erreichen die alte Grenze in zehn Minuten, und dann sind es noch dreißig bis zur Stadt.

»Ich werde reden, wenn du das möchtest«, sagt er.

Seufzend öffne ich die Augen. Lebendig nach Hause zu kommen ist in unser beider Interesse, also lasse ich ihn mit seiner neuesten Investition prahlen, einem Pferd, das ihm beim nächsten Rennen in Durban ein Vermögen einbringen wird.

Ein Scheinwerferpaar blitzt im Rückspiegel auf. Ich blinzele gegen die Helligkeit an.

»Das Arschloch fährt mit Fernlicht«, sagt Mint und verstellt mit einem finsteren Blick seinen Rückspiegel. »Die Leute heutzutage können nicht mehr Auto fahren. Man könnte meinen, dass sie alle ihre Führerscheine auf dem Schwarzmarkt *kaufen,* anstatt Prüfungen zu bestehen.«

Ich behalte die Lichter im Auge. Sie kommen zu schnell näher. Wir sind auf einer einspurigen Straße ohne Seitenstreifen mit einem Graben an der Seite. Mein Inneres krampft sich zusammen, als das Fahrzeug hinter uns weiter aufrückt.

»Lass ihn vorbei«, sage ich zu Mint. Dieser Fahrer ist rücksichtslos. Ihn hinter uns zu haben ist gefährlich.

»Auf keinen Fall.« Er wirft einen Blick in den Spiegel. »Ich halte mich an die Geschwindigkeitsbegrenzung. Er muss langsamer werden.«

Das Fahrzeug ist so nah, dass ich es als roten Hilux erkennen kann.

»Mint.« Ich klammere mich an die Kanten meines Sitzes, als der Fahrer so nah kommt, dass ich schwöre, dass er unsere Stoßstange rammen wird. »Das ist kein Hahnenkampf. Fahr langsamer und lass den Kerl vorbei.«

»Chill mal. Ich muss nicht langsamer werden. Ich bin nicht über dem Tempolimit.«

Nein. Wir fahren mit achtzig Kilometern pro Stunde auf einer dunklen, menschenleeren Straße und blockieren den ungeduldigen Fahrer hinter uns, der weder in der Kurve noch an der durchgezogenen weißen Linie überholen kann.

Die Scheinwerfer werden schwächer und leuchten dann wieder auf.

»Er hat verdammt nochmal Lichthupe gegeben«, sagt Mint.

Ein kurzes Stück weiter ist ein Wegweiser, wo der Seitenstreifen breiter ist und wir auf die Seite ziehen können.

»Zieh einfach rüber«, sage ich und schaue zurück, aber da mich die Scheinwerfer blenden, kann ich nicht erkennen, ob der Fahrer allein ist.

Mint flucht, tut aber, was ich sage. Er setzt den Blinker, wird langsamer und fährt im Schneckentempo nach links hinüber. Ich halte den Atem an, als der Truck überholt. Als die Rücklichter vor uns erscheinen, stoße ich fast einen Seufzer der Erleichterung aus, aber der Truck zieht nach links und kommt zum Stehen. Mint tritt auf die Bremse, und die Reifen quietschen. Der plötzliche Halt wirft mich nach vorne. Der Sicherheitsgurt schneidet mir in die Brust, während ich meine Hände auf das Armaturenbrett knalle, um Halt zu finden.

»Was zum …?«, murmelt Mint, und seine Stimme ist angespannt vor Angst.

Die Angst sticht mir in die Rippen. Kriminalität ist in unserer Gegend keine Seltenheit. Diebe warten im Dunkeln auf Leute, die im Casino viel gewonnen haben, oder auf Leute mit schicken Autos, Autos wie Porsches.

Ich schlucke. Wir sind am Arsch. Wir werden heute hier sterben. Warum habe ich mich von Mint wider besseres Wissen zu einem Date überreden lassen?

Die Fahrertür öffnet sich. Ein schwarzer Stiefel

schlägt auf den Asphalt. Der Mann, der aussteigt, muss seinen Körper in der Mitte zusammenklappen. Seine Größe und Breite lassen meine Angst steigen. Wir können nicht nach vorne fahren. Er hat uns den Weg abgeschnitten.

»Rückwärts«, sage ich, und meine Stimme ist vor Panik lauter.

Mint legt den Rückwärtsgang ein, verfehlt ihn aber, und das Getriebe beschwert sich mit einem Quietschen.

»Rückwärts!«, sage ich erneut und schaue hinter mich, um zu prüfen, ob die Straße noch frei ist.

Der Graben! Durch die Kurve in der Straße befindet er sich direkt hinter uns. Wenn Mint rückwärts fährt, wird er mit dem Auto hineinstürzen. Er scheint das zur gleichen Zeit zu begreifen wie ich. Er dreht das Lenkrad nach rechts, aber zwischen dem Graben und dem LKW ist nicht genug Platz zum Wenden. Er bekommt den Gang wieder nicht hinein, und der Motor geht aus.

Scheiße.

Mint umfasst das Lenkrad fest, als der Mann neben uns stehen bleibt. Er trägt eine dunkelblaue Jeans und eine schwarze Lederjacke. Sein Gesicht ist über dem Fenster, zu hoch, als dass ich es sehen könnte. Eine Sekunde lang passiert nichts, und ich bete dummerweise, dass der Mann einfach weggeht, aber dann klopft er mit dem Lauf einer Waffe gegen das Fenster.

Meine Müdigkeit verflüchtigt sich, und ich beginne, zu schwitzen.

Klopf, klopf.

Ich starre auf den schwarzen Lauf der Waffe und komme genau dann zur Besinnung, als Mint auf den Knopf drückt, um das Fenster herunterzulassen.

»Nicht«, sage ich und zittere so stark, dass man es an meiner Stimme hören kann. »Mach nicht auf.«

»Ich habe keine verdammte Wahl«, knirscht Mint heraus. »Halt die Klappe, dann haben wir vielleicht eine Chance, lebendig hier herauszukommen. Lass mich das machen.« Als er das Fenster ganz heruntergelassen hat, schaut er auf und sagt: »Ich habe Geld, Mann. Nimm, was du willst, und lass uns einfach gehen.« Da passiert so viel für 12 Seiten

Der Mann beugt sich hinunter und stützt seine Ellenbogen auf Mints offenem Fenster ab. Sein Bizeps ist riesig, und seine Hände sind mit dicken Adern und dunklen Haaren überzogen. Sein Gesicht ist ein Schock für mich. Ich habe immer gedacht, dass Kriminelle hässlich sind. Dieser hier hat einen kantigen Kiefer und ein kräftiges Kinn, dessen Stoppeln den gebräunten Teint seiner Haut verdunkeln. Die Haare auf der einen Hälfte seines Kopfes sind kurz rasiert, auf der anderen Seite sind sie länger. Sein Pony fällt unordentlich über eine Hälfte seines Gesichtes. Er ist zerzaust und nass, als hätte er gerade ein Training hinter sich, und ist ein dunkles Braun mit goldenen Strähnen. Ich glaub sie steht auf ihn

Die Scheinwerfer des Trucks beleuchten die Straße

mit einem nebligen Licht. Ich kann die genaue Farbe seiner Augen nicht ausmachen, ich kann nur sagen, dass sie dunkel sind. Es ist eine verstörende Art von Dunkelheit. Eine stechende.

Seine Oberlippe ist voller als seine Unterlippe, was seinen Mund, der sich auf eine gefährliche Art und Weise verzieht, während er von mir zu Mint schaut, sinnlich aussehen lässt.

Das Leder seiner Jacke knarzt, als er sich tiefer ins Auto hineinlehnt. Er beeilt sich nicht, da sowohl Mint als auch ich vor Schreck wie erstarrt sind. Gemächlich zieht er den Schlüssel aus dem Zündschloss. Ein Hauch von Leder und Tabak erreicht mich, ein Geruch, der mich an meinen Vater und meine Kindheit erinnert, auch wenn die Behaglichkeit, die ich mit dem Geruch verbinde, in dieser Situation fehl am Platz ist.

»Ich habe Geld«, sagt Mint wieder mit einer hohen Stimme.

Die Stimme des Mannes ist tief, durchdringt mein Brustbein und hallt in meinem Brustkorb wider, wo meine Atemzüge flach geworden sind. »Das setzt voraus, dass dein Geld das ist, was ich will.«

Mint hebt die Hände. »Was willst du, Mann? Ich kann dich bezahlen. Lass uns gehen und …«

»Dein Auto«, sagt der Mann gedehnt.

»Mein Auto?«, stammelt Mint.

Das Lächeln des Mannes wird breiter. »Mit deiner Freundin darin.«

2
CAS

Ich höre auf, zu atmen. Mein Herz rast. *Nicht das. Bitte, nicht das.*

Mints Stimme ist leise. »Was?«

Der Mann richtet seinen Blick auf mich. Als er spricht, spricht er mich sanft an, als wäre alles in Ordnung und als würde Mint neben mir sich nicht in die Hose machen. »Ich werde dir nicht wehtun.« Er richtet die Waffe auf Mint. »Raus hier.«

Mint fummelt an seinem Türgriff herum.

»Nicht«, sage ich mit leiser, hysterischer Stimme und greife nach Mints Arm.

Der Befehl des Mannes ist diesmal lauter. »Raus hier.«

Mint öffnet die Tür. Bevor er herausstolpert, habe ich meinen Sicherheitsgurt gelöst. Ich gehe lieber das Risiko ein, wegzulaufen. Ich würde mir lieber in den Rücken schießen lassen, als mich von diesem Mann dorthin bringen zu lassen, wo auch immer er was auch immer mit mir tun will. Ein Schauder läuft über meinen Körper, als ich mir vorstelle, was dieser Mann alles tun könnte. Na was wohl

»Halt«, sagt er, als ich nach der Klinke greife, »und niemand wird verletzt.« Er drückt die Waffe gegen Mints Schläfe, zieht ihn um die Tür herum und schließt sie.

»Fuck, Cas«, wimmert Mint mit den Händen in der Luft. »Tu, was er sagt.«

Der Mann streckt seine Handfläche aus. »Gib mir deine Brieftasche und dein Handy.«

Mint fischt sein Portemonnaie aus der Tasche und legt es in die Hand des Mannes. »Mein Telefon liegt im Auto.«

»Gib es mir«, sagt der Mann zu mir.

Ich krame in der Konsole zwischen den Sitzen, finde das Telefon und beuge mich vor, um es ihm durch das Fenster zu reichen.

»Deins auch«, sagt er.

Ich nehme mein Handy aus meiner Tasche und gebe es ihm.

»Geh«, sagt der Mann und stößt Mint in die Rippen.

Mint blinzelt in die Ferne. »Was?«

»Du hast zwei Möglichkeiten. Entweder du bleibst hier und somit bei deiner Freundin – oder du gehst. Ich werde dir keine weitere Chance geben.«

Mint geht nicht weg. Er rennt. Er rennt wie ein

Hahaha was ist er denn für einer

Verrückter und schaut über seine Schulter, als ob er erwartet, dass unser Entführer ihm in den Rücken schießt. Um ehrlich zu sein, ich auch, aber schließlich verschluckt die Dunkelheit Mint, ohne dass ein Schuss fällt. Seine Schritte hallen nicht mehr auf dem Asphalt wider. Er hat die Straße verlassen, ist über den Zaun geklettert und in die Büsche verschwunden.

Plötzlich ist es still. Selbst die Grillen und Frösche geben keinen Laut von sich.

Ich schlucke und bin gelähmt vor Angst.

»Hey«, sagt der Mann leise von der Fahrerseite und wartet, bis ich ihn durch das offene Fenster anschaue. »Kannst du fahren?«

Ich nicke.

»Ist es für dich okay, das Auto zu fahren?«, fragt er.

Ich nicke wieder.

»Dir wird nichts passieren.« Seine Stimme ist ruhig, geradezu beruhigend. »Ich werde dir nicht wehtun, Baby Doll. Komm schon«, fügt er hinzu. »Raus hier.«

Meine Hände und meine Beine zittern, als ich tue, was er sagt. Er steht vor meiner Tür, als ich mich aufrichte, und stützt mich mit einer Hand an meinem Ellenbogen. Ich bin zu verängstigt, um mich zurückzuziehen. Ich will ihn nicht verärgern. Auch wenn ich eben so tapfer war, ich will nicht sterben. Ich möchte nicht wirklich eine Kugel in meinen Rücken oder in einen anderen Teil meines Körpers bekommen. Scheiße, ich will nicht hier oder irgendwo in den Büschen sterben.

»Hey«, sagt er und streicht mir eine Haarsträhne

hinters Ohr. »Es geht dir gut. Alles wird gut werden. Verstanden?«

Ich nicke, auch wenn ich ihm nicht glaube.

Er hebt meine Tasche, die diagonal über meine Brust geschlungen ist, über meinen Kopf und nimmt sie in seine große Hand. Er ergreift meinen Bizeps, dirigiert mich um das Auto herum und öffnet die Tür auf der Fahrerseite. Als er sich hineinbeugt, verzieht er sein Gesicht. Er sieht sich um, schnappt sich Mints Jeansjacke von der Rückbank und wischt Mints Urin vom Sitz, bevor er mich auf den Sitz schiebt. Er ist vorsichtig und achtet darauf, dass ich mir nicht den Kopf oder die Knie stoße. Er stellt den Sitz ein, bevor er den Sicherheitsgurt über meine Brust zieht und ihn einrasten lässt.

»Leg die Hände um das Lenkrad«, sagt er.

Meine Fingerknöchel werden weiß, als ich gehorche. Er holt etwas aus seiner Gesäßtasche, und als es sich als Paar Handschellen entpuppt, droht mein Herz stehenzubleiben.

»Bitte«, sage ich, und Tränen steigen mir in die Augen.

»Pssst.« Er streicht mit einer Handfläche über mein Haar, ignoriert aber meine Bitte. Stattdessen befestigt er meine Hände mit Handschellen am Lenkrad. »Warte hier«, sagt er und schließt die Tür.

Es ist ja nicht so, dass ich eine Wahl hätte. Ich atme den Gestank von Urin in meine Lungen und beobachte mit einem Schluchzen, das sich in meiner Kehle festsetzt, wie er zurück zum Truck geht, einsteigt und wegfährt.

Was zum …? Ich drehe meinen Kopf zu beiden Seiten und strecke meinen Nacken so weit wie möglich zurück. Warum lässt er mich hier zurück? Ist er mit einer Bande unterwegs? Lässt er mich allein, damit jemand anderes mich umbringt?

Ein lautes Krachen lässt mich zusammenzucken. Metall klappert. Es klingt wie der Zaun. Ich spitze meine Ohren, als das Geräusch verklingt. Eine Tür schlägt zu. Stille.

Bumm.

Eine Explosion erschüttert die Nacht. Ein Stück weiter auf der rechten Straßenseite schlagen Flammen in die Dunkelheit. Im orangefarbenen Schein des brennenden Lastwagens ist die Silhouette des Mannes zu erkennen, der wieder auf mich zukommt. Seine Schritte sind kraftvoll, aber wie schon zuvor scheint er es nicht besonders eilig zu haben.

Ich ducke mich so weit, wie es die Handschellen zulassen, bis ich kaum noch über das Armaturenbrett sehen kann. Ich wage es nicht, meinen Blick von seiner großen und breiten Gestalt abzuwenden. Ich wage es nicht, den Blick von der Gefahr zu nehmen, die auf mich zukommt.

Er schaut mir durch die Windschutzscheibe in die Augen, geht zur Beifahrerseite, öffnet die Tür und kniet sich auf den Asphalt. Er legt die Waffe neben sich auf den Boden. Meine Atemzüge kommen schneller, als er ein Klappmesser aus seiner Gesäßtasche nimmt und es zwischen die Zähne klemmt.

»Was machen Sie da?«, frage ich mit brüchiger Stimme.

»Wegfahrsperre«, murmelt er um das Messer herum.

Offensichtlich weiß er, wo er suchen muss. Dies ist nicht sein erster Autodiebstahl.

Er reißt den Teppich vom Boden und tastet unter dem Sitz herum. Er reißt eine Handvoll Drähte heraus und benutzt das Messer, um einen von ihnen durchzuschneiden.

»Sie haben den Schlüssel«, sage ich, und meine Nerven geraten beim Anblick des Messers in seiner großen Hand außer Kontrolle. Eine Kugel tötet schnell, aber ein Messer kann stundenlang quälen.

Er hebt seinen Blick kurz zu mir. »Sie können das Auto über den Chip verfolgen.«

Mit *sie* meint er die Polizei. Im Schlüssel befindet sich ein Chip, der mit dem im Auto übereinstimmt. Gerade als meine Hoffnung steigt, öffnet er den Plastikdeckel am Batterieteil des Schlüssels und entnimmt mit der Messerspitze eine kleine Metallscheibe. Sie fällt mit einem leisen Klirren auf die Straße.

Er scheint noch nicht fertig zu sein, denn er schraubt das Bodenbrett ab und dreht es um. Eine kleine schwarze Box mit einem blinkenden roten Punkt ist darunter befestigt. Er schraubt sie ab und zertritt sie unter dem Absatz seines Stiefels, bis das rote Licht ausgeht.

»Tracker«, sagt er, als er bemerkt, dass ich ihn anschaue.

Er legt die Bodenplatte zurück und wirft den Teppich nach hinten. Nachdem er das Messer eingesteckt hat, nimmt er die Waffe und den kaputten Tracker, steigt ein und schließt die Tür.

Ich beobachte ihn dabei, wie er mir die Handschellen abnimmt und kämpfe damit, zu begreifen, was gerade passiert. Er hat seinen Truck in die Luft gejagt.

Als meine Hände frei sind, steckt er den Schlüssel ins Zündschloss und sagt: »Fahr los!«

Ich schlucke gegen die Trockenheit in meinem Hals. »Warum haben Sie das getan?«

»Den Tracker zerstört? Ist das nicht offensichtlich?«

»Ihren Truck. Warum haben Sie ihn angezündet?«

Sein Lächeln ist geduldig. »Beweise.«

Okay. DNA und der ganze Scheiß.

Als ich nicht reagiere, sagt er: »Der Truck hatte nur noch wenig Benzin.«

Deshalb braucht er Mints Auto. Was hat er getan? Welches Verbrechen hat er begangen? Das ist keine Entführung. Das ist sein Fluchtwagen, und ich werde ihn fahren.

Er umfasst meine Schulter und drückt ermutigend zu, aber mein Magen zieht sich zusammen, als er die Waffe auf mich richtet. »Fahr, Baby Doll.«

Ich kann den nicht ernst nehmen wenn der das jetzt immer zu ihr sagt!

Mein Gehirn macht dicht. Das ist der einzige Weg, um damit fertigzuwerden. Ich agiere wie auf Autopilot, trete die Kupplung und drehe den Schlüssel. Der Motor erwacht röhrend zum Leben.

»Vorsichtig«, sagt er, als ich zu stark aufs Gas drücke und das Auto nach vorne schießt.

Ich bin mir der Waffe, die er direkt unter meiner Brust auf meine Rippen richtet, sehr bewusst. Beim zweiten Versuch bekomme ich es hin. Der Wagen rollt vorwärts, und ich gleite sanft auf die linke Spur und schaffe es, das Auto ruhig zu halten.

»Fahr langsamer«, sagt er, als wir eine Kreuzung erreichen. »Dreh um.«

»Was?« Ich werfe einen Blick auf ihn. Er beobachtet mich mit einem Lächeln, und sein Blick ist im Schein der Armaturenbeleuchtung so intensiv, dass ich schnell wieder auf die Straße schaue.

»Dreh um«, sagt er. »Wir fahren nach Norden.«

Es ist nicht schwer, das Auto zu fahren. Ich liebe schnelle Autos, und mein Vater hat mir das Fahren schon beigebracht, als ich erst zwölf war, aber ich bin nervös, und wenn ich schalte, ruckelt es.

»Du machst das gut«, sagt er. »Halte dich an das Tempolimit.« Das ist süß, aber auch gleichzeitig sooo seltsam

Ich umklammere das Lenkrad und blinzele einige Male, um die Tränen loszuwerden, die meine Sicht trüben.

»Freund?«, fragt er.

»W-was?«

»Der Typ, dessen Auto das ist, ist er dein Freund?«

Erstmal abchecken, als aller erste Frage natürlich ganz wichtig

Ich schüttele den Kopf und sage mit heiserer Stimme: »Erstes Date.«

Er lacht.

»Was?«, frage ich, als mich die Wut wie aus dem Nichts einholt, vielleicht als eine verzögerte Schockreaktion.

»Was machst du mit einem Arschloch wie ihm?«

Die Worte rutschen heraus, bevor ich mir auf die Zunge beißen kann. »Im Gegensatz zu einem Arschloch wie Ihnen?«

»Wenn du mir gehören würdest, hätte ich dich nicht allein zurückgelassen.«

»Er hatte keine andere Wahl.« Ich richte meinen Blick auf die Waffe in seinem Griff. »Sie haben eine Waffe.«

Er senkt sie, legt sie auf dem Oberschenkel ab, der von mir weg zeigt, und fährt mit seinem Zeigefinger auf eine seltsam intime Art und Weise über den Schaft, so dass es wie eine Liebkosung wirkt. »Vielleicht. Trotzdem hätte ich dich nicht allein zurückgelassen.«

»Was hätten Sie an Mints Stelle getan?«, spotte ich. »Gekämpft?«

»Für dich?« Seine Zähne blitzen in dem bläulichen Licht. »Mit allen Mitteln. Ich würde mit meinen bloßen Händen töten, um das zu schützen, was mir gehört.«

Daraufhin halte ich den Mund. Meine verbale Munition ist aufgebraucht, was mich daran hindert, eine Antwort zu formulieren. Ja, Mint ist weggelaufen und hat mich der Gnade dieses Mannes überlassen. Ich werde nicht lügen und sagen, dass ich nicht ein wenig sauer darüber bin, wie leicht er mich im Stich gelassen hat. Besonders wenn man bedenkt, dass er mir seit über einem Jahr erzählt hat, dass ich seine Seelenverwandte bin. Aber wir sind nicht zusammen, also kann ich ihm vorwerfen, dass er seinen eigenen Hintern retten will?

»Rechtfertige sein Verhalten nicht in deinem hübschen kleinen Kopf«, sagt er. »Nur ein Feigling würde weglaufen und sein Date sich selbst überlassen.«

Die Tatsache, dass er weiß, was ich denke, erschreckt mich. Wut steigt in mir auf, und für einen Moment vergesse ich, Angst zu haben. »Wagen Sie es nicht, ihn für Ihr Verbrechen zu verurteilen.« Mein Magen zieht sich mit einem Angstknoten zusammen. Meine Stimme ist vorwurfsvoll. »Es ist gefährlich da draußen auf der Straße. Was ist, wenn Mint es nicht nach Hause schafft, hm? Haben Sie darüber nachgedacht? Was ist, wenn er getötet oder überfahren wird?«

»Machst du dir ernsthaft Sorgen um diesen Trottel?«

Ich starre ihn wütend an. »Ist das Ihr Ernst?«

»Augen auf die Straße.«

Die sanfte Art, mit der er spricht, macht mich nur noch wütender und ängstlicher. Mein Vater war immer so sanft zu den Kühen, wenn er sie auf den LKW zum Schlachthof geladen hat.

Weitere Tränen rollen über meine Wangen. Ich

wische sie mit dem Handrücken weg und bin wütend auf mich selbst, dass ich diese Schwäche zeige.

Er streicht mit dem Daumen die Nässe auf meiner Wange weg. »Er ist deine Tränen nicht wert.«

Ich schlage seine Hand weg und sage mit zusammengebissenen Zähnen: »Fassen Sie mich nicht an.«

Es ist eine müßige Aufforderung und eine nutzlose Drohung. Er kann mich anfassen so viel er will, ich wäre nicht in der Lage, mich zu wehren. Doch zu meiner Überraschung lässt er seine Hand sinken.

»Er wird mit jemandem mitfahren.« Sein Tonfall ist trocken. »Hoffen wir, dass er ein Auto anhalten kann. Er macht den Eindruck, dass er nicht allein zurechtkommt.«

»Er wird zur Polizei gehen.«

»Wahrscheinlich.« Das scheint ihn nicht zu beunruhigen. »Ich nehme an, dass er sein Auto zurückhaben will.«

Meine Stimme stockt. »Werden Sie mich töten?«

»Nein«, sagt er. »Mach dir keine Sorgen. Morgen früh bist du schon auf dem Weg nach Hause.« Bin mir da nicht so sicher

Ich festige meinen Griff um das Lenkrad. »Warum sollte ich Ihnen glauben?«

»Du hast mein Wort. Und ich breche nie mein Wort.«

Ich glaube ihm nicht. Ich versuche mir einen Fluchtplan auszudenken, wie zum Beispiel, uns gegen einen Baum zu fahren, aber ich habe nicht den Mut dazu. Nicht nach dem, was meinen Eltern passiert ist.

Bevor wir das Casino erreichen, biegen wir links auf einen Weg ab, der durch die offenen Felder führt. Er gibt mir kryptische Anweisungen, während er mich die ganze Zeit mit diesem beunruhigenden Blick ansieht. Er steht ja sowas von auf sie

Nachdem ich fünfundvierzig Minuten gefahren bin, sagt er mir, dass ich eine kleinere Straße nehmen soll, die an einem rissigen Betondamm mit einer verzogenen Windpumpe vorbeiführt. Dem Rad fehlen ein paar Schaufeln. Wir folgen dem Weg zu einer Baumgruppe. Der Mond ist fast voll und beleuchtet das flache, verlassene Feld um uns herum.

»Park hier«, sagt er. »Hinter den Bäumen.«

Die Scheinwerfer leuchten auf ein Haus. Es ist quadratisch und hat ein flaches Dach. Der abblätternden Farbe und den kaputten Fenstern nach zu urteilen, die von innen vernagelt sind, ist es verlassen.

Oh Gott.

Ich beginne zu zittern, als er aussteigt, um das Auto herumgeht und meine Tür öffnet. Er zieht den Schlüssel aus dem Zündschloss, steckt ihn sich in die Tasche und reicht mir die Hand. Ein paar schwere Herzschläge lang starre ich nur auf die breite Handfläche und die langen, schlanken Finger. Sein Griff ist stark, aber sanft, als er schließlich des Wartens müde wird und meinen Bizeps packt, um mich aus dem Auto zu ziehen.

Es ist nach drei Uhr morgens, und die Temperatur ist weiter gesunken. Es ist frisch, aber mein Frösteln hat nichts mit der kühlen Luft zu tun, die nach dem Staub riecht, den das Auto aufgewirbelt hat. Wenigstens stinkt sie nicht nach Urin. Ich hole ein paarmal tief Luft und versuche, das unregelmäßige Schlagen meines Herzens zu beruhigen.

Bitte, lass mich jetzt nicht im Stich.

Schon jetzt ist der Rhythmus ungleichmäßig, und ein dumpfer Schmerz breitet sich mit jedem Schlag zwischen meinen Rippen aus. Ich werde bald meine Tabletten nehmen müssen.

Er legt seine Finger um meinen Arm und schiebt mich vor sich her zur Tür. Er hat meine Tasche unter dem Arm und die Waffe in der Hand. Er muss mich loslassen, um einen Schlüssel aus seiner Tasche zu ziehen. Ich überlege, wegzulaufen. Ich will nicht sterben, aber diese Kugel in meinem Rücken ist vielleicht ein besseres Schicksal als das, was mich im Inneren erwartet.

»Bei mir bist du sicher«, sagt er und liest wieder meine Gedanken. Er gibt mir den Schlüssel. »Mach die Tür auf.«

Er sagt das freundlich, und ich würde es gerne glauben. Ich sehne mich danach, diesem beruhigenden Versprechen zu vertrauen, auch wenn mein Verstand mir sagt, dass man Kriminellen nicht trauen kann.

»Weiter, Baby Doll.« Seine Lippen verziehen sich zu einer sinnlichen Kurve. Er ist jetzt geduldig und lässt mir Zeit. »Ich werde nicht beißen.«

Ich fühle mich von Minute zu Minute schwächer.

Wenn ich mich nicht setze, breche ich peinlicherweise zu seinen Füßen zusammen.

Ich schlucke und nehme den Schlüssel, als wäre er in Säure getaucht, die mir die Haut von den Fingern schälen wird. Ich schaue zurück zu seinem hübschen Gesicht, um seinen Ausdruck zu interpretieren, aber in seinen Zügen liegt keine Bosheit oder Lust, nur mehr Geduld. Mein Vater war geduldig mit mir. Er konnte mir stundenlang Algebra erklären, ohne frustriert zu werden. Dieser Mann trägt den gleichen Gesichtsausdruck wie schon die ganze Nacht.

Meine Beine treffen die Entscheidung für mich. Bevor sie zusammenklappen, stecke ich den Schlüssel ins Schloss und drehe ihn um. Der Schlüssel lässt sich mühelos bewegen. Das Schloss sieht neu aus, es muss erst vor kurzem in die alte Tür eingesetzt worden sein.

Er greift um mich herum und schiebt die Tür auf. Ein weiterer Geruch von Leder und Tabak umweht meine Sinne. Er schiebt mich mit einer Hand auf meinem Rücken hinein, zündet eine Petroleumlampe an und schließt die Tür ab, bevor er den Schlüssel einsteckt.

Ich blinzele und schaue mich um. Die Böden sind aus rohem Beton, und der abblätternde Putz der Wände offenbart die Ziegel dahinter. Graffitis sprechen von anderen Eindringlingen, die hier gewesen sind. Ein klappriges Sofa mit einem Überwurf und ein paar leere Bierflaschen auf einem Couchtisch sind die einzigen Lebenszeichen.

Er führt mich durch das Wohnzimmer zu einer

Tür auf der linken Seite, die zu einer Küche führt und zündet eine weitere Lampe an. Ein Holztisch und zwei Stühle stehen in der Mitte des Raumes. Kaputte Schränke säumen die Wände. Einige der Türen hängen an einem Scharnier. Das Linoleum hat eine hässliche grüne Farbe. Es kräuselt sich in den Ecken wie Papier und legt das splitternde Pressholz darunter frei. Hier drin riecht es nach einem Holzfeuer. Ein kleiner Haufen ausgebrannter Asche und verkohlter Holzscheite in der Ecke erklärt den Geruch.

Der Mann bleibt am Tisch stehen und lässt meinen Arm los. Ich gehe zur Spüle, um so weit weg von ihm wie möglich zu sein. Ich drücke meinen Hintern gegen den Stahl des Spülbeckens und beobachte ihn. Ich warte auf die Lüge, auf den Moment, in dem er zuschlagen wird, aber er legt die Waffe auf dem Tisch ab und öffnet den Reißverschluss meiner Tasche, um mein Portemonnaie herauszunehmen.

Er geht den Inhalt akribisch durch, überprüft das leere Fach, in dem ich normalerweise Rechnungen aufbewahre, die wenigen Visitenkarten, die ich im zweiten Fach aufbewahre, und meine Kundenkarten in den Kartenfächern. Er betrachtet jede einzelne und holt schließlich meinen Führerschein heraus. Seine Augen wandern zu meinen, nachdem er ihn gelesen hat. Dann schiebt er ihn zurück in den Schlitz und steckt das Portemonnaie wieder in meine Tasche.

»Wie nennen dich deine Freunde, Cassandra Joubert?«, fragt er mit seiner tiefen, tiefen Stimme.

Also so wie sie ihn beschreibt nüpft sie ihn doch bald an

»Cas«, sage ich und lecke mir über die trockenen Lippen.

Er hängt meine Tasche über eine Stuhllehne, öffnet den Reißverschluss seiner Jacke und zieht sie aus, wobei er zusammenzuckt. Ein schwarzes T-Shirt spannt über seiner Brust. Der dunkle Stoff schmiegt sich an seine breiten Schultern und den flachen Bauch.

»Kann ich dich Cas nennen?«, fragt er, während er die Waffe aufhebt.

Solange er die Waffe hat, kann er mich nennen wie er will.

Er kommt auf mich zu. »Ich bin Ian.«

Er hat mal nen normalen Namen

»Ich wollte ihn nicht wissen«, flüstere ich erschrocken.

»Es ist egal, ob du ihn kennst.« Er streicht mir die Haare aus dem Gesicht. »Du wirst ihn nicht verraten.«

Ich starre wie versteinert zu ihm hoch. Im gelben Licht der Lampe wirkt sein Gesicht noch furchteinflößender. Er ist auf eine wilde Art und Weise gutaussehend. Seine Augen sind auffallend – ein sattes, dunkles Braun wie fruchtbare Erde gemischt mit dem Bernstein einer warmen Sonne. So nah neben ihm nehme ich seine Größe und Stärke auf. Er ist muskelbepackt, schlank und in Form. Ich wette, er kann wirklich mit seinen bloßen Händen töten.

Ok, das ist nicht so sexy

Ich lehne mich zurück, als er wieder die Hand ausstreckt und mit seinen Fingerspitzen über meine Wange streicht. »Was wollen Sie von mir? Sie haben das Auto. Lassen Sie mich gehen.«

»Mitten in der Nacht und mitten im Nirgendwo?«

Er hebt eine Augenbraue. »Du würdest nicht wissen, in welche Richtung du laufen sollst.«

Doch, das weiß ich. Ich bin auf einem Bauernhof hier in der Gegend aufgewachsen. Wir sind in Botswana, etwa eine halbe Autostunde von der südafrikanischen Grenze entfernt. Ich erkannte den Damm und die Windpumpe. Früher sind wir hier vorbeigefahren, um vom Pilansberg-Reservat Kudus und Springböcke für die Farm zu kaufen, wenn sie eine Überpopulation an Antilopen hatten.

»Ich gehe das Risiko ein«, sage ich und halte seinen durchdringenden Blick.

Sein Haar fällt über seine Stirn, während er auf mich hinunterblickt. »Zu gefährlich. Ich würde dich niemals derart in Gefahr bringen.«

Die Aussage überrascht mich. Meine Lippen öffnen sich. Ich versuche, zu denken, aber es wird immer schwieriger, wenn ich mich so schwach fühle. Ich lehne mich gegen den Tresen und stütze meine Handflächen auf das Spülbecken. Er hätte auch einfach selbst hierherfahren können. Ich versuche, stark zu sein, aber meine Erschöpfung ist in meiner Stimme zu hören. »Warum bin ich hier?«

»Ich brauche deine Hilfe.«

»*Meine* Hilfe?«

Ohne die Waffe loszulassen, greift er nach dem Saum seines T-Shirts. Als er es über seinen Kopf hebt und harte Bauchmuskeln und beeindruckende Brustmuskeln entblößt, wird mein Mund vor Angst trockener.

Ich wette wir erfahren sie später noch

Er ist tätowiert. Sätze sind auf seinen Bauch, auf seine Brust und auf der Kurve zwischen Hals und Schulter tätowiert. Der Kopf eines Drachens, der Flammen über seine Hüfte bläst, schaut unter seinem Hosenbund hervor.

Ohne seine starken Arme aus den Ärmeln zu ziehen, dreht er sich um. Ein Keuchen entweicht mir. Er hat ein Loch in der Schulter, aus dem ein ständiges Rinnsal von Blut sickert.

3

CAS

Dieser Mann, Ian, der Mints Auto gestohlen hat, hat eine Schusswunde. Ich erkenne eine Schusswunde, wenn ich eine sehe.

Meine Kehle schnürt sich zusammen. Es ist nicht wegen des Blutes. Ich bin nicht der empfindliche Typ. Wenn überhaupt, dann fasziniert mich die innere Mechanik des menschlichen Körpers. Es ist der Grund, warum er angeschossen wurde, von dem sich mein Magen zusammenzieht.

Ich lecke mir wieder über meine Lippen und wünsche mir, ich hätte Balsam aufgetragen und nicht den Vierundzwanzig-Stunden-Lippenstift, der meine Haut austrocknet. »Haben Sie jemanden umgebracht?«

Ian dreht sich wieder zu mir um. Seine Lippen zucken, als ob meine Worte lustig wären. »Nein.«

Das Stahlbecken unter meinen Handflächen fühlt sich plötzlich kälter an. »Haben Sie jemanden verletzt?«

Er schaut mir immer noch in die Augen. »Nein.«

»Was haben Sie dann getan?«

Er nimmt die Waffe in die andere, zieht seine Arme aus den Ärmeln seines T-Shirts und wirft das Kleidungsstück achtlos beiseite. Es landet auf einem Stuhl. Seine Brustmuskeln spannen sich an, während er seine Arme beugt. Er umklammert immer noch die Waffe, und mein Blick wird von ihr angezogen, als er in der gleichen entspannten Art und Weise, wie er sein T-Shirt abgelegt hat, sagt: »Böse Dinge.«

Da ist ein Glitzern in seinen Augen. Keine Gewissensbisse, sondern eine stille Herausforderung.

Er hat recht. Ich will es nicht wissen. Je weniger ich weiß, desto besser sind meine Chancen, das hier zu überleben.

Mein Herzschlag beruhigt sich nicht. Er ist immer noch ungleichmäßig, während er sein Bestes tut, um meinen adrenalingetränkten Körper mit Sauerstoff zu versorgen. Doch ein Teil von mir, ein winziger Teil, ist beruhigt. Deshalb hat er mich zusätzlich zum Fluchtwagen mitgenommen. Deshalb hat er sich für mich entschieden und nicht für Mint. Er hat mich nicht hierhergebracht, um schlimme *böse* Dinge zu tun. Ich war einfach die sicherere Option. In Ians verwundetem Zustand hätte Mint ihn vielleicht überwältigen können, obwohl er immer noch ziemlich kampfbereit aussieht.

»Unter dem Spülbecken«, sagt er.

Mein Blick bleibt an seinem hängen und ich folge ihm, während er über meinen Körper bis zu meinen

Waden wandert. Einen Moment lang bin ich verwirrt, aber dann verstehe ich, was er will.

Ich trete zur Seite und ziehe die Schranktür auf. Dahinter riecht es muffig. Gelbe Wasserflecken überziehen das Regal, in dem ganz hinten ein Erste-Hilfe-Kasten steht. Ich nehme ihn heraus und reiche ihn ihm mit zitternder Hand.

»Danke.« Er schenkt mir ein sanftes Lächeln, bevor er die Schachtel auf den Tisch stellt und mit einer Hand darin herumwühlt, während er in der anderen die Waffe hält. Ganz schön viele gemischte Gefühle hier

Nachdem er ein paar Sachen auf den Tisch gelegt hat, geht er mit der Waffe in der Hand zum Spülbecken und legt seine Hände auf meine Hüfte. Mein Herz setzt einen Schlag aus. Die Fehlfunktion ist winzig, aber sie reicht trotzdem aus, um mich an Atemnot leiden zu lassen. Seine Handflächen sind warm und brennen durch den Stoff meiner Jeans. Das harte Metall der Pistole drückt gegen meinen Hüftknochen. Eine scharfe Spitze gräbt sich in meine Haut. Es tut ein wenig weh, aber viel beunruhigender ist die Aufmerksamkeit in seinen klugen, braunen Augen, während er mein Gesicht betrachtet.

Meine Lunge protestiert gegen den unregelmäßigen Schlag meines Herzens, und mein Atem geht stoßweise. Sein Blick gleitet von meinen Lippen zu der Ader, die ich in meinem Hals pulsieren spüre. Dann wandert er noch weiter nach unten, und er beobachtet, wie sich meine Brust unter dem schwachen Schutz meiner Jacke hebt und senkt.

Als er mich wieder anschaut, funkelt etwas in seinen Augen. Belustigung? Nein, Sieg. Ich ringe nach Worten, aber alles, was ich jetzt sagen würde, wäre eine Lüge. Das ist nicht die Art von Mann, die sich täuschen lässt. Er ist zu erfahren, zu weltgewandt, zu abgestumpft. Er würde eine Lüge *riechen*, wie ein Löwe Blut riecht.

Mein Herzschlag stockt, als er die Waffe über meine Haut zieht und mit dem Lauf meinen Hüftknochen streichelt, aber er schiebt mich sanft zur Seite und nimmt zwei Plastikschalen aus dem Abtropfgestell.

Ich atme ein, als ob ich gerade vom Grund des Ozeans aufgetaucht wäre, aber es ist zu spät. Er hat meine Reaktion bereits gesehen, weiß genau, dass seine Hände mich sowohl erschreckt als auch erregt haben. Ein Kribbeln läuft immer noch dort über meine Haut, wo er mich berührt hat.

Er füllt die Schalen mit Wasser aus einer Flasche und fügt eine großzügige Menge Flüssigseife hinzu. Er rührt beide mit einem Finger um und trägt sie zum Tisch.

»Komm«, sagt er.

Meine Beine tragen mich näher an ihn heran, obwohl mein Gehirn mich anschreit, ein Messer zu finden, ihm in seine verwundete Schulter zu stechen, mir die Schlüssel zu schnappen und von hier zu verschwinden.

»Kannst du mit Blut umgehen?«, fragt er. »Du bist nicht der Typ, der in Ohnmacht fällt, oder?«

Die Worte könnten herablassend sein, aber es ist kein Spott in seinem Tonfall. Nur Besorgnis.

»Nein, das bin ich nicht«, schaffe ich durch meine trockenen Lippen herauszupressen.

Sein Lächeln ist erfreut und erwärmt mich seltsamerweise, als er sagt: »Meine Art von Mädchen.«

Er dreht einen Stuhl um und setzt sich verkehrt herum darauf. Er verschränkt die Arme auf der Stuhllehne und sagt: »Wasch sie zuerst mit dem Wasser aus. Ich leite dich Schritt für Schritt.«

Ich starre auf seinen breiten Rücken. Jeder Muskel, wie er unter der gebräunten Haut gebaut ist, ist zu sehen, als er sich bewegt. Ein bloßes Zucken verrät, wie perfekt und männlich seine Gestalt ist.

Es gibt keine Narben, keine Hinweise auf andere *böse* Dinge, die er getan hat. Es gibt nur das Loch in seiner Schulter. Das Blut rinnt in einem dünnen Rinnsal an seiner Seite hinunter und in den Hosenbund seiner Jeans. Hier, im Licht, kann ich den dunklen Fleck sehen, der das Blau schwarz erscheinen lässt. Wie viel Blut hat er verloren? Das muss höllisch wehtun. Wie kann er einfach dasitzen und so tun, als wäre es nichts weiter als ein Bienenstich?

Er wirft einen Blick über die Schulter und sieht aus, als würde er mich betrachten und sich fragen, ob er mich mit der Waffe bedrohen muss, um mich zur Kooperation zu bewegen. »Ich bin bereit, wenn du es bist.«

Bei genauerem Hinsehen bemerke ich die dünne

Schweißschicht auf seiner Stirn. Deshalb sehen seine Haare nass aus. Nicht klatschnass, aber feucht. Er schwitzt. Er spürt den Schuss, und das fordert seinen Tribut. Doch er zuckt nicht einmal, als ich eine Mullbinde in der Seifenlauge tränke und sie auf die Wunde drücke.

»Wasch sie, bis das Wasser sauber ist«, sagt er.

Ich tue mein Bestes und drücke das Wasser über dem Loch in seinem Rücken aus, bis die Blutung eine rosafarbene Verdünnung von Blut gemischt mit Wasser ist.

Er reicht mir eine Pinzette. »Du wirst die Kugel herausziehen müssen. Es wird verdammt viel bluten, wenn sie herauskommt.« Er schiebt Stapel von Verbandsmull in Päckchen mit der Aufschrift *sterilisiert* zur Seite. »Drück die auf die Wunde.«

Scheiße. Okay. Ich schaffe das. Ich meine, ich könnte mich weigern und hoffen, dass er verblutet, aber es sieht so aus, als würde es lange dauern, bis er umkippt, und er könnte sich einfach dafür entscheiden, mich vorher zu erschießen.

Er reißt eines der Pakete mit dem Verbandsmull mit seinen Zähnen auf und schenkt mir ein schiefes Lächeln. »Geht es dir gut?«

Meine Antwort ist leise. Der Ton kratzt in meiner Kehle. »Ja.«

»Du machst das toll, Baby Doll.«

Ich weiß nicht warum, aber in meinem Kopf stöhnt er das jedes mal hahaha

Während er mir eine Flasche Desinfektionsmittel reicht, lasse ich die Ermutigung auf mich wirken. Ich reinige meine Hände und die Pinzette damit und schließe kurz die Augen, bevor ich seine Wunde zwischen Daumen und Zeigefinger ausdehne.

»Kannst du sie sehen?«, fragt er.

Da ist sie, ein Aufblitzen von Kupfer, vergraben im roten Fleisch. »Ja.«

»Gut. Das bedeutet, dass du mich nicht aufschneiden musst, um sie herauszubekommen. Mach dir keine Gedanken, dass du mir wehtust, wenn du versuchst, sie zu greifen.«

Ich versuche es, aber er saugt Luft durch die Zähne, als die Pinzette vom Metall abrutscht.

»Sorry«, murmele ich.

»Es ist alles in Ordnung«, sagt er mit angespannter Stimme. »Mach weiter.« Was ein hartes Mann

Ich versuche es noch einige Male, bis meine Hand zu sehr zittert, um einen guten Griff zu bekommen. Ich werde es nicht schaffen. Ich bin zu sanft.

Zähneknirschend höre ich auf, vorsichtig zu sein, und grabe die Pinzette tiefer hinein. Ich tue ihm weh, aber ich mache weiter, wie er es befohlen hat, bis ein leises Sauggeräusch ertönt und die Kugel herausspringt. Reflexartig fange ich sie mit meiner Hand auf.

Ich betrachte sie. Es fühlt sich unwirklich an – dass dieses winzige Stück Metall einen Mann töten kann, dass ich das hier tue und dass ich hier als Geisel gehalten werde, um Krankenschwester für meinen Kidnapper zu spielen. Ich öffne meine Finger und lasse die Kugel auf den Tisch fallen.

Wie er mich vorgewarnt hatte, schießt das Blut aus

der Wunde. Der Anblick bringt mich dazu, wieder zu handeln. Ich schnappe mir den Verbandsmull und atme schwer, während ich ihn gegen seinen Rücken drücke.

»Hier.« Er reicht mir eine Zahnbürste, die noch verpackt ist, und eine Flasche mit Kochsalzlösung. »Schrubbe sie gut aus. Stell sicher, dass kein Schießpulver mehr drin ist.«

Der raue Ton seiner Stimme beschleunigt mein Handeln. Ich reiße die Zahnbürste mit einer Hand auf und begieße sie mit der Kochsalzlösung, um zu tun, was er gesagt hat.

Es ist eine blutige Arbeit, aber was mich mehr stört als seine zerfetzte Haut und Muskeln, ist der Schmerz, den ich verursachen muss. Während alldem gibt er keinen Laut von sich, nicht einmal ein Stöhnen.

Ich arbeite, so schnell ich kann. Je schneller ich das hinter mich bringe, desto eher wird die Qual für uns beide vorbei sein. So sehr das für ihn eine körperliche Qual sein muss, so sehr ist es eine seelische für mich, irgendeinem Lebewesen Schmerzen zuzufügen, selbst einem kriminellen Entführer.

Als ich sie so gut wie möglich mit der Bürste gereinigt habe, wasche ich die Wunde mit dem sauberen Wasser aus der zweiten Schale aus und drücke wieder Verbandsmull darauf.

Er reicht mir eine bereits mit chirurgischem Faden vorbereitete Nadel. »Kannst du nähen?«

Meine Finger zittern, als ich sie ihm abnehme. »Meine Mutter hat versucht, es mir beizubringen, aber es ist mir nie ans Herz gewachsen.«

»Verdammt«, sagt er und lacht leise. »Ich schätze, das wird eine Narbe hinterlassen.«

»Wahrscheinlich.« Ich atme tief ein und schiebe die Nadel durch seine Haut. »Es tut mir leid.«

»Das muss es nicht. Wenigstens werde ich ein Andenken an dich haben.«

Sein Versuch, lustig zu sein, hilft. Mein Herzschlag beruhigt sich leicht, während ich ihn nähe. Jedes Mal, wenn ich die Nadel durch seine Haut schiebe, zucke ich zusammen.

Fünf Stiche, und ich bin fertig. Ich trete zurück, um meine Arbeit zu betrachten. Die Blutung hat aufgehört. Ich reinige die Wunde erneut und trage eine Salbe mit Antibiotika auf, bevor ich Verbandsmull darüberklebe.

Ich bin von dem traumatischen Erlebnis erschöpft, aber voller Adrenalin. Ich bin hibbelig und fühle mich, als hätte ich einen Liter Kaffee auf leeren Magen getrunken.

Er öffnet eine Flasche, schüttelt eine Tablette heraus und schluckt sie trocken.

»Schmerzmittel?«, frage ich und sehe mich nach einem Glas um, um ihm etwas Wasser zu geben.

»Antibiotikum.« Er steht auf und sieht mich an. Abgesehen davon, dass er ein wenig blass aussieht, zeigt er keine Anzeichen dafür, dass er gerade eine Operation hinter sich hat, die noch dazu von einer Amateurin durchgeführt wurde. »Ich versuche, keine Tabletten zu nehmen, wenn es nicht absolut notwendig ist. Chemikalien sind nicht gut für den Körper.«

Okay. Die Art von Schmerzen, die er haben muss, zählt nicht als *absolut notwendig*.

»Wasch dir die Hände«, sagt er und nickt in Richtung der Flasche auf dem Spülbecken.

Ich spritze mir Seife in meine Handfläche, während er die Flasche aufschraubt und mir Wasser über die Hände gießt. Es gibt kein Handtuch, also trockne ich sie an meiner Jeans ab.

Er überrascht mich, als er meine Wange berührt und fragt: »Wie geht es dir?« Sein Blick ist durchdringend, sucht den meinen und erinnert mich daran, dass er sich nicht mit Lügen zufriedengeben wird.

»Es geht mir gut.«

Ich atme wieder ein, sauge die Luft ein, wie ein Nikotinsüchtiger an seiner Zigarette zieht, aber es ist vergeblich. Es gibt nicht genug Sauerstoff für alle meine Zellen. Es ist nicht meine Lunge, die mich im Stich lässt. Es ist der Verteiler. Es ist mein Herz.

»Hey.« Er nimmt mein Gesicht zwischen seine Hände, und die Waffe ruht nun an meiner Schläfe. »Ruhig. Atme. Tief durchatmen, Baby Doll.«

Die Panik, zu ersticken, erfüllt mich. »Ich kann nicht.«

Sein Ausdruck verändert sich. Er ist nicht mehr sanft und zuvorkommend. Er ist nicht mehr freundlich. Er ist gefasst und ruhig. Er ist tödlich. Ernst. Ich erhasche einen flüchtigen Blick auf den bösen Mann, der böse Dinge tut, als die Maske fällt und er die Kontrolle übernimmt.

Na was er da wohl nur gedacht hat…

»Lunge?«, fragt er mit schroffer Stimme und neigt meinen Kopf zurück, um in meine Augen zu schauen.

Ich schüttele den Kopf. »Herz.« Ich zeige auf meine Tasche, die über der Stuhllehne hängt. »Tabletten.«

Er führt mich zu dem sauberen Stuhl und drückt mich sanft hinunter. »Gleich geht es dir wieder gut.«

Er sagt es mit so viel Gewissheit, dass es schwierig ist, ihm nicht zu glauben. Er legt die Waffe ab, um den Reißverschluss meiner Tasche zu öffnen und den Inhalt zu durchsuchen. Er handelt schnell, aber er fummelt nicht. Er arbeitet souverän und effizient.

Er nimmt die braune Flasche heraus und hält sie gegen das Licht. Nachdem er das Etikett gelesen hat, öffnet er den Deckel und nimmt zwei Tabletten heraus. »Mund auf.«

Als ich meinen Mund öffne, legt er mir die Tabletten auf die Zunge. Ich schlucke. Er betrachtet mich für einen Moment, vielleicht, um sicherzugehen, dass ich nicht umkippe und auf seinem Boden sterbe, bevor er eine Flasche Wasser aus einer Kühlbox neben dem Tisch nimmt. Er öffnet die Flasche und hält sie mir an die Lippen.

»Besser?«, fragt er, als ich ein paar Schlucke genommen habe.

Die Tabletten werden einige Zeit brauchen, um zu wirken, aber ich fühle mich bereits ruhiger. Theoretisch weiß ich, dass ich mein Herz überleben werde. Bei ihm bin ich mir da nicht so sicher. Vielleicht hat er gelogen. Vielleicht *ist* er doch ein Killer.

Vielleicht hält er mich aus düsteren Gründen am Leben. »Ja, danke.«

Als er mich in seine Arme hebt, habe ich nicht die Kraft, zu protestieren. Ich habe kaum noch genug Treibstoff, damit mein Körper funktioniert. Ich fühle mich plötzlich müde, schrecklich müde, was wohl der Tiefpunkt nach dem Adrenalinhoch sein muss.

Er trägt mich einen dunklen Flur bis zum Ende entlang. Seltsamerweise fühle ich mich in seinen Armen besser. Ich sollte Angst haben, aber nicht einmal das schaffe ich. Ich bin einfach zu erschöpft. Es ist schon schwer genug, zu existieren. Es ist warm in dem Kokon seiner Arme und bequem an seiner Brust. Ich habe nicht gemerkt, wie kalt mir war, bis die Hitze seines Körpers mich umhüllte. Er riecht jetzt nach Desinfektionsmittel, nach Krankenhäusern und Unfällen, und in einem entfernten Teil meines Kopfes, der bereits von der Realität abgekoppelt ist, trauere ich dem Geruch von Leder und Tabak nach.

Er stößt eine Tür auf und balanciert mich auf dem Arm seiner unverletzten Seite, während er eine Lampe einschaltet. Zwei Einzelbetten stehen an der gegenüberliegenden Wand unter dem verschlossenen Fenster. Er lässt mich auf eines sinken. Der Raum riecht staubig, aber die Decke nach Waschmittel.

Behutsam öffnet er den Reißverschluss meiner Jacke und hilft mir in eine sitzende Position. Ich zögere, ihn mir die Jacke ausziehen zu lassen. Sie ist dünn und schützt nicht gerade vor Kälte, aber ich habe sie als modisches Statement gewählt, nicht, weil sie praktisch war. Ich hatte nicht vor, sie heute Abend abzulegen. Sie offen zu lassen, um einen Blick auf das Camisole-Top freizugeben, das ich darunter trage, war alles, was ich vorhatte. Aber er sieht nicht auf die violette Spitze, die meine Brüste bedeckt, während er das Leder über meine Schultern und meine Arme streicht.

Mit einer Handfläche auf meiner Brust drückt er mich wieder nach unten. Ich bekomme eine Gänsehaut. Er geht wie vorhin vor, als er auf der Jagd nach meinen Tabletten war, und entfernt meine Absatzschuhe mit der ruhigen Effizienz eines Mannes, der weiß, was er tut. Er stellt meine Schuhe ordentlich neben dem Bett ab und zieht die Decke über mich. Sie ist weich und warm. Der saubere Geruch verführt mich zum Entspannen und lässt meine Muskeln in die klumpige Matratze sacken.

»Ruhe«, sagt er und fährt mit dem Daumen über meinen Kiefer. »Schließ deine Augen. Ich werde nicht zulassen, dass dir etwas passiert.«

Ich weiß nicht, momentan ist das mir
alles zuviel durcheinander
zwischen süß / sexy und einfach seltsam.

4
CAS

Ich schrecke aus dem Schlaf. Es ist stockfinster. Die Lampe ist aus, und die Tür ist geschlossen.

Ich lausche. Im Haus ist es ganz ruhig. Es könnte morgens oder abends sein. Mit dem Holz vor den Fenstern kann ich es nicht erkennen. Was ich weiß, ist, dass das alte, verlassene Bauernhaus ein Versteck ist.

Ruhig mache ich eine Bestandsaufnahme meiner Situation. Ich fühle mich stärker. Der Schmerz in meiner Brust ist weg. Die körperlichen Symptome meines Herzleidens sind verschwunden, aber die Angst ist immer noch da. Die Angst ist wie schwelende Kohle in meinem Magen.

Wenn Ian mich töten wollte, hätte er einfach mein Herz den Job erledigen lassen können, es sei denn, er hat andere Pläne für mich. Eine erschreckende Möglichkeit, die ich noch nicht ausschließen kann.

Selbst verwundet ist er im Vergleich zu mir ein

Gladiator. Das hat er bewiesen, als er ein Auto gekapert und mich mit einer Kugel in der Schulter dazu gebracht hat, uns hierherzufahren. Ich kann ihn nicht mit Kraft bekämpfen. Ich muss mit Köpfchen vorgehen. Ich werde es wie ein Grashüpfer machen, der sich totstellt, wenn ein Frosch zuschlägt. Ich werde einen Herzinfarkt vortäuschen, wenn er etwas versucht. Hoffentlich wird er mich hier tot zurücklassen. Hoffentlich brennt er nicht das Haus mit meinem untoten Körper darin nieder.

Oh Gott. Ich reibe meine Augen mit den Handballen. Blöde Idee. Natürlich wird er überprüfen, ob ich tot bin.

Ich kann nicht einen Moment länger hier liegen und mir ausmalen, was er mit mir vorhat. Vielleicht ist er weg. Vielleicht hat er das Auto genommen und mich hier zurückgelassen.

Ich werfe die Decke zur Seite und schwinge meine Beine aus dem Bett. Meine nackten Füße schlagen auf dem Boden auf. Sand kitzelt unter meinen Sohlen. Der Betonboden ist schmutzig, aber ich ziehe meine Schuhe nicht an. Meine Highheels sind zu laut. Ich schleiche auf Zehenspitzen zur Tür, indem ich mich an der Wand entlangtaste.

Zu meinem Entsetzen knarrt die Tür, als ich sie öffne. Mein Magen verkrampft sich vor Anspannung. Licht scheint aus der Küche, aber es ist im ganzen Haus still. Im Licht, das in den Raum dringt, suche ich das Bett nach meiner Jacke ab, aber sie ist nicht da.

Mit Herzklopfen bis zum Hals mache ich mich auf

den Weg in den Flur. Die beiden anderen Türen stehen offen. Auf der linken Seite ist ein weiteres Schlafzimmer, das leer ist, und auf der rechten Seite ein Badezimmer. Es gibt keinen anderen Weg nach draußen als durch die Küche.

Ich bleibe im Türrahmen stehen. Die Enttäuschung knallt wie eine Faust in meine Rippen. Ian sitzt am Küchentisch und liest ein Buch. Er trägt kein Hemd, nur eine verblichene Jeans und seine Stiefel. Die medizinischen Vorräte sind weggeräumt, und der Tisch, der Stuhl und der Boden sind frei von Blut. Die Luft riecht nach Chlor. Er muss den Raum geschrubbt haben.

Ich bleibe stehen, da ich unsicher bin, weil er nicht reagiert. Hat er mich bemerkt?

Er beendet die Seite, die er liest, klappt das Buch zu und hebt den Blick. Er betrachtet mich schnell, aber gründlich. Ich habe den Eindruck, dass er alles mit einem Augenzwinkern aufnimmt, dass er die Geheimnisse eines Fremden mit einem Blick erkennen kann.

»Komm her«, sagt er und lehnt sich im Stuhl zurück. Er hat seine Beine unter dem Tisch lang ausgestreckt, aber die entspannte Pose täuscht mich nicht. Er ist wachsam und bereit, jederzeit zuzuschlagen.

Auf mein Zögern hin hebt sich sein Mundwinkel. »Du kannst nirgendwo hinlaufen, Baby Doll.«

Er beobachtet und erkennt nicht nur. Er prognostiziert auch. Welchen Zug ich auch immer machen mag, ich habe verloren, bevor ich ihn versucht habe. Das ist es, was er mir mit dem Anschein eines Lächelns sagt.

Ich schaue mich nach der Waffe um, aber sie ist nirgends in Sicht. Trotzdem bewege ich mich nicht.

»Ich habe dir schon gesagt«, sagt er, »dass ich nicht beißen werde.« Die Füße des Stuhls kratzen über den Boden, als er sich vom Tisch wegdrückt. Seine Worte sind betonter, der Befehl in ihnen ein wenig deutlicher, als er sagt: »Komm her.«

Er wird es mir nicht mehr sagen. Mit angehaltenem Atem hebe ich mein Kinn, gehe hinüber und bleibe an der Ecke des Tisches stehen.

Er zeigt auf den Platz vor sich. »Hier.«

Ich trete näher und versuche ihm nicht zu zeigen, dass ich mich im Schraubstock seiner Beine wie ein Kaninchen fühle, das in eine Schlinge getreten ist.

Er neigt seinen Kopf zurück und betrachtet mein Gesicht. »Fühlst du dich besser?«

Ich kann mich nicht davon abhalten, meine Finger zu wringen. »Ja.« Mein Blick gleitet zu den Worten, die in seine Haut tätowiert sind, aber alles verschwimmt ineinander.

»Du hast wieder etwas Farbe bekommen. Wie ist deine Atmung?«

»Gut.«

Er lässt seinen Blick zu meinem Oberkörper wandern, und dieses Mal starrt er offen auf meine Brüste. Ein Funken Hitze blitzt in seinen braunen Augen auf. Er hätte sie leicht verbergen können, aber er lässt sie mich sehen. Ich kann nur vermuten, warum. Wieso nur wohl?!

»Hast du Hunger?«, fragt er.

»Ja«, lüge ich und verschränke meine Arme vor der Brust. Alles, um ihn anderweitig zu beschäftigen.

Es gibt viel Platz, um sich zurückzuziehen, aber er bringt keinen Abstand zwischen uns, als er aufsteht. Er steht so nah, dass unsere Körper bündig aneinanderlehnen. Er ragt über mir und blickt auf mich herab, wobei sein Haar über eine Seite seines Gesichts fällt.

Er hat sich gewaschen. Der Geruch von Desinfektionsmittel haftet nicht mehr an seiner Haut. Sein Haar ist feucht und riecht nach Frühlingsgras und Bergen. Mein Blick gleitet auf seine nackte Brust. Seine Brustwarzen sind zusammengezogen. Er wirkt gemeißelt wie eine Statue, wie Michelangelos David, der sich von Marmor in Fleisch und Knochen verwandelt hat.

Mein Kopf reicht kaum bis zu seiner Schulter. Ich muss meinen Hals verdrehen, um in sein Gesicht zu schauen. Die Stoppeln an seinem Kiefer sind dunkler. Wie wird es sich anfühlen, wenn er seine Wange über meine reibt? Ich zucke innerlich zusammen. Dieser Gedanke ist mir nicht gerade wirklich durch den Kopf gegangen.

Seine Augen ziehen sich leicht zusammen, als er das erkennt. Es ist winzig, aber genug, um mir zu sagen, dass er es weiß. Er wartet. Seine Arme hängen geduldig an seinen Seiten. Diese großen, geäderten Hände sind

Ich bin echt gespannt, wie lange es dauert, bis sie es das erste mal tun trügerisch entspannt. Seine starken, schlanken Finger sind locker, unbeweglich, aber er würde sie im Handumdrehen zu Fäusten ballen oder sie um einen Hals legen. Ein Mann wie er ist immer bereit. Immer geduldig. Wartet darauf, dass ich den ersten Schritt mache.

Ich trete einen Schritt zurück. »Wie spät ist es?«

Sein Gesicht ist wieder eine Maske. Er lässt mich nur lesen, was er mir zeigen will. »Fast fünf.«

Die Sonne wird in einer halben Stunde aufgehen. Wenn er ein Mann ist, der zu seinem Wort steht, wie er behauptet, muss er mich bald gehen lassen.

Er drängt mich nicht und fordert mich nicht heraus. Er geht zu einem Schrank und nimmt eine Dose Baked Beans heraus. »Es ist nicht viel, aber es wird deinen Magen füllen.«

Er wendet mir den Rücken zu und holt ein Klappmesser aus seiner Tasche, um die Dose zu öffnen. Seine Rückenmuskeln spannen sich an. Trotz der Schusswunde in seiner Schulter sind seine Bewegungen kraftvoll. Er zeigt nicht den geringsten Anflug von Unbehagen.

Ich muss ihn einfach fragen: »Wie machst du das?«

Er blickt mich an. »Was?«

Er sieht so umwerfend heiß aus, dass mein Verstand damit kämpft, Moral von Bewunderung zu trennen. Vielleicht ist Bewunderung das falsche Wort. Vielleicht ist es einfach nur pure alte Lust, eine biologische weibliche Reaktion auf seine männliche Schönheit und

Das kann doch keiner ernst nehmen? Oder bin ich zu dumm dafür ???

Männlichkeit. »Weitermachen, als ob du nie angeschossen worden wärst.«

Er zuckt mit den Schultern und fährt damit fort, den Inhalt der Dose auf einen Teller zu geben. »Gewohnheit.«

»Du hast keine anderen Einschusslöcher, also kannst du nicht daran gewöhnt sein.«

»Ich bin an den Schmerz gewöhnt.« Eine Flut von Fragen öffnet sich in meinem Kopf, aber meine Gedanken verstummen, als er hinzufügt: »Genauso wie du an das Gefühl, zu ersticken, gewöhnt sein musst.«

Unwillkürlich schnürt sich meine Kehle als Reaktion auf die Empathie in seiner Stimme zu, was ihm zeigt, wie richtig seine Einschätzung ist.

»Willst du etwas trinken?«, fragt er, geht mit entspannten Schritten zur Kühlbox und holt zwei Flaschen Bier heraus.

Er bringt mir mein Frühstück, die Flaschen in der einen und den Teller und eine Gabel in der anderen Hand. Er stellt den Teller auf den Tisch und schaut mich an, während er die Bierflaschen öffnet.

Er drückt mir eine in die Hand und sagt: »Prost.«

Ich nehme die Flasche automatisch. Sie ist lauwarm in meiner verschwitzten Hand. Die Tatsache, dass sie nicht mehr kalt ist, muss bedeuten, dass er sich schon eine Weile hier draußen aufhält. Ich beobachte fasziniert, wie er die Flasche an seine Lippen hebt, sie kippt und den Inhalt schluckt. Sein Adamsapfel bewegt sich auf eine beunruhigend männliche Art und Weise und erinnert mich daran, wie lebendig sich eine Frau in den starken Armen eines Mannes fühlen kann.

Nein. Nicht die Richtung, in die meine Gedanken gehen sollten. Ich schaue weg, überallhin, nur nicht zu ihm. Mein Blick fällt auf das Buch auf dem Tisch, das er gerade gelesen hat. Der Titel überrascht mich. Es ist ein Lehrbuch über politische Ökonomie.

»Siehst du etwas Interessantes?«, fragt er mit leiser Stimme.

Ich schaue zurück zu ihm. »Nein.«

Ich verstecke mich hinter meiner Flasche und nehme einen Schluck. Es ist dunkel und nicht das helle Bier, das ich bevorzuge, aber die bittere Flüssigkeit besänftigt die Trockenheit meiner Lippen und das Kratzen in meinem Hals. Mein Durst wird gestillt, aber mein Körper wird warm und errötet.

Ich brauche Abstand. Ein einzelner Schritt bringt meinen Rücken näher zum Tisch. Gefangen. Ich setze mich mit meinem Hintern auf die Kante und versuche, nicht so auszusehen, als würde ich fliehen.

Er lehnt sich nach vorne, legt seine Handflächen auf den Tisch und klemmt mich zwischen seinen Armen ein. Ich bin mir nicht sicher, ob ich Frau genug bin für die Intensität in seinen Augen. Instinktiv weiß ich, dass er mich auf jeder Ebene zerquetschen wird, aber ich bin nicht stark genug, um wegzuschauen.

Er stellt sein Bier beiseite. Die Flasche rutscht über das Holz, als er sie in eine sichere Entfernung verschiebt. Sicher wofür?

Mein Mund wird wieder trocken, als er mir das

Bier aus den Händen nimmt und es irgendwo an die Seite stellt. Er ergreift meine Taille und setzt mich auf den Tisch. Mit meinen Beinen, die über die Seiten baumeln, sitze ich da wie eine Stoffpuppe. Er schließt seine Finger um meine Knie, drückt sie ein wenig zusammen und spreizt meine Beine genug, um zwischen sie zu treten. Er neigt seine Hüften leicht, gerade so viel, dass sich sein Körper gegen meinen drückt. Die unverkennbare Härte, die sich in meinen Bauch drückt, lässt mich innehalten. Meine Worte sind wieder nutzlos, meine Munition nur Platzpatronen.

Er greift sich eine Locke meines Haares und untersucht sie, indem er sie zwischen Daumen und Zeigefinger reibt. »Du bist hübscher als eine Puppe. Weißt du das?«

Ich schlucke.

»Meine Schwester hatte so eine Puppe mit babyblauen Augen und platinfarbenen Locken. Ich habe nie geglaubt, dass diese Schönheit auch nur annähernd real ist«, sinniert er. »Bis ich dich gesehen habe.« Er lässt mein Haar fallen, und sein Blick wandert zurück zu meinem Gesicht. Begehren funkelt in der Tiefe seiner Augen und lässt die bernsteinfarbenen Flecken in dem Braun leuchten. Seine Stimme ist tief, weich. »Es ist schon eine Weile her.«

Mein Herz setzt einen Schlag aus, und mein Atem beschleunigt sich. Nur ist es dieses Mal nicht meine Krankheit. Die Medikamente, die ich genommen habe, sind immer noch in meinem Blut. Diese Reaktion ist natürlich. Falsch. Ich öffne meinen Mund, aber es kommen keine Worte heraus.

»Du musst nicht Ja sagen, nur weil es für mich eine lange Zeit her ist«, sagt er, während er meine Brust über dem Camisole-Top umfasst und mit seinem Daumen über meine Brustwarze streicht, bis sie sich verhärtet.

»Ich …« Ich keuche, als er mich sanft kneift und ich vergesse, was ich sagen wollte, als er mit dem Handballen den Spitzenstoff über meinen harten Nippel reibt. Der legt aber schnell los

Die Spitze sorgt für zusätzliche Reibung. Fast schon zu viel. Seine Direktheit und offene Unverfrorenheit überraschen mich. Sie nähren ein geheimes Verlangen tief in mir, eine verdrehte Art von Verlangen, das ich niemals jemandem gegenüber offenbart habe, und meine Abwehrkräfte sinken gerade so weit, dass er sich in meine Fantasie stehlen kann.

Er senkt bereits seinen Mund auf meinen, als er sagt: »Du kannst Nein sagen.«

Anstatt auf meine Lippen abzuzielen, wie ich es erwartet habe, weicht er zu meinem Hals aus, aber er küsst mich nicht. Er zieht seine Nase an meinem Hals entlang zu meiner Schläfe. Er atmet tief ein und gibt ein Geräusch in seiner Kehle von sich – ein zufriedenes Stöhnen.

»Du riechst gut«, sagt er mit heiserer Stimme. »Wie Blumen. Was ist das?«

»Orangenblüten«, krächze ich heraus.

Mein Herz rast in meiner Brust, weil ich erkenne,

wohin das führt. Ich halte vollkommen still, wie ein in die Enge getriebenes Tier, das sich dem Stärkeren unterwirft, während ich mir den Kopf über eine clevere Strategie zerbreche, um mich zu retten.

Mit unerträglicher Sanftheit nimmt er mein Haar im Nacken zu einem Pferdeschwanz zusammen und legt es über eine Schulter. Er bewegt seinen Mund zu meiner entblößten Schulter und haucht mir einem Kuss über die Haut, bevor er seine Lippen auf meine Ohrmuschel legt.

Ein Schauer läuft über mich hinweg. Wieder drückt er seine Lippen nicht auf meine Haut. Nur sein Atem berührt mich, erhitzt diese empfindliche Stelle, als er so leise sagt, dass ich glaube, mich verhört zu haben: »Du gehörst mir.«

Sobald das Versprechen gegeben ist, besiegelt er es mit einem Kuss. Seine Lippen wandern über meine Ohrmuschel und seine Bartstoppeln kratzen auf meiner Haut. Es ist ein trockener, besitzergreifender Kuss, ein Kuss, der Vertrautheit voraussetzt und gleichzeitig mit der Aufregung sprüht, neues Territorium zu erforschen.

Ich erstarre, nicht, weil ich schwach bin, sondern weil es ein erster Kuss ist. Der erste Kuss, egal wo oder wie er gegeben wird, ist heilig. Ein erster Kuss erzählt alles. Er sagt einer Frau, ob ein Mann sie ficken oder mit ihr Liebe machen will. Er sagt ihr, wie ein Mann sie für den Rest ihres Lebens behandeln wird. Er sagt ihr, ob er ihr am nächsten Morgen Kaffee kochen wird oder seine Sekretärin unpersönliche Blumen schicken lässt. Er sagt ihr, ob er ihre Hand halten wird, wenn sie zusammen spazieren gehen, oder ob er in sein Telefon vertieft ist. Er sagt, ob er möchte, dass sie die Tür beim Hinausgehen schließt oder ob er mit ihr alt werden möchte.

Er kratzt mit seinen Zähnen über mein Ohrläppchen und zieht meinen Duft in seine Lungen, als ob es sein Recht wäre, sich am Geruch meiner Haut zu berauschen. Er schmeckt mich, als würde er etwas Neues ausprobieren, was er für immer essen will.

Dieser Kuss ist weder eine einmalige Sache noch für immer. Es ist beides und alles dazwischen. Ich bin noch nie so geküsst worden, mit so viel Geduld und doch genug Intensität, um meine Haut zu verbrennen.

Meine Handflächen sind schweißnass. Eine Hitzewelle läuft von meinem Bauch bis zu meinen Zehen. Dies ist fremdes Territorium. Ich weiß nicht, was ich tue, nur, dass ich dem mit meinem Schweigen zugestimmt habe. Trotzdem lässt er mir eine Hintertür, da ich sprechen könnte, während seine Lippen an meinen Kiefer entlangwandern. Meine Antwort ist, meinen Kopf nach hinten zu neigen, um ihm besseren Zugang zu meinem Hals zu ermöglichen.

Er nimmt das Angebot nicht einfach an. Er ergreift es gierig und saugt sich einen Weg die Wölbung hinunter zu meiner Schulter und wieder hoch zu meinem Hals. Als ich immer noch nicht Nein sage, werden endlich die Samthandschuhe ausgezogen.

Er umfasst mein Gesicht mit einer großen Hand, streicht mit seinen Fingern über meine Wange und zieht mich näher heran. Unsere Münder prallen aufeinander, als er mir auf halbem Weg begegnet. Mein Körper bricht in Flammen aus. Die Explosivität der Erregung ist ein neuer Höhepunkt für mich. Vielleicht liegt es an der Gefahr. Vielleicht ist er es. Vielleicht ist es das Wissen, wie kurz das Leben ist, oder die impulsive Seite von mir, die ich nie zähmen konnte. Vielleicht ist es der Glaube daran, dass Sex jenseits des enttäuschenden Durchschnitts nicht existiert und die Freude darüber, dass er beweist, dass diese traurige Annahme falsch ist. Vielleicht ist es eine Kombination aus allem, aber als er meinen Po ergreift und mich an die Tischkante zieht, hat er gewonnen.

Er hatte recht. Ich kann nirgendwo hinlaufen. Nicht in diesen Fall. Nicht, wenn meine Ex-Freunde mich als Nymphomanin bezeichneten, weil ich einen gesunden Appetit auf Sex habe, und Ian mir das Gefühl gibt, normal zu sein.

Er nimmt meinen Mund in Besitz und fickt bereits meine Lippen mit seiner Zunge. Es ist heiß und fordernd, die Dringlichkeit, die ich von einem Mann erwarte, der schon eine Weile nicht mehr mit einer Frau zusammen war. Er reibt seine Erektion zwischen meinen Beinen und macht mich feucht.

Wegen seiner Verletzung ergreife ich seine Schultern, um mich zu stabilisieren. Seine Haut ist warm, und sein Körper hart. Er fängt meine Lippe mit seinen Zähnen, und ich erwidere den Schmerz, indem ich meine Nägel über seine Haut ziehe. Er berührt meine Brüste und stöhnt tief in seinem Hals. Ich fahre

Tut mir leid das es hier kein Kommentare gibt, aber die Situation - keine Ahnung was ich sagen soll mit meinen Händen über seine harten Bauchmuskeln und ziehe die Wölbungen seines Sixpacks nach. Die leichte männliche Brustbehaarung ist rau unter meinen Fingerspitzen. Er bekommt eine Gänsehaut, und sein Bauch erzittert unter meinen Handflächen. Er gräbt seine Finger in meinen Hosenbund und zieht mich fester gegen sich.

Ich stöhne bei dem bisschen Rauheit. Wir machen einen Tanz des Gebens und Nehmens. Er knöpft meine Jeans auf, und ich greife nach seinem Gürtel. Er zieht meinen Reißverschluss herunter, während ich seine Schnalle öffne. Ich greife nach seinem Reißverschluss, aber er nimmt meinen Kopf zwischen seinen Händen und kippt mein Gesicht zurück. Die Bewegung zwingt mich dazu, meine Arme um seinen Hals zu legen, um mich vor dem Fallen zu bewahren. Er beobachtet mich mit verstörender Intensität, während ich meine Knöchel um seine Taille schließe.

Er senkt seine Lippen langsam auf meine und wechselt von hektisch wieder zu geduldig. Er schließt seine Augen, während er mich küsst. Der Kuss ist sorgfältig und akribisch. Er zielt darauf ab, zu erforschen und zu erregen. Er bietet eine zarte Liebkosung. Er sagt mir, dass er meinen Körper nicht ficken wird. Er wird ihn anbeten.

»Ja«, sage ich und stöhne in den Kuss hinein.

»Ja, verdammt nochmal.«

Seine Worte sind hitzig, die Zustimmung in ihnen verwirrt meinen Kopf, weil sie kein Recht haben, mir ein gutes Gefühl zu verschaffen. Er küsst mich mit langsamer Präzision, konzentriert sich auf jede Sekunde, als würde er sie in sein Gedächtnis einbrennen.

Verdammt, er weiß, wie man küsst. Er erforscht mit seinen Lippen, Zähnen und seiner Zunge. Er nimmt mit Hingabe, fordert alles und verwöhnt mich im Gegenzug. Es ist ein einfacher Austausch, ein uralter und instinktiver, und es ist einfach, einem Mann zu folgen, der weiß, wie man führt.

Ich erforsche ihn ebenso und fahre mit meiner Zunge den Saum seiner Lippen nach, bevor ich ihn intensiver schmecke. Ein Stöhnen vibriert in seiner Brust und verrät die Dringlichkeit seines Bedürfnisses, aber er hetzt mich nicht. Er lässt mich das auskosten.

Als mein Kiefer müde ist und ich langsamer küsse, legt er seine Hände um meine Taille, um mich hochzuhalten, während er seine Lippen zu meinen Brüsten bewegt. Mein Geschlecht schmerzt und ist geschwollen, als er meine Brustwarze durch die Spitze meiner Camisole leckt.

»Diese Farbe steht dir«, sagt er und saugt den mit Spitze bedeckten Nippel in seinen Mund. »Ich mag sie auch auf deinem Mund.« Er brummt seine Wertschätzung. »Lila wie eine Pflaume.«

Ich wölbe meinen Rücken, als er das Gleiche mit der anderen Brust macht. Ich bin verloren in der Leidenschaft, ertrinke in einem dunklen Meer von Verlangen, und zum ersten Mal macht mir der Mangel an Luft keine Angst. So kann ich glücklich sterben.

Er küsst einen Weg zu meinem Bauchnabel und

hinterlässt eine feuchte Spur auf der Seide. Ich will, dass er das Mieder auszieht, aber gleichzeitig macht es mich verrückt, wenn er mich durch die Seide küsst. Seine Zunge ist verrucht heiß und doch erregend außer Reichweite, von meiner Haut durch den Stoff getrennt.

Als er wieder in den Bund meiner Jeans greift, hebe ich meinen Hintern. Er zieht die Jeans von meinen Beinen und lässt das Kleidungsstück auf den Boden fallen.

Seine Augen sind auf das passende Spitzenhöschen des Unterwäsche-Sets fixiert, während er seine Handflächen meine Oberschenkel hinaufschiebt. »Fuck.« Er spreizt meine Beine weit. »Das ist so verdammt sexy.«

Das Kompliment lässt meinen Körper glühen. Er ergreift meine Oberschenkel und legt sie über seine Schultern. Ich bin besorgt, dass ich seine Wunde verletze, aber er hat seinen Kopf bereits zwischen meinen Schenkeln vergraben. Er beobachtet mich, während er mit seinen Lippen über die Spitze streicht, die meine Falten bedeckt.

Der Blick in seinen Augen ist fiebrig, hungrig, aber die Arbeit seines Mundes ist geduldig und genüsslich. Als er meinen Kitzler mit seinen Zähnen streift, gebe ich auf. Ich werfe meinen Kopf zurück und stütze mein Gewicht auf meine Ellenbogen.

Ein Reißen ertönt. Luft strömt über meine nassen Falten. Ohaaa das war bestimmt teuer

In seiner Stimme schwingt noch mehr

War ja irgendwie klar. das er das perfekt kann oder?

Zufriedenheit mit. »Du wachst. Landing Strip.« Er zeichnet meinen Schlitz mit einem Finger nach. »Mein Favorit. So verdammt hübsch.«

Seine Fingerkuppe neckt meine Klitoris. Ich lasse keine Gedanken in die Quere kommen. Ich analysiere nicht, was wir tun oder warum es falsch ist. Ich reite einfach auf der Flut der Gefühle, die er aufbaut, als er mich sanft teilt und einen Finger hineinschiebt.

»Wie viele, Baby Doll?«

Ich schaue ihn verständnislos an. »Was?«

»Wie viele Männer?«

»Keiner von Bedeutung.«

Meine Antwort erfreut ihn. Er taucht tief ein und streichelt mit seinem Finger eine empfindliche Stelle, die mich aufschreien lässt.

»Willst du auf meinem Finger oder auf meinem Schwanz kommen?«, fragt er und stößt einige Male leicht zu.

Wir haben den Punkt überschritten, an dem es noch ein Zurück gab. Wir wissen es beide, aber er lässt mir trotzdem die Wahl.

»Schwanz«, sage ich mit atemloser Stimme.

Seine Worte klingen rau. »Meine Art von Mädchen.«

Er zieht seinen Finger zurück und holt sein Portemonnaie aus seiner Gesäßtasche. Ich liege gespreizt vor ihm, immer noch mit meinen Knien über seinen Schultern, während er ein Kondom herausnimmt und die Brieftasche auf den Tisch fallen lässt. Er blickt auf das, was er vor sich hat, starrt begierig auf meine Nacktheit, und ich genieße die ungeteilte Aufmerksamkeit. Ich sauge seine männliche Lust in mich auf.

Er zieht schnell seine Jeans über seine Hüften. Er trägt keine Unterwäsche. Sein Schwanz ist dick und lang. Es ist keine Überraschung, dass er perfekt geformt, gerade und stolz ist, genau wie der Rest von ihm. Die Eichel ist glatt, ausladend und glänzt mit einem Lusttropfen.

Er schaut immer noch auf mein Geschlecht, während er das Kondom über seine Erektion rollt und sich zweimal streichelt. Er hält meine Hüfte in einer Hand, nimmt die Wurzel seines Schwanzes in die andere und reibt den Kopf über meinen Schlitz, wobei er meine Erregung nutzt, um sich zu schmieren. Mein Atem stockt, als er mit dem breiten Kopf sanft meine Falten teilt und ihn gerade so hineinzwängt.

Erst dann schaut er wieder in mein Gesicht. Die Intensität seines Blicks lässt das Braun seiner Augen noch dunkler erscheinen. Das Gewicht seiner Lust lastet auf mir, als er sich nach vorne stürzt und mich dehnt. Das Vergnügen zerreißt mich. Es kommt wie ein Blitz und raubt mir die Luft aus den Lungen. Es reißt und brennt mit einem gleißenden Blitz der Ekstase, setzt mich in Brand und lässt mich mehr brauchen, trotz des Schmerzes, der untrennbar mit dem Vergnügen verbunden ist.

Seine Finger graben sich in meine Hüfte, als er sich herauszieht, bis nur noch seine Eichel mich ausdehnt. Bevor er ganz herausrutscht, stößt er wieder zu. Ich stöhne bei der Härte. Sie ist gewalttätig wie meine Lust. Er umfasst meinen Hinterkopf und stützt mein Gewicht in einer breiten Handfläche, während er sich zu bewegen beginnt.

Seine Stöße sind sanfter und zielen darauf ab, unsere Entladungen zu synchronisieren. Meine kommt trotzdem schnell, und als sich meine inneren Muskeln um ihn zusammenziehen, lässt er meinen Kopf los, um mit einem Daumen über meine Klitoris zu reiben. Alles zieht sich zusammen. Meine Oberschenkel zittern, und mein Körper spannt sich an. Meine Entladung strömt in Hitzewellen durch mich hindurch.

Er stößt tief zu, hält inne und kommt mit einem Stöhnen. Sein Gesichtsausdruck verrät mir, dass er stark kommt. Er pulsiert in mir, schwillt noch dicker an und bricht zusammen, als ob der Höhepunkt ihm alles genommen hätte.

Zu schnell ist es vorbei. Nicht, dass ich mehr vertragen könnte. Ich will einfach nicht, dass es aufhört.

Er lässt mich auf den Tisch sinken, benutzt seine Handfläche als Kissen für meinen Kopf und lässt seinen Oberkörper an dem meinen ruhen. Sein Atem ist warm an meinem Hals, und seine Lippen weich, als er die Stelle hinter meinem Ohr küsst, wo er eine so schockierende und unbedachte Behauptung aufgestellt hat.

»Fuck«, murmelt er gegen meine Haut.

Er hebt sein Gesicht und schaut auf mich herab. Sein Ausdruck ist ein Spektrum an Emotionen, die alle offen und zur Schau gestellt werden. Er versteckt die Befriedigung und Bewunderung nicht. Er lässt mich alles sehen und erlaubt mir, mein Ego an seiner Verletzlichkeit zu nähren.

Es ist ein Geschenk, ein enormes Geschenk, das nur ein Mann mit eimerweise starkem Selbstwertgefühl bieten kann. Ein schwächerer Mann könnte sich niemals so offen zur Zielscheibe machen, denn mich diese Wahrheit sehen zu lassen erfordert eine Machtübertragung, bei der er mir alles gibt. Er zeigt mir, wie schwach ich ihn mache und wie sehr ihm gefällt, was wir gemacht haben.

Es gibt keine Reue in seinen Augen, während er mein Gesicht betrachtet. »Geht es dir gut?«

»Mm.« Ich bin lethargisch und high von Endorphinen.

Seine Augen werden warm vor Zufriedenheit. Die schiefe Kurve seiner Lippen lässt ihn unfassbar gut aussehen. »Brauchst du ein Bad? Es gibt kein fließendes Wasser, aber ich kann ein Feuer machen und etwas erhitzen.«

Ohne nachzudenken, fahre ich mit meinen Händen durch sein Haar. Der rasierte Teil ist rau unter meinen Fingerspitzen, während sich die langen Strähnen in meinen Fingern verheddern.

Er zischt, als ich ziehe. Er verengt seine Augen ein wenig, und Hitze funkelt in der Tiefe dieses klugen, satten Brauns. Er wird wieder dick in mir, aber als ich meine Muskeln anspanne, um ihn tiefer zu ziehen, zieht er sich zurück.

»Nicht so schnell«, sagt er mit angespannter Stimme. »Du wirst am Morgen wund sein.«

Ich möchte sagen, dass es bereits der Morgen ist, aber ich möchte seine Aufmerksamkeit nicht auf die Zeit lenken. Wenn er noch tödlichere Pläne für mich hat, will ich ihn nicht daran erinnern, dass die Zeit abläuft. Scheiße. Ich möchte nicht darüber nachdenken, dass ich mich gerade von meinem Kidnapper ficken lassen habe. Ich kann es nicht glauben.

Als er sich aufrichtet, gleitet mein Blick zu seinem immer noch erigierten Schwanz.

»Wie sieht es mit dem Bad aus?«, fragt er, entledigt sich des Kondoms und wirft es in eine Mülltüte auf dem Boden.

Ohne die Hitze seines Körpers und seine Lippen mit ihrem lustvollen Versprechen auf meiner Haut, verflüchtigt sich der Dunst meiner Lust und die Realität sickert ein. Kalt und unheimlich. Er hat bekommen, was er wollte. Er wird auch jetzt alles mit mir tun können, was er will.

Ich setze mich auf, ohne mir die Mühe zu machen, meine Beine zu schließen. Trotz der Tatsache, dass der Tod ein sehr mögliches Ergebnis dieses Treffens ist, bin ich so pervers.

Er schaut zu mir. Er kann nicht anders.

Ich sauge es auf. Ich kann auch nicht anders.

»Baby Doll.« Er richtet seinen Blick von meinem Geschlecht zu meinem Gesicht. Seine Stimme klingt gequält. »Du machst es mir nicht leicht.« Als er zu einer Entscheidung kommt, verhärtet sich sein Ausdruck. »Bad. Ja oder nein? Du hast eine Sekunde, um dich zu entscheiden.«

»Was ist die Alternative?«

Die Frage ist geladen. Zu leben oder zu sterben. Er hat die Macht. Mein Leben liegt in seinen Händen.

»Zu gehen«, sagt er und presst die Worte fast heraus.

Mein Magen zieht sich zusammen. Hoffnung lässt mich schwerer atmen. Ich schließe meine Beine. Kann ich ihm vertrauen?

Er rückt seine Jeans zurecht und zieht den Reißverschluss zu. Dann wartet er.

»Kein Bad«, sage ich und halte den Atem an, während ich prüfe, ob er sein Wort hält.

Er widerspricht nicht, aber seine Schultern sind angespannt, als er meine Jeans vom Boden aufhebt und sie mir reicht.

Ich schlüpfe in sie hinein, ohne meinen Blick von ihm abzuwenden. Kerle werden nach dem Sex nicht emotional. Er kann mir immer noch die Kehle aufschlitzen und meine Leiche in den Büschen entsorgen. Nur weil ich ihn in mich gelassen habe, heißt das nicht, dass er Gnade walten lassen wird.

»Wenn du Hunger auf etwas Appetitlicheres hast«, sagt er, »kann ich dir ein Chili zubereiten.«

Ich schüttele den Kopf.

Eine Sekunde vergeht. In dieser Sekunde wägt er etwas ab, etwas, was ich nicht erkennen kann. Die

Spannung steigt, als er seine Entscheidung trifft und die Waage sich auf einer Seite senkt.

»Komm«, sagt er und führt mich ins Wohnzimmer.

Ich folge ihm, weil ich keine andere Wahl habe.

Meine Jacke und meine Tasche liegen auf dem Sofa. Er nimmt die Jacke hoch und hält sie auf. Ich schlüpfe hinein und lasse ihn mir helfen, die Ärmel zurechtzuziehen.

Er ergreift meine Schultern und dreht mich zurück zu sich. Unsere Augen treffen sich, als er den Reißverschluss der Jacke schließt. Er hält den Schieber fest, als er am Ende des Reißverschlusses ankommt. Ein Moment des Zögerns vergeht, bevor er mich loslässt.

»Setz dich«, sagt er.

Ich schlucke und gehorche. Er geht zurück in die Küche. Ich lausche mit pochendem Herzen auf seine Schritte, die den Flur entlangschallen. Ich betrachte meine Tasche. Die Schritte verstummen. Stille. Ich habe wertvolle Sekunden.

Ich schnappe mir die Tasche, öffne den Reißverschluss und durchwühle den Inhalt. Es ist eine sinnlose Hoffnung, aber vielleicht hat er mein Telefon zurückgelegt. Vielleicht hat er nur das Standortermittlung deaktiviert.

Die Schritte werden wieder lauter. Mein Herz droht mir aus der Brust zu platzen, während ich Make-up und Taschentücher beiseiteschiebe. Scheiße. Der Aufschlag seiner Stiefel auf dem Beton kommt immer näher. Zu spät. Ich lasse die Tasche neben mir fallen, verschränke die Arme und versuche, meine Gesichtszüge in den Griff zu bekommen.

»Ich habe es zerstört«, sagt er vom Türrahmen aus.

Ich räuspere mich und täusche Unschuld vor. »Was?«

»Ich musste dein Telefon zerstören. Ich wollte nicht, dass dein Weichei-Date es benutzt, um uns aufzuspüren.«

»Hast du es mit deinem Truck in die Luft gejagt?«

»Ja.«

Es gibt nichts zu sagen. Zu leugnen, dass ich danach gesucht habe, würde nur wie die Lüge klingen, die sie wäre. Mein Blick wandert zu seinen Händen. In der einen Hand baumeln meine Schuhe, in der anderen hält er Desinfektionstücher.

Er durchquert schweigend den Raum. Er hockt sich vor mir hin, lässt die Schuhe fallen und nimmt meinen rechten Fuß in seine Hände. Er legt meine Ferse auf seinen Oberschenkel und benutzt die Tücher, um meinen Fuß zu säubern, bis alles Schwarz vom schmutzigen Boden entfernt ist. Dann zieht er mir meinen Schuh an und befestigt den Riemen um den Knöchel.

Ich wäre aufgesprungen vor Lachen. Das muss doch kitzeln wie wild.

Als er das Gleiche mit dem anderen Fuß gemacht hat, richtet er sich auf und reicht mir die Hand. Ich lege meine Finger in seine Handfläche und lasse mich von ihm hochziehen. Er nimmt ein T-Shirt aus einer Tasche hinter dem Sofa und zieht es sich über den Kopf.

Irgendwo kräht ein Hahn.

Es gibt Leben in der Nähe, vielleicht einen kleinen Bauernhof oder eine Siedlung.

»Ist dir kalt?«, fragt er.

Wie von Zauberhand überkommt mich ein unwillkürlicher Schauer. »Nein.«

Er schnappt sich seine Lederjacke von der Sofalehne und hängt sie mir über die Schultern. Der ritterliche Akt verblüfft mich, aber ich lasse mir davon keine Hoffnung machen. Grausamkeit und Freundlichkeit treten oft gemeinsam auf. Manchmal verlaufen sie ineinander und erschaffen ein graues Porträt aus Schwarzweiß.

Er lässt mich dort stehen, geht zurück in die Küche und kommt mit der Waffe zurück. Mein Magen zieht sich zusammen. Angst erfüllt mich, als er mich nach draußen führt und die Tür abschließt.

Anstatt den Porsche zu nehmen, zieht er eine Tarnabdeckung von einem neben dem Haus geparkten Truck. Es ist ein Land Rover, nicht alt, aber auch nicht neu. Er ist die Art, die viele der Jungs aus der Stadt und den umliegenden Farmen fahren. Unauffällig fügt er sich in den Verkehr auf den Straßen ein.

Wie gestern Abend, oder eher heute früh, schiebt er mich auf den Sitz, legt mir den Sicherheitsgurt an und schließt die Tür, bevor er das Steuer übernimmt. Er schiebt die Waffe unter seinen Sitz, weit außerhalb meiner Reichweite, und lässt meine Tasche auf die Rückbank fallen.

Der Horizont ist dunkelviolett, die Nacht wird kaum vom Tag verdrängt. Es ist die schlimmste Zeit für mich, eine Zeit, in der ich normalerweise wach daliege und meine Gedanken so still sind, dass die Schuldgefühle an meinem Gewissen nagen. Ich bekomme den gleichen Blues, dieses seltsame Gefühl von Nostalgie und Verlust, als er den Motor startet und dem Feldweg zur Straße folgt.

Anstatt der großen Straße nach Rustenburg zu folgen, fährt er auf die kleinere. Die Schlaglöcher sorgen für eine holprige Fahrt.

Als der Motor warmgelaufen ist, schaltet er die Heizung an, stellt die Gebläse ein und lenkt die warme Luft in meine Richtung. Der Geruch der frühmorgendlichen Holzfeuer aus den illegalen Siedlungen hinter dem Hügel trägt die wohlige Luft weiter, die im Inneren weht. Er ist ein guter Fahrer, der mit Leichtigkeit über die Schotterstraße navigiert, und ich kann nicht anders, als sein Können zu bewundern. Seine Hände sind nicht um das Lenkrad geballt, aber sein Griff ist fest. Er ist entspannt und hat die Kontrolle.

Natürlich kann er alles perfekt

Als wir den schlimmsten Teil der Straße hinter uns haben und die Reifen wieder leiser auf dem Schotter rollen, sagt er: »Die Polizei wird Fragen stellen.«

Ich sacke in meinem Sitz zusammen. Mein Atem stockt, aber ich lasse ihn mein Schluchzen der Erleichterung nicht hören. Er wird mich nicht umbringen. Er wird sein Wort halten.

»Du kennst meinen Namen nicht, und du weißt nicht, wohin ich dich gebracht habe.« Er wartet, bis ich die Anweisungen verstanden habe. »Ich habe dir die

Augen verbunden und bin eine lange Zeit gefahren. Du hast versucht zu zählen, aber du hast den Überblick verloren.« Er blickt mich an. »Verstanden?«

»Ja.«

»Ich habe dich gefesselt und die Nacht über behalten, dann habe ich dich in die Stadt gefahren und dich gehen lassen. Du hast weder etwas gesehen noch gehört. Du hast kaum einen Blick auf mein Gesicht geworfen. Wenn sie dich nach einer Beschreibung fragen, kannst du dich nicht erinnern. Es war dunkel. Die Lichter des Trucks haben dich geblendet. Du warst zu gestresst. Das sind alles Dinge, die du sagen kannst. Niemand kann sie gegen dich verwenden.«

»Okay.« Ich nicke, um mein Einverständnis zu betonen, alles, damit er mich gehen lässt.

»Gut.« Er lächelt, aber das Lächeln ist angespannt. Die gleiche Anspannung von vorhin hängt in der Luft.

Diese Anspannung kommt nicht daher, dass er sich Sorgen macht, mir zu vertrauen, dass ich nicht alles ausplaudere. Er weiß, dass er mich gefügig machen kann. Er kann mich stalken oder terrorisieren. Er kann zurückkommen und sich rächen. Seine Sorge gilt etwas anderem, aber ich verstehe nicht, was.

Die Fahrt dauert mehr als eine Stunde. Es ist nach halb sieben, als wir die Bahngleise überqueren und in Rustenburg ankommen.

Ich setze mich aufrechter hin. Mint muss inzwischen zu Hause angekommen sein. Hoffentlich. Die Polizei wird nach Ian suchen. Es kann sein, dass es Straßensperren gibt. Vielleicht hat er auch schon eine

App benutzt, um zu überprüfen, wo sie die Straßen gesperrt haben.

Diese frühmorgendlichen Schuldgefühle, unter denen ich leide, krachen frontal in mich hinein. Ich habe den Mann gefickt, der mich entführt hat, und Mint liegt vielleicht tot irgendwo auf der Straße. Nicht eine Sekunde lang habe ich an Mint gedacht, während Ian in mir war. Macht mich das zu einem verachtenswerten Menschen?

Er macht einen Abstecher nach Kloof und kehrt über die hügelige Seite ins Zentrum zurück. Er fragt nicht nach dem Weg oder wo ich wohne. Das muss er auch nicht. Er hat meine Adresse in meinem Ausweis gesehen. Es ist beunruhigend, dass er es weiß, und mein Magen krampft sich bei der Erkenntnis zusammen. Er parkt einen Block entfernt auf der Rückseite meines Wohnhauses und stellt den Motor ab.

Das ist der Moment. Er kann seine Meinung immer noch ändern. Ich bin schon wieder ganz angespannt. Die Angst stampft über alles andere in meiner Brust. Sie wird sich nicht beruhigen, noch nicht.

Ich kann den Blick nicht von seinem Gesicht abwenden. Ich kann nicht aufhören, seine Augen nach einem Scherz oder einer Lüge zu durchsuchen, als er meine Tasche von hinten nimmt und sie mir in die Hand drückt. Das geht zu einfach. Das Leben hat mich gelehrt, nie etwas zu vertrauen, das zu leicht daherkommt.

Mein Atem stockt, als er mein Gesicht in seine

große Hand nimmt, seine Finger über eine Wange streicht und seinen Daumen in die andere gräbt.

Seine Stimme ist heiß und düster. »Du brauchst keine Angst zu haben, hübsche Puppe. Dir wird nichts passieren, wenn du ein gutes Mädchen für mich bist, aber du weißt, was mit bösen Mädchen passieren muss. Oder nicht?« Er zieht mich so nah an sich heran, dass sich sein Atem in meine geöffneten Lippen stiehlt und mich mit seiner Luft versorgt. »Glaube nicht eine Sekunde lang, dass ich nicht hinter dir her sein werde.« Er besiegelt das Versprechen mit einem Kuss, der so zärtlich ist, dass er nicht mehr als eine Berührung seiner Lippen ist, und fügt in einem sanften Ton hinzu: »Ich weiß, wo du wohnst.«

Mein Inneres erfriert, während meine Haut verbrennt. Er entwaffnet mich mit einer Berührung, besitzt mich mit Dominanz und erschreckt mich mit Zärtlichkeit.

Er bewegt sich mit einer Kopfbewegung in Richtung meines Blockes, lässt den unordentlichen Pony über seine Augen fallen und sagt mit tiefer und unerschütterlicher Stimme: »Geh.«

Geh.

Ein einziger Befehl.

Er lässt mich frei. Er lässt mich gehen.

Ist es ein falsches Versprechen? Wird es wie in dem Film sein, in dem der Entführer seiner Gefangenen sagt, dass er sie gehen lässt, dass sie weggehen soll, ohne sich umzudrehen, und sie dann erschießt?

Ich schlucke.

Er beugt sich über mich und öffnet die Tür. »Geh, Baby Doll.«

Ich steige auf wackeligen Beinen aus. Ich schaue nicht zurück. Ich gehe.

Jeder Schritt, den ich mache, fühlt sich an, als würde ich auf einem Drahtseil laufen. Als ich die Kurve erreiche, heult der Motor auf. Ich zittere. Bevor ich um die Ecke gebogen bin, höre ich ihn losfahren. Er fährt langsam hinter mir, folgt mir, und als ich den Weg nehme, der durch den hinteren Garten führt, steht der Truck am Bordstein.

Tränen fließen über mein Gesicht. Sie stammen von aufgestauter Spannung, Erleichterung und Stress. Es ist nicht vorbei, bis ich drinnen bin. Meine Hand zittert, als ich meinen Code am Hintereingang eingebe und die Sekunden zähle, bis das Klicken ertönt und die Tür aufspringt.

Die Reifen quietschen. Der Truck fährt los. Die Tür schließt sich hinter mir und verschluckt den Lärm von draußen. Der vertraute Geruch von Terrakottafliesenpolitur dringt in meine Nase. Ich bin drin. Ich habe es geschafft.

Ich sacke gegen die Briefkästen, weil meine Beine nachgeben. Ein Schluchzen entweicht mir, während ich auf den Boden rutsche. Ich bleibe dort sitzen, hole Luft und versuche, den trockenen Husten zu kontrollieren, der mich nicht atmen lässt.

Drin. Ich muss zu meiner Wohnung.

Irgendwie schaffe ich es, mich zusammenzureißen und mich wieder hochzurappeln. Wie durch ein

Wunder knicke ich nicht auf meinen unpraktischen Schuhen um, als ich die Lobby durchquere und die Treppe hinaufgehe. Ich zittere so sehr, dass ich darum kämpfe, meinen Schlüssel zu finden. Er fällt mit einem Klirren auf den Treppenabsatz und klingt ohrenbetäubend in der frühmorgendlichen Stille. Die meisten Leute schlafen noch.

Die Tür neben meiner öffnet sich genau in dem Moment, als ich es endlich schaffe, den Schlüssel umzudrehen.

Mrs. Steyn streckt ihren Kopf aus dem Rahmen. Sie hat Lockenwickler in den Haaren. Sie verzieht das Gesicht, während sie mich betrachtet. »Schämen Sie sich, sich in denselben Klamotten, in denen Sie gestern Abend gegangen sind, hierher zurückzuschleichen. Er wird Sie nicht heiraten, wenn Sie mit ihm geschlafen haben. Männer kaufen keine Milch, wenn sie die Kuh umsonst bekommen können.«

Wortlos gehe ich in die Wohnung, da ich zu erschöpft für dieses Gespräch bin.

»Die Polizei war hier«, ruft sie, schlurft in ihren Hausschuhen nach draußen und zieht ihren nelkenrosa Bademantel vorne zusammen. »Sie hat nach Ihnen gefragt.«

Ich erstarre. Mint. Gott sei Dank. Er hat es geschafft. »Was haben die Beamten gesagt?«

»Nicht viel. Nur, dass Sie sie anrufen sollen, wenn Sie nach Hause kommen. Es sind Drogen, nicht wahr? Ich wusste, dass Sie sich mit den falschen Leuten eingelassen haben.«

Ich schaue links und rechts über das Geländer des Balkons, aber auf der Straße darunter stehen keine Autos.

»Werden Sie sie anrufen?«, fragt sie laut genug, um das ganze Gebäude aufzuwecken.

»Ja«, sage ich, in der Hoffnung, dass es sie zum Schweigen bringt.

»Ich mag es nicht, in aller Herrgottsfrühe von Polizisten geweckt zu werden, die an meine Tür klopfen.«

»Das tut mir leid.« Bevor sie sich weiter beschweren kann, schließe ich die Tür und verriegele sie.

Ich lehne mich gegen das Holz, lasse meine Tasche auf den kleinen Tisch im Eingang fallen und bedecke meinen Mund mit einer Hand. Die Jacke, die ich immer noch trage, riecht nach Tabak und Leder. Das Stechen zwischen meinen Beinen ist eine anklagende Erinnerung an das, was ich getan habe. Aber was mich am meisten erschüttert, ist das leise Versprechen, das mich wie ein ominöser Schatten verfolgt, sogar bis in meinen sicheren Hafen.

Ich bewege meine Schultern und lasse die Jacke auf den Boden fallen, als ob das Leder nicht butterweich und warm auf meiner Haut wäre. Es dauert einen Moment, bis ich mich gesammelt habe.

Mach einfach weiter, als wäre nichts geschehen, Cas.

Wenn mich Zweifel oder Zwänge überkommen, halte ich mich an die Routine. Sie hilft mir, damit umzugehen. Als ich ruhiger bin, ziehe ich mir die

Schuhe aus, hebe die Jacke auf und sehe mich in der Wohnung nach einem Versteck um.

Nein, ich kann sie nicht hier aufbewahren. Ich muss die Jacke später irgendwo entsorgen. Für den Moment lasse ich sie auf dem Sofa liegen. Ich kann nicht glauben, dass Ian das Risiko eingegangen ist, seine Jacke bei mir zurückzulassen. Er muss gewusst haben, dass ich versucht sein würde, sie der Polizei zu übergeben, aber dann meldet sich seine Warnung in meinem Kopf, diese dunklen Worte, die er mit einem Kuss auf meine Lippen gedrückt hatte.

Ich schüttele den störenden Gedanken ab und mache mich auf den Weg ins Bad. Ich muss diese Nacht wegwaschen. Ich muss mich vom warmen Wasser beruhigen lassen, damit ich nachdenken kann.

Gerade als ich mein Schlafzimmer erreiche, klopft es laut an der Tür.

»Polizei. Machen Sie auf.«

5

CAS

Der Mann an meiner Türschwelle hat blonde Haare und grüne Augen. Er ist gut gebaut und eher groß. Der hinter ihm ist schlank und dunkelhaarig.

»Detective Wolfe«, sagt derjenige mit den grünen Augen und hält seine Marke hoch. »Uns wurde eine Entführung gemeldet.« Er mustert mich, betrachtet meine Haare, mein Gesicht, meine Kleidung und meine nackten Füße. »Ich möchte, dass Sie mit aufs Revier kommen und ein paar Fragen beantworten.«

Scheiße. Mir bricht kalter Schweiß aus. »Natürlich. Ich muss nur schnell duschen. Ich komme gleich danach runter.«

Ein Lächeln, das sehr nach einer Herausforderung aussieht, flackert über Wolfes Gesicht. »Unter diesen Umständen würde ich sagen, dass eine Dusche warten kann.«

Ich klammere mich an die Kante der Tür, als sich

meine Hysterie in Wut verwandelt. »Ich wurde die ganze Nacht als Geisel gehalten. Ich denke, Sie würden auch eine Dusche wollen, wenn Sie an meiner Stelle wären.«

»Ein Verbrecher ist auf freiem Fuß, Miss Joubert.« Sein Ton ist herablassend. »Jede Minute, die wir verschwenden, ist eine Minute, in der unsere Chancen, ihn zu stellen, sich verringern.« Er senkt seinen Blick auf meine Füße. »Ich schlage vor, Sie holen sich ein Paar Schuhe. Wir werden Sie fahren.«

»Wir könnten Sie auch einfach hier befragen«, sagt der schlaksige Mann und wirft seinem Kollegen einen unsicheren Blick zu. »Wir wissen, dass Sie eine Menge durchgemacht haben.« Oder so! Er ist mitfühlend

Detective Wolfe knirscht mit den Zähnen. Für eine Sekunde sieht er so aus, als würde er tatsächlich eintreten. Doppelte Scheiße. Ians Jacke liegt gut sichtbar auf meinem Sofa.

»Es ist okay«, sage ich. »Geben Sie mir nur eine Minute.«

Da ich nicht will, dass sie mir nach drinnen folgen, hole ich meine Turnschuhe aus dem Kleiderschrank und ziehe sie ohne Socken an. Ich nehme meine Tasche vom Tisch und sage: »Ich bin bereit.«

Sie warten darauf, dass ich abschließe, und begleiten mich die Treppe hinunter. Mrs. Steyn beobachtet alles ganz genau und nickt, als wäre sie froh, dass ich von zwei Polizisten abgeführt werde.

Detective Wolfe schiebt mich auf den Rücksitz eines Zivilfahrzeugs, eines weißen Toyota vom unteren

Ende der Skala, was viel über das Fahrzeugbudget der Exekutive aussagt.

»Alles in Ordnung da hinten?«, fragt der Schlaksige, dreht sich auf seinem Sitz um und lächelt mich an, während Detective Wolfe das Steuer übernimmt.

Ich schlinge meine Arme um mich und versuche, die Kälte zu vertreiben, die ich bis in die Knochen spüre. »Ja, danke.«

Meine Atmung ist flach, und mein Herz rast, was meine Handflächen zum Schwitzen bringt, aber ich behalte ein neutrales Gesicht bei und tue so, als würde ich durch das Fenster schauen, während der Detective mich über den Rückspiegel anstarrt.

Zum Glück ist die Fahrt zum Revier kurz. Rustenburg ist eine kleine Stadt. Wir betreten das rote Backsteingebäude, wobei Detective Wolfe meinen Ellenbogen umklammert, als würde ich weglaufen wollen.

Der Empfangsbereich hat nur vier Stühle, die alle besetzt sind. Ein Mann, der ein Papiertuch auf seine blutende Wange drückt, sitzt auf einem. Eine Frau mit einem Kleinkind auf dem Schoß sitzt neben ihm und lehnt sich so weit weg, wie sie kann, ohne vom Stuhl zu fallen. Auf der gegenüberliegenden Seite schluchzt eine alte Frau, während der junge Mann neben ihr versucht, sie zu trösten.

Die Rezeptionistin schaut auf, als wir uns dem Schreibtisch nähern. Sie schenkt dem Detective ein angestrengtes Lächeln. Sie neigt ihren Kopf in

Richtung der Tür an der Seite und sagt: »Sie sind fast fertig.«

Wie auf Kommando öffnet sich die Tür. Eine Polizistin in Zivil mit einem Abzeichen am Gürtel tritt heraus. Mein Schritt stockt, als Mint ihr folgt. Seine Schultern sind gekrümmt, und sein Kopf ist gebeugt. Als er seinen Kopf hebt, als sie fast bei mir sind, werden seine Augen groß. Seine Lippen öffnen sich, aber als sein Mund meinen Namen formt, ertönt kein Laut.

Die Frau hält inne, als sie die männlichen Detectives bemerkt. »Auf ein Wort, bitte.« Sie zieht sie zur Seite.

Mint und ich stehen uns gegenüber, die Atmosphäre ist angespannt und unangenehm vor Schuldgefühlen. Er hat mich verlassen, aber ich habe meinen Entführer gefickt, nachdem ich ihn genäht hatte. Wenn das herauskommt, sieht es nicht gut für mich aus. Ein Rinnsal aus kaltem Schweiß läuft zwischen meinen Schulterblättern hinunter.

»Cas«, sagt er schließlich und kommt als Erster zur Besinnung. »Du bist am Leben.«

Kaum hat er es gesagt, wendet er seinen Blick ab und starrt auf einen Fleck auf dem Boden. Er hat nicht erwartet, dass ich es lebendig herausschaffe. Ich auch nicht.

»Wie?« Er leckt sich über die Lippen und wagt einen Blick auf mich. »Hat er …? Geht es dir gut?«

»Ja.« Meine Brust zieht sich zusammen. Ich möchte nicht über das sprechen, was passiert ist.

»Hat er …«

»Er hat mir nicht wehgetan.«

Er zuckt bei meinem eindringlichen Ton zusammen.

Mit leiserer Stimme frage ich: »Wie bist du zurückgekommen?«

»Ich habe den Sun City Courtesy Shuttle genommen. Ich hatte Glück, dass er gerade vorbeikam. Du weißt nicht, wie ich mich fühlte, als ich neben der Straße lief und im Schatten blieb, während ich vor Angst den Verstand verlor. Die Leute bringen sich auf dieser Straße zum Spaß gegenseitig um.«

Ich reibe mit meinen Händen über meine Arme. »Konzentrier dich auf das Positive. Du bist in Sicherheit.«

»Ja, aber mein Auto. Hast du eine Ahnung, was das Auto wert ist?« Als ich die Frage nicht mit einer Antwort bestätige, blickt er in Richtung der Beamten und senkt seine Stimme. »Wohin hat er es gebracht? Ich will das Auto in einem verdammten Stück zurück – oder es wird die Hölle los sein.«

Ich bezweifele, dass er sein wertvolles Auto zurückbekommt, aber bevor ich das sagen kann, schaltet sich Detective Wolfe ein.

»Hier herein, bitte.« Er deutet auf das Büro, das Mint verlassen hat.

Die Polizistin hält Mint einen Stift hin. »Sie müssen Ihre Aussage unterschreiben, bevor Sie gehen können.«

Mint zieht den Kopf ein und folgt ihr zum vorderen Tresen.

Der schlaksige Mann schließt die Tür hinter mir, als wir im Büro sind. Der Innenraum riecht nach abgestandenen Äpfeln und Tinte. Es sieht wie ein Klassenzimmer aus meiner Highschool mit einem Holzpult und einer Tafel aus. Die Tafel ist mit Post-it-Zetteln übersät, und eine Aufgabenliste ist mit Kreide daraufgekritzelt. In einer Ecke steht ein Aktenschrank aus Metall mit einer traurig aussehenden Topfpflanze darauf. Das Fenster zeigt auf einen Innenhof mit einem vergilbten Rasenstück und einer Holzbank.

Detective Wolfe deutet auf den Stuhl gegenüber dem Schreibtisch. »Setzen Sie sich.«

Ich folge der Anweisung und balanciere auf der Kante. Detective Wolfe nimmt den Drehstuhl hinter dem Schreibtisch, während der Schlaksige sich auf eine Ecke setzt.

Der Schreibtisch ist ein einziges Durcheinander aus Papieren und Akten. Am Rand liegt ein Stempelkissen mit einem Stempel. Der Stempel ist auf einem Stück Papier getrocknet, und das Datum wiederholt sich in einem rechteckigen Rahmen unzählige Male auf dem verbrauchten Papier. Mein Blick gleitet zu dem ganz unten. Es ist Mittwoch, ein normaler Arbeitstag, doch nichts fühlt sich heute normal an.

Detective Wolfe verschränkt seine Finger auf dem Schreibtisch. »Mr. Visser behauptet, dass Sie heute früh auf dem Heimweg von Sun City entführt worden sind. Können Sie uns genau sagen, was passiert ist?«

Meine Kehle schnürt sich zu. Ians Drohung geht mir durch den Kopf. Ich kann immer noch seine Finger um meinen Hals spüren. Die sanfte, besitzergreifende Berührung ist in meine Haut eingebrannt, und die latente Stärke darunter in mein Gedächtnis. Ein Mann wie er macht keine leeren Drohungen.

Ich muss mich räuspern, um in einem normalen Ton zu sagen: »Wenn er es Ihnen gesagt hat, dann wissen Sie ja schon alles.«

Sein Lächeln ist geduldig. »Wir haben die Aussage Ihres Freundes, aber warum erzählen Sie uns nicht mit eigenen Worten, was heute Morgen passiert ist?«

»Er ist nicht mein Freund.« Ich umklammere den Riemen meiner Handtasche, um mich selbst daran zu hindern, zu fummeln. »Es war nur ein Date.«

Die Männer tauschen einen Blick aus.

»Ich verstehe«, sagt Detective Wolfe. »Zur Kenntnis genommen. Bitte fahren Sie fort, Miss Joubert.«

Mein Herz rast, während ich die Lüge in meinem Kopf einstudiere. Der Trick ist, so wenig wie möglich zu lügen.

Ich beginne mit der Wahrheit. »Wir haben das Casino kurz nach zwei verlassen. Ich bemerkte Scheinwerfer im Rückspiegel, die sich schnell näherten, und sagte Mint, er solle den Fahrer vorbeilassen. Es war offensichtlich, dass er es eilig hatte.«

Der schlaksige, dunkelhaarige Detective kreuzt seine Handgelenke über seinem Knie und lehnt sich zu mir. »Ist Mr. Visser – Mint – an den Rand gefahren?«

»Es tut mir leid«, sage ich. »Ich habe Ihren Namen nicht mitbekommen.«

»Ich muss mich entschuldigen. Matt Hackman.«

»Bei der ersten Gelegenheit, Detective Hackman.«

»Was ist dann passiert?«, fragt Wolfe.

»Der Fahrer hat uns den Weg abgeschnitten. Wir konnten nicht rückwärts fahren, da es hinter uns einen Graben gab.«

»Konnten Sie einen Blick auf das Fahrzeug werfen?«, fragt Hackman.

»Es war ein roter Hilux.«

»Erzählen Sie weiter«, sagt Wolfe.

»Der Fahrer kam rüber und sagte Mint, er solle aus dem Auto aussteigen.«

Wolfe lehnt sich in seinem Stuhl zurück. »Konnten Sie einen Blick auf sein Gesicht werfen?«

Ich schlucke. Das ist der Punkt, an dem es schwierig wird. »Nicht wirklich.«

Er hebt eine Augenbraue. »Nicht wirklich? Heißt das Ja, ein wenig, oder Nein, gar nicht?«

Ich schaue ihn an und sage: »Er war groß und breit.«

»Groß und breit.« Er lächelt und spottet über meine Unklarheit. »Wie groß?«

»Ich bin nicht gut darin, die Größe von Leuten zu schätzen, aber ich würde sagen, ein Meter neunzig vielleicht.«

Er nickt. »Sie konnten also sein Fahrzeug gut genug sehen, um es als Hilux zu identifizieren und die Farbe zu bestimmen, aber Sie haben nur einen flüchtigen Blick auf sein Gesicht erhaschen können?«

»Die Scheinwerfer blendeten mich, und ich geriet in Panik.«

»Unter den gegebenen Umständen, natürlich«, sagt Hackman.

»Wenn das Fahrzeug den Herrn abgeschnitten hat. Vissers Auto«, fährt Wolfe fort, »dann hätten die Scheinwerfer in einem Fünfundvierzig-Grad-Winkel von Ihnen weggeleuchtet, in Richtung der Büsche.« Er verengt seine Augen ein wenig. »Ist das nicht richtig?«

»Die Nase seines Trucks zeigte in unsere Richtung.« Mehr oder weniger. Wenn wir uns technisch mit den Winkeln beschäftigen, wird Mints Aussage definitiv der meinen widersprechen, also halte ich sie so vage wie möglich. »Ich kann mich nicht mehr genau erinnern. Es ging so schnell.«

Wolfe hebt eine Hand in die Luft. »Fahren Sie fort.«

»Er sagte Mint, er solle aussteigen, und dann sagte er ihm, er solle gehen.«

»Was hat Mr. Visser getan?«, fragt Hackman.

»Er ging, und als der Mann nicht schoss, rannte er.«

»Also, der Mann hatte eine Waffe«, sagt Wolfe.

Mein Ton ist rauer, als ich beabsichtigt habe, meine Nerven haben mich übermannt. »Ja.«

Wolfe lächelt. »Er hatte eine Waffe, aber Sie haben vergessen, dieses Detail zu erwähnen?«

Ich werfe ihm einen schneidenden Blick zu. »Das versteht sich doch von selbst, oder nicht?«

Sein Lächeln wird breiter. »Wir machen nur unsere Arbeit, Miss Joubert. Es gibt keinen Grund, sich aufzuregen.«

»Ich rege mich nicht auf.«

»Sie wurden entführt, aber Sie sind nicht aufgeregt?«

Mein Herz klopft schneller. Mein Atem stottert, und es kostet mich alles, was ich habe, um es nicht zu zeigen. Ich muss noch mehr Kraft aufwenden, um es aus meiner Stimme herauszuhalten. »Sie drehen mir die Worte im Mund um.«

»Kommen wir zu den Fakten zurück«, sagt Hackman. »Was passierte, nachdem Mr. Visser weglaufen war?«

»Der Mann hat mir die Augen verbunden.«

Der Blick des Schlaksigen fällt auf meine Handgelenke. »Hat er Sie gefesselt?«

Ich folge seinem Blick und bemerke die Scheuerstellen der Handschellen. »Er hat mir Handschellen angelegt.«

»Was dann?«, fragt Hackman, und seine Stimme ist ein wenig mitfühlender.

»Er hat mich für eine Weile allein gelassen. Er fuhr den Truck weg. Ich hörte eine Explosion, also nahm ich an, dass er seinen Truck in die Luft gejagt hat, um alle Beweise zu vernichten, die zu ihm zurückführen könnten.«

Hackman nickt, als würde alles, was ich sage, Sinn ergeben. »Hat er Ihnen gesagt, warum er Mr. Vissers Auto wollte?«

Ich lecke über meine trockenen Lippen. »Er sagte, dass sein Benzin fast alle war.«

»Was hat er dann gemacht?«, fragt Hackman.

»Er fuhr lange Zeit. Ich habe versucht zu zählen, aber ich habe den Überblick verloren. Wir hielten an einem Haus an und blieben dort für eine Weile.«

»Waren Sie allein in dem Haus?«, fragt Wolfe.

»Ja.«

Der Detective mustert mich. »Sind Sie sicher?«

»Ich habe sonst niemanden gehört.«

»Hat er die Augenbinde oder die Handschellen entfernt?«

Ich schaue wieder auf meine Handgelenke. Hätte er mich die ganze Nacht gefesselt, wären die Spuren noch ausgeprägter gewesen. Meine Handflächen werden klebrig, und ich schwitze unter meiner dünnen Jacke, obwohl sich meine Haut eiskalt anfühlt.

Die Lüge kommt nicht einfach heraus. »Er nahm mir die Handschellen ab, ließ aber meine Augen verbunden.«

»Sie haben nicht versucht, zu kämpfen oder wegzulaufen?«, fragt Wolfe. »Oder die Augenbinde abzunehmen?«

»Er hatte eine Waffe«, knirsche ich heraus. Ich blinzele, und blinzele wieder, um das Unbehagen über die Lüge wegzublinzeln.

»Hat er mit Ihnen gesprochen, während er Sie im Haus festgehalten hat?«

»Nein.«

»Gar nichts?«, fragt er mit offensichtlicher Ungläubigkeit.

»Nein.«

»In Ordnung.« Er faltet seine Hände über seinem Bauch. »Was dann?«

»Dann hat er mich nach Hause gefahren.«

»Einfach so«, sagt er mit diesem ärgerlichen, ungläubigen Lächeln, das immer noch intakt ist.

»Ja«, sage ich mit zusammengebissenen Zähnen. »Einfach so.«

Sogar Hackman schaut mich jetzt an, als würde ich ein Märchen spinnen, und das Mitgefühl ist aus seinem Ausdruck verschwunden. »Wo hat er Sie abgesetzt?«

»Einen Block von meinem Wohnhaus entfernt.«

Wolfes Augen verengen sich ein wenig. »Woher wusste er, wo Sie wohnen?«

»Er hat meine Tasche genommen. Ich nehme an, dass er in meinen Ausweis gesehen hat.«

Wolfe betrachtet mich eindringlich. »Um wie viel Uhr hat er Sie abgesetzt?«

»Kurz bevor Sie zu mir kamen.«

Er reibt einen Daumen über sein Kinn. »Die meisten Menschen in Ihrer Situation hätten die Polizei gerufen, sobald sie in Freiheit sind.« Er hält inne und lässt das Gewicht seiner Andeutung wirken. »Aber Sie haben das nicht.«

»Er hat mir mein Handy weggenommen. Alles, was ich wollte, war, sicher in meine Wohnung zurückzukehren.«

Hackman nimmt ein Papier vom Schreibtisch und überfliegt den Ausdruck. »Sie haben keinen Festnetzanschluss.«

»Nein«, sage ich.

»Warum nicht?«, fragt er.

»Festnetzanschlüsse kosten Geld. Ich sehe keinen Sinn darin, wenn ich bereits ein Handy mit einem günstigeren Tarif inklusive kostenloser Einwahl habe.«

»Sie haben mit Ihrer Nachbarin gesprochen, bevor Sie Ihre Wohnung betreten haben«, sagt Wolfe.

Ah. Also hatte Mrs. Steyn sie angerufen. Sie muss mich durch ihr Fenster beobachtet und sofort angerufen haben, als ich das Haus betreten hatte. »Ja.«

»Sie hätten sie fragen können, ob Sie ihr Telefon benutzen dürfen.«

»Wie ich schon sagte, ich war völlig fertig. Ich wollte einfach nur nach Hause gehen. Ich hätte angerufen, wenn Sie nicht aufgetaucht wären.«

Nach einer Dusche. Nachdem ich die Beweise für das, was ich getan habe, weggewaschen habe. Um ehrlich zu sein, bin ich mir nicht sicher, was ich machen wollte. Ich war zu sehr mit dem Überleben beschäftigt, um strategische Gedanken zu formen. Ich wollte nach Mint schauen. Ich wusste, dass ich auf dem Polizeirevier vorbeischauen musste, aber ich hatte vor, dorthin zu gehen, um eine Aussage zu machen, nachdem ich mich etwas gesammelt hatte. Ich hätte nie erwartet, dass man mich verhören würde. Nicht auf diese Weise.

Ich will fragen, ob ich einen Anwalt brauche, aber ich kann mir keinen leisten. Ich möchte sagen, dass ich das Opfer bin, aber bin ich das? Habe ich mich von Ian ficken lassen, weil ich tief im Inneren hoffte, dass er mich nicht umbringen würde? Oder wollte ich es? Ich habe es genossen, nicht wahr? Ich bin gekommen. Heftig. Ich habe mich gehenlassen, weil ich dachte, ich könnte sterben. So zu kommen, wenn die letzten Sekunden laufen, ist heftig. Das war es dann auch schon. Nicht wahr? Mein Verstand ist durcheinander, und mein Körper zittert nach dem Schock. Ich kann nicht klar denken.

»Miss Joubert?«, sagt Hackman und lenkt meine Aufmerksamkeit auf die Tatsache, dass er mir eine Frage gestellt hat.

Ich schaue auf. »Was?«

»Wenn es für Sie einfacher ist, mit einer Beamtin zu sprechen, können wir das arrangieren.«

Mein Herz bleibt stehen. Mein Atem stockt mir schmerzhaft im Hals. »Was?«

»Falls er Ihnen etwas angetan hat …«

»Hat er nicht.«

Wolfe beobachtet mich wie ein Falke. »Sie haben das Recht auf eine medizinische Untersuchung.«

»Ich brauche keine«, sage ich, wobei meine Stimme beim letzten Wort bricht.

Hackman geht das Dokument in seiner Hand noch einmal durch. »Sie haben eine private Krankenversicherung, da Ihr Arbeitgeber keine betriebliche Krankenversicherung anbietet.« Da er den Grund für meine Reaktion missversteht, fügt er hinzu: »Sie müssen keinen Cent bezahlen. Die Kosten werden vom Staat übernommen. Wenn Sie es vorziehen, können wir für Sie einen Besuch bei einer Ärztin organisieren.«

»Mir geht es gut«, sage ich eindringlicher, und mein Magen macht einen Purzelbaum bei der Andeutung. Ja, ich hatte Geschlechtsverkehr, und eine medizinische Untersuchung wird das ohne Zweifel zeigen. Nur war er nicht erzwungen, und das ist etwas, was ich nicht erklären möchte.

»Wir können Sie nicht zu einer Untersuchung zwingen«, sagt Wolfe, »aber ich empfehle Ihnen dringend eine. Ein Arzt kann eine psychiatrische Behandlung für eine posttraumatische Belastungsstörung verschreiben, oder vielleicht brauchen Sie Medikamente, die Sie beruhigen und Ihnen helfen, zu schlafen.«

»Ich brauche nicht mehr Tabletten als die, die ich bereits nehmen muss. Wenn es sonst nichts gibt, würde ich gerne nach Hause gehen. Ich habe nicht einmal meinen Arbeitgeber informiert, warum ich nicht bei der Arbeit bin.«

Die Männer schauen sich an.

Wolfe schiebt ein Formular und einen Stift über den Schreibtisch. »Sie müssen Ihre Aussage unterschreiben. Danach können Sie gehen.«

Als ich den Stift mit zittriger Hand aufhebe, fragt er: »Hat der Mann, der Sie entführt hat, Ihnen gesagt, warum er Sie entführt hat? Ich meine, es ist seltsam, dass er Sie scheinbar ohne Motiv in Mr. Vissers Auto mitgenommen hat.«

»Er brauchte einen Fluchtwagen.« Stotternd füge ich hinzu: »Vielleicht dachte er, wenn er mich als

Geisel behält, hat er ein Druckmittel, wenn er gefasst wird.«

»Er brauchte Mr. Vissers Auto, richtig?«, fragt Wolfe und blickt mich eindringlich an. »Da sein Tank vom Truck leer war?«

»Das stimmt«, sage ich mit trockenen Lippen und versuche, nicht an das Loch zu denken, das ich an Ians Schulter genäht habe, oder daran, wie er mich durch seine unordentlichen Strähnen ansah, als er mir sagte, dass es eine Weile her ist.

Wolfe lehnt sich nach vorne und legt eine Hand auf die andere. »Das ist sehr seltsam, da der forensische Bericht, den ich gerade bekommen habe, bestätigt hat, dass bei der Größe und Intensität des Feuers der Tank des Trucks ziemlich voll gewesen sein muss.«

OMG er hat gelogen?!
Sowas würde ein Verbrecher ja niemals machen!!!

6

CAS

Ich verschlucke mich fast vor Überraschung.

Ian hat gelogen.

Warum?

Weil er eine Krankenschwester brauchte. Aber warum hat er mich nicht in seinem Truck mitgenommen? Weil es wie eine Entführung aussehen sollte. Ich kann nur vermuten, dass er nicht wollte, dass die Polizei erfährt, dass er eine Krankenschwester und kein Auto brauchte. Er wollte nicht, dass sie wussten, dass er angeschossen worden war.

Was hat er getan? Welches Verbrechen hat er begangen, das ihm eine Kugel einbrachte?

Die Detectives beobachten mich, als ich das Formular näher heranziehe und anfange zu schreiben. Ich bin mir ihrer Blicke bewusst, auch wenn ich mich hinter meinen Haaren verstecke. Die ganze Zeit über hämmert mein Herz zwischen meinen Rippen. Meine Handschrift ist bestenfalls wackelig, aber ich unterschreibe das Formular und gebe es Wolfe.

»Kann ich jetzt gehen?« Ich weiß nichts über Bürgerrechte oder was mir zusteht, aber ich bete, während ich aufstehe.

»Sicher.« Die Art und Weise, wie er mich ansieht, sagt mir, dass ich ihn nicht das letzte Mal gesehen habe. »Sollen wir Sie nach Hause bringen?«

»Nein, danke.« Ich möchte keine Minute länger unter seinem durchdringenden Blick verbringen. »Ich werde einfach ein Taxi nehmen. Haben Sie ein Telefon, das ich benutzen kann?«

Hackman geht zur Tür. »Hier entlang.«

Ich folge ihm zurück zur Rezeption, wo mir die Frau ein schnurloses Telefon reicht. Ich wähle die Nummer der Gelben Seiten und bitte darum, mich zu verbinden. Nachdem ich einen Fahrer gebeten habe, mich abzuholen, verlasse ich das Revier und warte draußen.

Meine Gedanken sind ganz woanders. Ich brauche ein neues Handy. Ich muss meinen Chef anrufen und ihm sagen, warum ich zu spät komme. Ich kann es mir nicht leisten, diesen Job zu verlieren. Ich bin ohnehin schon mit meiner Miete im Rückstand. Ich habe nicht mehr als ein paar Rand übrig, sicherlich nicht genug, um ein neues Telefon zu kaufen. Mein Job ist ganz gut bezahlt, aber meine chronischen Medikamente sind teuer und werden nicht von meiner privaten Basis-Krankenversicherung übernommen, die die einzige ist, die ich mir leisten kann.

Als das Taxi ein paar Minuten später vorfährt, hole ich mein Portemonnaie heraus, nur um mich daran zu erinnern, dass ich gestern Abend mein Essen bezahlt und das letzte Bargeld als Trinkgeld hinterlassen habe.

Mist.

Mir wird schlecht, wie immer, wenn mir etwas peinlich ist, ich mich schäme oder in der Scheiße stecke. Auch wenn ich das Taxi nicht nehme, muss ich eine Anfahrtsgebühr bezahlen. Mir bleibt nichts anderes übrig, als wieder hineinzugehen und bei Detective Wolfe ein paar Rand zu erbetteln. Nein. Ich würde lieber sterben, als das zu tun.

Ich bin gerade dabei, meine Münzen zu zählen, als ich die braune Ecke eines Zweihundert-Rand-Scheins bemerke, der aus dem hinteren Fach ragt. Ich greife nach der Ecke und ziehe den Schein heraus. Ganz sicher. Es ist da. Er ist echt. Es gibt nur einen Weg, wie er dorthin gekommen sein kann. Ian muss ihn in mein Portemonnaie gesteckt haben.

»Ma'am?«, fragt der Fahrer und beugt sich vor, um mich durch das offene Beifahrerfenster anzusehen. »Steigen Sie jetzt ein oder nicht?«

Ich steige hinten ein und versuche, die Tatsache zu verarbeiten, dass Ian mir genug Geld für ein Taxi hinterlassen hat. Was ist er? Ein Gentleman-Verbrecher? Ich kann mir keinen Reim auf irgendetwas machen und bin noch verunsicherter als sonst, als der Fahrer vor meinem Wohnhaus anhält.

Ich bezahle mit Ians Geld und laufe die Treppe hinauf, bis ich langsamer werde, als ich mich meiner

Wohnung nähere. An meiner Tür klebt ein weißer Zettel. Meine Schritte werden schleppend, und mein Magen zieht sich zusammen, aber ich kann das Unvermeidliche nicht ewig aufschieben. Als ich vor meiner Tür stehen bleibe, wird mir schlecht, da sich meine schlimmste Befürchtung bestätigt.

Eine Kündigung des Mietvertrages.

Das schmerzt. Bei der grundlegendsten Lebensaufgabe, mir ein Dach über dem Kopf zu verschaffen, zu versagen, ist beschämend. Ich zwinge mich, jedes Wort zu lesen. Die Wörter bilden Sätze, aber sie ergeben keinen Sinn. Ich lese sie noch einmal. Der Vermieter gibt mir einen Kalendermonat Zeit, um die Wohnung zu räumen. Wenn ich nicht räume, wird er eine Räumungsklage beim Gericht einreichen.

Ich reiße das Papier von der Tür und zerknülle es in einer Faust. Der Kampfinstinkt meldet sich und schickt mich die Treppe hinunter, um mit der Faust gegen die Tür des Vermieters zu schlagen.

Mr. Davis öffnet die Tür einen Spalt.

Ich winke ihm mit dem Papierknäuel zu. »Sie sagten, ich hätte bis zum Ende des *nächsten* Monats Zeit.«

Er sieht schuldbewusst aus. »Ich möchte keinen Ärger im Gebäude haben.«

»Ärger?« Ich habe eine Erleuchtung. Mrs. Steyn muss mit ihrem Klatsch direkt zu ihm gerannt sein.

»Ich will nicht, dass die Polizei hierherkommt«, sagt er und bestätigt damit meinen Verdacht.

»Ich kann es erklären.«

Er seufzt. »Ersparen Sie mir die Erklärungen.«

»Sie haben gesagt …«

»Ich weiß, was ich gesagt habe.« Er fährt sich mit einer Hand über die Weste, die seinen Bauch bedeckt. »Seien wir ehrlich. Sie sind immer zu spät mit der Miete dran. Das ist ein Risiko, das ich nicht länger eingehen will.«

»Ich werde das Geld besorgen.«

Er hält die Tür fest. »Das habe ich schon einmal gehört.« Leise murmelnd fügt er hinzu: »Einmal zu viel.«

»Nein, warten Sie.« Ich lege eine Handfläche an die Tür, aber er schließt sie vor meiner Nase.

»Ich werde es erst glauben, wenn ich es sehe«, ruft er durch das Holz, seine Stimme verklingt, während er mit seinem Leben im Inneren weitermacht, ohne sich darum zu kümmern, dass meines auseinanderfällt. Nicht, dass er mir etwas schuldet.

Ich stehe wie erstarrt da, während sich meine Übelkeit verstärkt. Es ist ein schreckliches Gefühl, zu wissen, dass ich am Ende des nächsten Monats kein Dach über dem Kopf haben werde.

Während die Angst mich lähmt, rast mein Verstand, malt sich die schrecklichen Konsequenzen aus und sucht gleichzeitig nach Lösungen. Visionen von mir, wie ich in meinem Auto lebe und mich mit gestohlenem Wasser aus dem Gartenhahn von jemandem wasche, schnüren mir den Magen zusammen. Aber diese schwache Lösung ist keine Option, da mein Auto in der Werkstatt ist. Der

Mechaniker wartet mit der Bestellung der für die Reparatur benötigten Teile, bis ich bezahlen kann.

Ein Grund mehr, schnell zur Arbeit zu gehen.

Da ich keine andere Wahl habe, klopfe ich an Mrs. Steyns Tür und bitte darum, ihr Telefon benutzen zu dürfen. Sie reicht es mir mit finsterer Miene durch den Spalt und hört jedes Wort mit, während ich die Bank anrufe und der Empfangsdame erkläre, warum ich zu spät komme.

»Danke«, sage ich und gebe ihr das Telefon zurück, aber sie schnaubt nur und schließt die Tür.

Zurück in meiner Wohnung, kümmere ich mich zuerst um die dringendsten Angelegenheiten. Ich packe Ians Jacke in einen Müllsack. Dann dusche ich mit einer Geschwindigkeit, bei der ich mich unter dem warmen Wasser nicht entspannen kann, ziehe meine Uniform an und trockne mir die Haare. Meine Hand zittert, als ich gerade genug Make-up auftrage, um die Spuren der traumatischen und fast schlaflosen Nacht zu verdecken.

Mit einem beruhigenden Atemzug streiche ich die weiße Bluse und den marineblauen Bleistiftrock glatt, bevor ich auf dem Weg nach draußen meine Handtasche und die Mülltüte mit Ians Jacke schnappe.

Es sind nur fünf Blocks zu Fuß zur Bank im Zentrum der Stadt, wo ich arbeite. Meine Ballerinas sind bequem, aber meine Füße schmerzen vom zu schnellen Gehen. Ich will so früh wie möglich bei der Arbeit ankommen und kann es nicht erwarten, mein Ziel zu erreichen.

Auf der Rückseite des Gebäudes schaue ich mich um, und als ich mir sicher bin, dass die Luft rein ist, werfe ich den Müllsack in einen der großen Container und klingele am Personaleingang.

Alan öffnet die Tür. Er schenkt mir ein Lächeln. »Du kommst zu spät.«

»Probleme«, sage ich und wische mir die vom Wind verwehten Haare aus dem Gesicht.

Er durchsucht meine Tasche und zieht einen Metalldetektor über meinen Körper, bevor er mich hineinführt.

Ich eile den Flur mit seinen deprimierenden weinroten Teppichfliesen hinunter, vorbei an der Personalküche und ziehe meine Karte an der Panzerglastür durch, die den Zugang zum Kassenbereich ermöglicht.

Mein Schalter ist leer. Mein Kollege schaut auf, als ich meine Tasche neben dem Stuhl fallen lasse und das Schild umdrehe, auf dem *geöffnet* steht.

Ich fahre schnell meinen Computer hoch. Das elektronische Ticketsystem piept, und eine Nummer erscheint auf meinem Bildschirm. Gerade als die Kundin vortritt, klopft mein Chef an die Scheibe und neigt den Kopf in Richtung seines Büros.

»In einer Minute«, sage ich und drehe mich um, um die Kundin anzulächeln, aber einen Moment später ist Nick neben mir, ergreift meine Schulter und drückt sie mit einem stummen Befehl.

»Entschuldigen Sie«, sage ich zu der Kundin, die

mit den Augen rollt und flucht, als ich meinen Platz verlasse.

Ich folge Nick in sein Büro in der Ecke. Das rote Licht über der Tür leuchtet auf, als er sie schließt, um zu zeigen, dass er beschäftigt ist und nicht gestört werden darf.

»Setz dich.« Er deutet auf den Besucherstuhl, geht um seinen Schreibtisch herum und setzt sich auf seinen. Also wenn sie jetzt gefeuert wird, hat sie echt pech

Ich rutsche nach ganz vorne und sage: »Es tut mir leid, dass ich zu spät bin. Ich wollte eigentlich zu dir kommen, aber da es eine Warteschlange gibt, dachte ich, ich helfe erst einmal dort aus, wo ich am dringendsten gebraucht werde.«

Er streicht die Haare, die er auf der einen Seite seines Kopfes wachsen lässt, über die kahle Stelle auf der Oberseite. »Ich habe deine Nachricht bekommen.«

»Dann weißt du, dass es außerhalb meiner Kontrolle lag.« Ich ringe mir ein Lächeln ab. »Ich werde die Stunden nacharbeiten.«

»Cas.« Sein Ton lässt mich versteinern. »Es ist nicht deine Schuld, dass du entführt wurdest.«

Mit einem nervösen Lachen rutsche ich ein wenig weiter nach hinten. »Danke für dein Verständnis.«

»Natürlich.« Er räuspert sich. »Wer würde das nicht haben?«

Ich ringe meine Hände. »Ich musste auf der Polizeiwache eine Aussage machen. Deshalb bin ich so spät dran.«

»Ich weiß.«

Die Art und Weise, wie er sich nach vorne beugt und seine Finger verschränkt, macht mich nervös, aber es ist das Zögern, als würde er seine Worte abwägen, das mich in Panik versetzt.

»Cas.« Er räuspert sich erneut. »Ich fürchte, ich habe keine andere Wahl, als dich zu entlassen.«

Die Worte klingen in meinen Ohren. Ich kann das nicht richtig gehört haben. Das muss ein Scherz sein. Meine Lippen öffnen sich, aber mein Verstand kann keine Worte bilden.

Er wartet.

Ich blinzele.

»Es ist die Klausel für kriminelle Aktivitäten.«

»Ich …« Ich schlucke die Trockenheit in meinem Mund weg. »Ich habe nichts falsch gemacht.«

»Es erfordert nicht, das Gesetz als solches zu brechen.« Er blickt mich ruhig an. »Es schließt die Möglichkeit ein, kompromittiert worden zu sein.«

»Kompromittiert?«, rufe ich aus.

»Die Polizei hat heute Morgen angerufen. Ich weiß, dass du letzte Nacht als Geisel gehalten wurdest, und so sehr es mich schmerzt, das zu sagen, ich kann nicht ausschließen, dass du ein Sicherheitsrisiko bist.«

»Soll das ein Scherz sein?«, frage ich mit einem ungläubigen Lachen.

»Leider nein.« Er schiebt einen Stapel gehefteter Papiere über den Schreibtisch. »Das ist dein Vertrag. Die Bedingungen für deine Entlassung sind darin festgelegt.«

Das kann nicht sein. Meine Wirbelsäule versteift

sich durch diese Ungerechtigkeit. »Erklär mir, inwiefern ich ein Sicherheitsrisiko bin.«

»Deine Befugnisse als Bankangestellte wurden kompromittiert. Es ist nicht ungewöhnlich, dass Kriminelle Informationen von Bankangestellten erzwingen.«

Informationen? Ein Verdacht breitet sich in meinem Hinterkopf aus und warnt mich, dass es hier um etwas Größeres als die Entführung geht. Für den Moment schiebe ich ihn weg. Ich kann immer nur eine Schlacht auf einmal kämpfen. »Ich arbeite nur am Schalter.«

»Du hast im Tresorraum Akten geordnet, nicht wahr?« Sein Blick ist nicht ganz unfreundlich. Sein Ton ist fast entschuldigend, als er sagt: »Du kennst den Code.«

»Nur für das vordere Zimmer.« Ich wische meine verschwitzten Handflächen über meinen Rock. »Ich war noch nie in dem Hinterzimmer, wo das Geld aufbewahrt wird.«

»Die Schließfächer sind vorne«, erwidert er, und seine Augenbraue zuckt.

»Ich würde nie jemandem den Code geben, und selbst wenn ich es täte, könntest du ihn ändern.«

»Das haben wir schon.« Sein Lächeln wird professionell. Unpersönlich. »Aber Sie kennen den Zeitplan und wissen, wann die Wachen ihre Schicht wechseln. Sie kennen die Wachen, Miss Joubert, und Sie sind – wie soll ich sagen? – *besonders freundlich* zu ihnen.«

Ich registriere im Hinterkopf, dass er mich nicht mehr duzt und mit meinem Nachnamen anspricht, ein sehr schlechtes Zeichen.

Trotzdem kämpfe ich weiter und bete für ein Wunder. »Ich sage Hallo, wenn ich komme, und Tschüss, wenn ich nach Hause gehe.« Ich kann mir den bissigen Ton nicht verkneifen. »Das sind gute Manieren.«

Er wischt meine Verteidigung mit einer Handbewegung weg. »Sie haben Zugang zu Informationen. Leider scheinen die Hacker immer einen Weg hineinzufinden, egal wie ausgeklügelt unsere Firewalls sind.«

»Alan …«, ich fange mich, damit er nicht denkt, dass es zu vertraut ist, wenn man die Wachen mit dem Vornamen anspricht. »Mr. Stander hat heute Morgen meine Tasche durchsucht. Sie können mich durchsuchen. Ich trage keine USB-Sticks oder andere Ausrüstung zum Hacken bei mir.«

Er schaut mich an. »Vielleicht nicht heute.«

Ich blicke ihn an und habe das Gefühl, dass ich mich übergeben muss, obwohl meine letzte Mahlzeit vor Mitternacht war, und mein aufgewühlter Magen leer ist. »Das ist verrückt.«

»Nicht so sehr, wie Sie gerne glauben möchten.« Er reicht mir einen Stift. Diskussion beendet.

Ich drücke den vergoldeten Stift mit seinen eingravierten Initialen zwischen meinen Fingern. »Das können Sie nicht. Das können Sie nicht tun.«

»Ich handle innerhalb des Protokolls und innerhalb

meiner Rechte. Sie können sich in dieser Angelegenheit gerne mit unserem Firmenanwalt beraten.«

Natürlich hat er das bereits mit dem Anwalt geklärt.

»Nehmen Sie ihn«, sagt er und winkt mir den Vertrag zu. »Lesen Sie ihn noch einmal durch. Sie können gerne Ihren eigenen Anwalt einen Blick darauf werfen lassen, bevor Sie unterschreiben.«

Die Papiere rascheln in meiner Hand, als ich widerwillig den gehefteten Stapel nehme.

»Ein Sicherheitsbeamter wird Sie vom Gelände eskortieren.« Er steht auf und wartet.

Da ich keine Wahl habe, stehe ich auch auf. Mir ist schlecht, und ich fühle mich wie betäubt, als er um den Schreibtisch herumgeht, die Tür aufhält, und ich ihm folge. Ich gehe hindurch, und Alan steht bereits auf der anderen Seite.

Er wirft mir einen mitfühlenden Blick zu. »Tut mir leid, Cas. Das wusste ich nicht. Sie haben es mir gerade erst gesagt.«

Ich tue so, als ob es mir nichts ausmacht, und packe meine Tasche unter den gaffenden Blicken meiner Kollegen. Kunden recken ihre Hälse, um meinen Walk of Shame zu verfolgen.

Wie ein Verbrecher werde ich aus dem Gebäude eskortiert. Alan entschuldigt sich noch einmal, bevor er die Tür schließt und mich auf dem Bürgersteig im Sonnenlicht stehen lässt. Mein einziger Trost ist die perverse Befriedigung, zu wissen, dass Ians Jacke in der

Mülltonne mit den Lebensmittelabfällen und dem geschredderten Papier der Bank liegt. Aus Sicherheitsgründen recyceln sie nicht. Alles wird verbrannt.

Ohne einen Blick zurück auf das Gebäude zu werfen, gehe ich die Straße hinunter und bleibe an der Ecke stehen, wo es mich wie eine Faust in den Magen trifft. Ich bin verloren. Ich weiß nicht, was ich jetzt tun soll. Ich stecke so tief in der Scheiße, dass ich dieses Mal darin ertrinke.

Tränen stechen in meinen Augen, aber ich blinzele sie weg. Sie bleiben in meinem Hals stecken und pochen mit einem dumpfen Schmerz. Weinen wird nicht helfen. Ich brauche einen Plan.

Es dauert ein paar Sekunden, bis ich mich entschieden habe. Anstatt nach Hause zu fahren, gehe ich ein paar Blocks nach Norden zu meiner Autowerkstatt.

Franck wischt sich die Hände an einem Tuch ab, als er mich sieht. Ein Schraubenschlüssel lugt aus der Vordertasche seines Overalls hervor. »Geht es dir gut, Cas?«

Mein Lächeln ist schwach. »Warum sollte es das nicht?«

Er kaut auf einem Streichholz in seinem Mundwinkel und mustert mich mit einem zusammengekniffenen Auge. »Ich habe die Nachrichten gesehen.«

»Es ist in den Nachrichten?«

»Bei so ziemlich allen lokalen Sendern.« Er wirft

das Tuch auf die Motorhaube eines Autos. »Ich hoffe, sie fangen diesen Hurensohn.«

»Ja.«

Das Wort kommt nur halbherzig heraus, und das schockiert mich. Es schockiert mich, dass ich Ian für das, was er getan hat, nicht hinter Gittern sehen will. Es schockiert mich, dass das Erste, was mir in den Sinn kommt, nicht das Unrecht ist, das er mit angetan hat, sondern die Art, wie sich seine Lippen auf meinem Körper angefühlt haben. Hitze steigt unter meiner Haut auf und wandert meinen Hals hinauf.

»Mein Auto.« Ich recke meinen Hals und sehe, dass es immer noch an der gleichen Stelle auf dem staubigen Parkplatz steht. »Ich habe mich gefragt, wie viel du mir dafür geben würdest.«

Er kneift beide Augen zu Schlitzen zusammen. »Du meinst, du willst nicht mehr, dass ich es repariere?«

Ich sauge meine Lippen ein und lasse sie mit einem Knall los, während ich aus dem Nichts Mut schöpfe, um Geld zu erbetteln, das mein Auto nicht wert ist. »Ich kann mir die Ersatzteile nicht leisten.«

Er kratzt sich am Kopf. »Ich will ehrlich zu dir sein. Es ist nicht viel wert.«

Meine Augen suchen seine und halten sie fest. Es ist immer schwieriger, von einem direkten Blick wegzuschauen. »Wie viel?«

Seufzend schiebt er seine Hände in seine Gesäßtaschen. »Das Beste, was ich tun kann, ist, zu versuchen, die brauchbaren Teile zu verkaufen. Die werden nicht mehr als zweitausend bringen.«

Meine Miete beträgt sechstausend. Ich weiß nicht, woher ich die anderen vier Tausender bekommen werde, aber jeder Penny ist einen Penny näher daran, meine Miete zu bezahlen und nicht obdachlos zu sein. »Ich nehme sie.«

Er schüttelt den Kopf, während er zu seiner Kasse geht und einige Scheine herauszieht. »Hier«, sagt er und hält sie mir hin.

Meine Wangen werden heiß, als ich die Spende annehme. Wir wissen beide, dass mein verrostetes altes Auto nicht so viel wert ist. »Danke.«

»Pass auf dich auf«, sagt er, als ich mich auf dem Absatz umdrehe.

Der Spaziergang nach Hause gibt mir Zeit zum Nachdenken. Der einzige Anwalt, den ich kenne, ist eine ehemalige Klassenkameradin von mir. Am nächsten Block biege ich in Richtung Midtown Mall ab und gehe am Deutschen Kuchenhaus vorbei zu Mariettes Büro auf dem Platz.

»Sie ist beschäftigt«, sagt ihre Sekretärin, ruft aber an, um zu fragen, ob Mariette mich sehen kann.

Nachdem sie mit ihrer Chefin gesprochen hat, informiert sie mich, dass Mariette sich mittags im Kuchenhaus mit mir treffen wird.

Ich bin früh dran, also nehme ich einen Tisch neben dem Fenster und bestelle einen Kaffee, während ich warte. Ich bin am Verhungern, aber nicht in der Lage, etwas herunterzubekommen. Das Koffein entfaltet seine Magie, beruhigt mich ein wenig und gibt mir den Schub, den mein müder Körper und mein ausgemergelter Geist brauchen, um nicht völlig zusammenzubrechen.

Als Mariette eintritt, finden ihre Augen mich sofort. Das Café ist recht leer. Mit einem schiefen Lächeln bahnt sie sich ihren Weg zu mir. Sie hat mir nie verziehen, dass ich bei den Jungs beliebter war als sie, auch wenn ich nie um die Aufmerksamkeit gebeten habe. Sie hat den Groll gegen mich unbeugsam aufrechterhalten und bei jeder Gelegenheit ihr Gehirn als Waffe gegen meine Schönheit – ihre Worte – eingesetzt.

»Das ist eine Überraschung«, sagt sie und nimmt den Stuhl mir gegenüber.

Ich komme zum Punkt. »Ich brauche deine professionelle Meinung.«

Sie hängt ihre Tasche über die Stuhllehne. »Beauftrage mich.«

Mein Lächeln ist angespannt. »Du weißt, dass ich mir dich nicht leisten kann.«

»Ich habe dir gesagt, nach der Schule etwas Sinnvolles zu studieren.« Sie faltet ihre Hände auf dem Tisch. »Hübsch zu sein ist nicht genug, um seinen Lebensunterhalt zu verdienen.«

Ich beiße bei dieser Spitze meine Zähne zusammen. Es war nicht die Schuld meines Vaters, dass wir die Farm verloren haben. Sie hat keine Ahnung, wie es ist, einen verlorenen Kampf gegen die Dürre zu kämpfen.

Eine Erwiderung liegt mir auf der Zunge, aber ich lasse sie unausgesprochen. Ich brauche sie. Ich habe keine andere Wahl. »Nick hat mich gefeuert.«

Sie blickt auf die Papiere in meiner Hand und greift über den Tisch. »Lass mich mal sehen.«

Ich übergebe sie nur widerwillig, auch wenn ich diejenige bin, die um den Gefallen bittet. Ich hasse es, zu betteln. Ich hasse es, in ihrer Schuld zu stehen.

Ihr Blick wandert über die Seite, während sie liest. Sie blättert weiter und bestellt sich ein getoastetes Käsesandwich und eine Portion Apfelstrudel, als der Kellner an unseren Tisch kommt.

Nachdem sie die letzte Seite überflogen hat, hebt sie ihren Kopf und sieht mich an. Ihr Gesicht ist ausdruckslos. »Sie handeln innerhalb ihrer Rechte. Du hast die Klausel unterschrieben, als du die Stelle angenommen hast, was, wenn ich hinzufügen darf, ein dummer Zug war. Damit können sie durch jede Gesetzeslücke kommen.«

Meine Stimmung sinkt auf den Tiefpunkt. Ich bin mir nicht sicher, ob ich mich da wieder herauskämpfen kann. »Was ist mit der Entschädigung?«

»Demnach«, fuchtelt sie mit den Papieren in ihrer Hand, »schuldest du ihnen mehr Zinsen für das Geld, das sie dir von deinem Gehalt vorgestreckt haben, als die drei Monate Kündigungsgeld wert sind. Ich würde dir raten, deine Verluste zu begrenzen. Du wirst in einem langwierigen Gerichtsverfahren mehr verlieren, als du gewinnen kannst.«

»Ist das deine ehrliche Meinung?«, frage ich mit der letzten Hoffnung, die ich noch aufbringen kann.

Sie hebt eine Augenbraue als stumme Antwort.

Okay. Mariette sagt nie etwas anderes als ihre

ehrliche Meinung. Ich lehne mich in meinem Stuhl zurück. »Danke, schätze ich.«

Sie nimmt ihre Tasche, öffnet den Reißverschluss und durchwühlt ihr Portemonnaie.

»Was machst du da?«, frage ich, als sie einen Stapel Geldscheine herausnimmt.

»Es sind ungefähr sechshundert.« Sie legt sie in die Mitte des Tisches. »Das ist alles, was ich bei mir habe.«

Ich schaue von dem Geld zu ihrem Gesicht. »Ich habe dich nicht darum gebeten.«

»Du musst es mir nicht zurückzahlen.«

Das kann ich nicht annehmen. Ich kann das Geld unter ihrem verurteilenden Blick einfach nicht annehmen, denn ihre Lippen zucken bereits vor Zufriedenheit. Das wissende Lächeln sagt mir, dass sie sich über mein Elend freut. Eine Frau wie sie, die vor lauter Neid ihre eigenen guten Eigenschaften nicht zu schätzen weiß, würde sich niemals für mein Glück freuen. Sie muss mich in den Dreck ziehen, genau wie sie es mit ihren Kommentaren in der Highschool getan hatte.

Ich schiebe meinen Stuhl zurück und stehe auf. »Danke, aber das ist nicht nötig.« Sie kneift ihre Augenbrauen zusammen, aber ich warte nicht darauf, dass sie ihr Gesicht glättet. »Danke für den Rat«, sage ich und mache mich bereits auf den Weg zur Tür.

Draußen atme ich tief durch. Meine Brust schmerzt mit jedem Atemzug. Ich überprüfe die Zeit auf der Uhr auf dem Platz. Ich nehme meine chronischen Medikamente zweimal am Tag, manchmal dreimal, wenn es nötig ist. Ich schüttele zwei Tabletten aus der Flasche und schlucke sie trocken herunter. Schließlich, aus Mangel an Optionen, gehe ich nach Hause.

Auf dem Weg dorthin halte ich am Lebensmittelgeschäft an der Ecke, um mich mit Salat und frischem Obst einzudecken, bleibe aber stehen, als ich am Wein vorbeikomme. Ich zögere. Normalerweise trinke ich in meinem Zustand nicht viel Alkohol, außer wenn ich zum Essen ausgehe, aber ein Glas kann ich vertragen. Nicht, dass ich mir den Wein im Moment leisten könnte. Ich denke noch einen Moment länger darüber nach, dann schnappe ich mir eine Flasche Merlot und meine Lieblingsschokoladennüsse und bezahle den Luxus mit Ians Geld.

Zuhause gehe ich direkt ins Badezimmer, ziehe mich auf dem Weg dorthin aus und lasse meine Kleidung auf den Wohnzimmerboden fallen. Ich lasse die Wanne volllaufen, schließe die Jalousien, zünde eine Kerze an und öffne den Wein.

Nachdem ich mich in die Wanne gelegt habe, esse ich alle Schokonüsse und trinke die Flasche Wein. Der Alkohol benebelt meine Sinne, und bald fallen meine Augen zu. Ich bin so verdammt müde. Mir fällt einfach keine Lösung ein, um aus diesem Schlamassel herauszukommen. Ich werde nach ein paar Stunden Schlaf besser denken können.

Ich lasse das Badewasser abfließen und wickele ein Handtuch um mich. Ohne mir die Mühe zu machen, die Badewanne auszuspülen, gehe ich in mein Schlafzimmer. Alles, was ich will, ist, mich auf die

Matratze fallen zu lassen und mich im Schlaf zu verlieren. Im Türrahmen halte ich inne. Ich bin betrunken, aber nicht so sehr, dass ich die weiße Schachtel, die auf meinem Bett liegt, übersehe.

Mein Herz schlägt gegen meine Rippen, und meine Müdigkeit verflüchtigt sich im Nu. Mein Puls beschleunigt sich, während ich mich umschaue. Meine Tür war verschlossen. Niemand ist eingebrochen. Ich bin allein in der Wohnung. Trotzdem öffne ich jeden Schrank und jedes Schränkchen und schaue außerdem unter dem Bett nach. Ich vergewissere mich noch einmal, dass ich die Tür abgeschlossen habe, bevor ich zurück ins Zimmer eile, wo ich die Verpackung mit dem bekannten Logo anstarre.

Vorsichtig strecke ich die Hand aus, als wäre sie eine Schlange, die beißen könnte, und hebe den Deckel an. In der Plastikaussparung im Inneren liegt ein nagelneues iPhone.

Also verdienen tut er schonmal gut mit seinem Raub

Sehr nett von ihm

ACHTUNG

7

IAN

die Ansicht wechselt
hab gebraucht, bis ichs
gemerkt hab

Mein Bruder stürmt durch die Tür und lässt sie gegen die Wand knallen. Ruben folgt mit schweren Schritten in seinen Caterpillars auf Leons Fersen.

Ich senke das Buch, das ich gerade am Küchentisch lese, um das wütende Gesicht meines Bruders zu betrachten, während er den Raum durchquert. Er ist nur eineinhalb Jahre jünger als ich, und als ich seinen angespannten Kiefer und das Funkeln in seinen Augen sehe, sehe ich mich selbst. Das heißt, abzüglich des Kontrollverlusts. Ich habe meine Emotionen schon immer besser im Griff gehabt. Wir haben den gleichen Teint, die gleichen dunklen Haare und Augen, und die gleiche Statur und Größe. Wir fühlen uns beide in Leder und Jeans genauso wohl wie in einem schicken Anzug. Die einzigen Unterschiede sind mein Haarschnitt und meine Tattoos. Ich schätze, ich war schon immer eher rebellisch, der schlechte Einfluss, der meinen Bruder vom Weg abbrachte.

Es sind diese Schuldgefühle, diese allgegenwärtige Überzeugung, dass ich für die Richtung, in die sein Leben gegangen ist, verantwortlich bin, die mich meine Irritation unterdrücken lassen, als er gegen einen Stuhl tritt und mit nach oben geneigtem Gesicht im Kreis geht.

»Fuck«, sagt er zur Decke.

Ruben bleibt am anderen Ende des Raumes stehen, und hat die Daumen in die Schlaufen seines Hosenbundes eingehakt.

Ich sage nichts. Ich lasse Leon Dampf ablassen, schenke ihm aber meine volle Aufmerksamkeit, indem ich die Seite mit einem Eselsohr markiere, bevor ich das Buch schließe und es über den Tisch schiebe. Ich muss nicht lange warten.

Nach einer Sekunde rollt Leon seine Schultern. Die Jeansjacke spannt über seinem Rücken, während er seine Handflächen auf den Stuhl zu meiner Rechten stützt und den Kopf hängen lässt. Es dauert eine weitere Sekunde, bevor er seinen Blick auf mich richtet.

Seine Augen spucken Feuer. »Du hättest uns umbringen können.«

»Ihr seid hier, nicht wahr?«, entgegne ich.

Ruben scharrt mit den Füßen.

Leon schleudert den Stuhl zur Seite und lässt ihn gegen die Wand krachen. »Wegen einer verdammten Frau.«

Es ist nicht der kaputte Stuhl, der mich aufspringen lässt. Es ist seine Wortwahl. »Vorsichtig, Bruder. Dieses Mal war es wirklich knapp, also lasse ich es dir durchgehen, aber beleidige sie nicht noch einmal.«

Er starrt mich an, als ob mir ein Schwanz auf der Stirn sprießen würde. »Ich kann nicht glauben, dass du das getan hast. Ich kann nicht glauben, dass du unseren Plan kompromittiert hast, einen Plan, den ich bis ins kleinste Detail und bis auf die verdammte Sekunde genau ausgearbeitet hatte, nur um einer Frau nachzustellen. Einer Fremden.«

»Ist das Geld in Lesotho?«, frage ich.

»Wir haben die Grenze ohne Probleme überquert«, sagt Ruben mit seiner nasalen Stimme.

Ich trete meinem Bruder gegenüber. »Dann hat also alles geklappt.«

Leon wischt sich mit einer Hand über das Gesicht. »Du wurdest angeschossen.« Er starrt mich wütend an. »Das nennst du geklappt?«

Ich hebe meine Handflächen und bewahre die Ruhe, die mein Bruder nicht hat. »Ich bin am Leben.«

»Weil du Glück hattest«, knirscht er heraus. »Wenn Ruben den Wachmann, der auf dich geschossen hat, nicht angegriffen hätte …«

Meine Geduld hat allerdings auch ihre Grenzen. »Hat es einen Sinn, die Ereignisse von gestern wiederzukäuen?«

Er sieht mich an, als könne er nicht glauben, dass ich das gesagt habe. »Definitiv.«

»Welchen?«, reize ich ihn weiter, weil er ein Ventil braucht, um Dampf abzulassen.

»Das darf nicht wieder passieren.«

Das wird es nicht. Die schöne, puppenhafte Cassandra Joubert ist eine einmalige Frau. Auf der ganzen Welt gibt es keine zweite. Eine Frau wie sie kreuzt den Weg eines Mannes nur einmal in seinem Leben – wenn er Glück hat.

Ja. Im Gegensatz zu dem, was mein kleiner Bruder glaubt, hatte ich extremes Glück. So sehr, dass ich wohl der glücklichste Bastard auf Erden bin.

»Fehler entscheiden über Leben und Tod«, fährt Leon fort. »Nächstes Mal hast du vielleicht nicht so viel Glück.«

»Es wird kein nächstes Mal geben«, sage ich wieder.

Cas war ein einmaliges Erlebnis, aber selbst als ich das denke, passt mir etwas daran nicht.

Leon kneift seinen Daumen und Zeigefinger zusammen. »Wir waren so nah dran«, knurrt er. »Du hättest nur noch zehn Minuten warten müssen, bis die Wachen ihre Schicht wechseln.«

In zehn Minuten hätte sie weg sein können. Ich habe sie gerade so auf der Straße eingeholt. Es war pures Glück, dass ich nach Rustenburg abgebogen bin. Sie hätten genauso gut in Richtung Pilansberg fahren können. Allein an die Möglichkeit zu denken, sie nie getroffen zu haben, ihre Haut nicht gerochen, all die samtige Weichheit nicht berührt und mich auch nicht tief in ihr vergraben zu haben, hinterlässt ein bodenloses Unbehagen in mir. Dieses Unbehagen war ein ständiges Nagen in meinem Bauch, seit der Minute, als ich sie vor ihrem Wohnhaus abgesetzt habe.

»Lass mal sehen«, sagt Leon und zeigt dabei auf meine Schulter.

Meine Stimme ist rau. »Es geht mir gut.«

Seine Lippen werden dünn vor Verärgerung. »Das muss genäht werden.«

Ich werfe ihm einen Blick zu, der sagt, dass er damit aufhören soll. »Ist es schon.«

Er runzelt die Stirn. Einen Moment später glättet sich seine Stirn, als er versteht. »Du hast sie dazu gebracht, dich zu nähen.«

Ich antworte nicht. Ich verschwende meinen Atem nicht für überflüssige Worte.

Er schluckt, und die Luft wird dicker. »Hast du sie getötet?«

Ich erstarre. Die Worte vibrieren in meinem Schädel. Ich möchte seinen Kopf gegen die Wand schlagen, nur, weil er das gefragt hat.

Ruben reibt sich den Nacken und wendet seine Augen ab. Er macht Anstalten, sich zu bewegen, aber ich spreche, bevor er es tut. Beide müssen das hören.

»Nein.« Wir stehlen. Wir töten nicht. Es ist eine in Stein gemeißelte Regel, aber ich habe mich nicht an den Plan gehalten, und deshalb fragen sie sich, ob sich die Dinge geändert haben. »Wenn jemand sie anrührt, ist der Wichser tot.« Es gibt keinen Zweifel an der Ernsthaftigkeit meiner Drohung. »Egal, wer er ist.«

Beide starren mich an, und Stille breitet sich aus, während sie diese neue Entwicklung bedenken.

Ich habe gerade alle Regeln geändert. Unser Pakt steht über allem und jedem, denn er gewährleistet unsere Sicherheit. Ich habe noch nie jemanden über meinen eigenen Bruder gestellt. Geld ist unser Ziel, und noch nie war etwas anderes wichtiger für mich.

Ich sehe in seinen Augen, dass er immer noch mit seinem Unglauben kämpft. »Wo ist sie?«

Das Wort kommt schroff aus meinem Mund und macht deutlich, dass ich mich in dieser Sache nicht herausfordern lasse. »Zuhause.«

»Zuhause.« Er schaut mich nicht mehr ungläubig an, sondern als ob ich vollkommen verrückt wäre. Er lacht. »Jetzt wirst du mir wahrscheinlich sagen, dass du dafür gesorgt hast, dass sie sicher dort angekommen ist.«

Meine Augen verengen sich unwillkürlich. »Ja.«

»Fuck, Ian.« Er fährt sich mit den Fingern durch die Haare und zieht an den Enden. »Was ist, wenn sie redet?«

»Das wird sie nicht. Dafür habe ich gesorgt.«

Er lässt seine Hände fallen und nickt wie eine Armaturenbrettfigur. »Dafür hast du gesorgt.«

»Das habe ich gerade gesagt.«

Ruben schlurft zur Tür. »Ich packe. Es ist überall in den Nachrichten. Wir müssen weg.«

»Fang mit dem Schlafzimmer an«, sage ich ohne meine Augen vom Gesicht meines Bruders wegzubewegen.

Als Ruben den Flur hinuntergeht, sagt Leon mit

gesenkter Stimme: »Sie haben jetzt deine DNA. Es ist nur eine Frage der Zeit.«

Er meint das Blut, das ich auf dem Casinoteppich vergossen habe. Bis jetzt haben wir es geschafft, unsere Identitäten geheim zu halten.

»Ich hoffe, sie war es wert«, sagt er voller Bitterkeit in seinem Ton.

Ich schnappe mir das Bier, genau die Flasche, die sie an ihre hübschen, prallen Lippen gedrückt hat, kippe es zurück und trinke die Hälfte des schalen Alkohols.

»Was ist mit dem Porsche?«, fragt Ruben mit den Armen voller Decken und steckt seinen Kopf durch den Türrahmen.

»Verbrenne ihn.«

Er nickt und geht durch die Hintertür hinaus.

Leon betrachtet mich immer noch, als hätte ich sein Leben ruiniert – was ich wohl auch habe, und das nicht erst seit gestern. Ich habe dieses Rad vor zwanzig Jahren in Bewegung gesetzt, als ich ihn mit mir von zu Hause weglaufen ließ.

»Wir müssen eine Weile im Chalet bleiben«, sage ich, »bis sich der Staub gelegt hat.«

»Das dachte ich mir.« Er richtet sich auf, zieht die Schultern zurück und lässt die Wirbelsäule knacken. »Ich werde Ruben sagen, dass er sich beeilen soll.«

»Nehmt den Landrover. Du fährst.« Ich traue Ruben nicht zu, das Fahrzeug auf dem Bergpass zu steuern.

Er betrachtet mich überrascht. »Was ist mit dir?«

»Ich werde folgen.«

Er ballt die Hände an den Seiten zu Fäusten und fragt: »Warum?«

Ich halte seinem Blick stand. »Ich muss mich um etwas kümmern.«

Seine Nasenlöcher beben. »Hat Besagtes zufällig etwas mit dieser Frau zu tun?«

Der eisige Ton meiner Stimme enthält eine Warnung. »Cas. Benutz ihren Namen, wenn du über sie reden willst.«

»Du hast den Verstand verloren«, sagt er. »In der Gegend wimmelt es nur so von Polizisten.«

Ich bleibe nur für ihn weiterhin so ruhig. Er muss ruhig bleiben und sich um Ruben kümmern, bis sie über die Grenze sind. »Ich lasse mich nicht erwischen.«

»Fuck, Ian.«

»Bring Ruben nach Lesotho und fülle die Hütte mit Vorräten. Denkst du, du bekommst das hin?«

Er reagiert nicht auf meinen Sarkasmus. Er steht einfach nur da und starrt mich an.

»Was?« Ich ziehe das Buch näher an mich heran, um ihm zu signalisieren, dass er gehen soll.

»War es das wert?«, fragt er erneut. »War es das wirklich wert?«

Jede kostbare Sekunde davon.

Wenn ich die Wahl hätte, würde ich es immer wieder tun.

Ich würde mir für eine weitere Nacht mit ihr gerne zehn Kugeln einfangen.

Mein Gesicht muss alles sagen, denn er nickt

knapp, bevor er aus dem Zimmer geht und die Hintertür hinter sich zuschlägt.

Ich schlage das Buch auf der Seite auf, die ich markiert habe, und lese das Kapitel über Herzkrankheiten weiter.

8

CAS

Ich hyperventiliere, als ich das Telefon aus der Verpackung nehme.

Dafür gibt es nur eine Erklärung. Die gleiche wie für das Geld in meinem Portemonnaie.

Ich lege eine Hand auf mein Herz. Er war in meiner Wohnung. Ian. Er muss eingebrochen sein, während ich auf der Arbeit war, aber es gibt keine Anzeichen für ein gewaltsames Eindringen, was bedeutet, dass er das Schloss geknackt hat.

Das Telefon in meiner Handfläche verspottet mich. Er musste das, was er zerstört hat, nicht ersetzen. Warum tut er es? Warum hat er mir Geld gegeben? Er hatte keine Schuldgefühle wegen dem, was er getan hat. Ich sah keine Reue in seinem Gesicht, als er mich küsste und mir sagte, dass er weiß, wo ich wohne.

Scheiße.

Ich lasse das Telefon auf das Bett fallen. Ich bin sofort nüchtern, der Rausch ist weg. Meine Haut, die noch feucht vom Bad ist, zieht sich nicht nur vor Kälte zusammen. Ich fühle mich entblößt, krame in meinem Kleiderschrank nach ein paar Klamotten und ziehe eine Yogahose und ein T-Shirt an. Ich eile zum Fenster mit Blick auf die Straße und schließe die Jalousien. Das mache ich mit jedem Fenster in der Wohnung, bis der Innenraum in ein düsteres Licht getaucht ist.

Ich schnappe mir meinen Laptop vom Couchtisch, setze mich im Schneidersitz auf das Sofa und stelle den Rechner auf meinen Schoß, um etwas zu tun, was ich sofort hätte tun sollen, als ich von der Polizeiwache zurückkam. Ich rufe einen lokalen Nachrichtensender auf.

Überfall auf Sun City. Phantom-Bande flieht mit 5 Millionen in bar. Wow das ist einiges

Mein Blut wird eisig. Je mehr ich lese, desto mehr füllen sich meine Adern mit Grauen. Drei Männer haben einen Casinomanager und einen Sicherheitsmann mit einer Waffe bedroht und den Manager gezwungen, die Gewinne des Abends auszuhändigen. Der Manager bereitete sich darauf vor, das Geld in den Safe zu bringen. Der Manager gab eine Erklärung ab und behauptete, dass das Hotelpersonal keine Ahnung hat, wie die Bande es geschafft hat, Waffen und Verkleidungen durch die Sicherheitskontrolle zu schmuggeln. Alle Kameraaufzeichnungen von einer Stunde vor dem Überfall wurden ferngesteuert gelöscht. Auch dafür können sie keine Erklärung liefern. Das Sicherheitspersonal wird wegen einer möglichen

Beteiligung befragt. Keiner der Sun City-Mitarbeiter wurde verletzt, aber der berüchtigte Anführer der Phantom-Bande wurde angeschossen. Es wurden Straßensperren errichtet, und die Polizei patrouilliert in der Gegend.

Ich schlucke die alkoholbedingte Trockenheit in meinem Mund weg.

Die dreiköpfige Gang hat von der Polizei den Spitznamen *Phantom-Bande* erhalten, weil ihre Verkleidungen aus Sportmasken und Anzügen der Marke Phantom bestehen. Die Polizei ist seit über fünfzehn Jahren wegen einer Vielzahl von Verbrechen, bei denen Geld und Wertgegenstände geraubt wurden, hinter ihr her. Bislang gibt es keine Hinweise auf die Identität der Männer. Der Artikel spekuliert, dass der Anführer der Bande aus der Übung gekommen ist, da er letzte Nacht zum ersten Mal einen Fehler machte und sich anschießen ließ. Für Informationen, die zur Verhaftung der Bandenmitglieder führen, ist eine Belohnung von zehn Riesen ausgesetzt.

Der Bildschirm verschwimmt vor meinen Augen. Der Überfall fand im Kassenbüro neben den Pokertischen statt, keine fünf Minuten, nachdem Mint und ich gegangen waren. Der Fast-Food-Bereich ist nur ein paar Schritte vom Eingang des Pokerraums entfernt. Die Bande war da, nicht weit von dem Platz entfernt, an dem wir zu Abend aßen.

Ich erschaudere bei dem Gedanken daran und gebe den Namen der Bande in das Suchfeld meines Browsers ein. Die Liste der Artikel, die auftauchen, ist lang. Jede Überschrift, die ich anklicke, ist mit einem Nachrichtensender, einer Zeitung oder einer Online-Medienseite verlinkt, die über eines der vielen Verbrechen der Bande berichtet.

Die Bande macht keine halben Sachen. Sie haben es auf die großen Gewinne abgesehen, und ihre Überfälle sind gewagt. Eine Fanseite, die hauptsächlich aus Freaks und Möchtegern-Gaunern besteht, schwärmt von der Dreistigkeit und den Fähigkeiten der Phantom-Bande und behauptet, dass die Bande die Polizei, die seit fünfzehn Jahren keine einzige Spur finden konnte, offen verhöhnt. Deshalb war Ian auch so penibel darauf bedacht, keine Beweise zu hinterlassen, und hat sich die Mühe gemacht, seinen Truck in die Luft zu jagen. Wird er das Haus niederbrennen, in dem sie sich versteckt haben? Wahrscheinlich. Ich habe keinen Zweifel daran, dass sie schon lange weg sind.

Als die Teile an ihren Platz fallen, ergibt das Verhalten der Detectives einen Sinn. Kein Wunder, dass sie Ian so gerne verhaftet hätten. Kein Wunder, dass sie mich so hart rangenommen haben. Im Gegensatz zu dem, was ich vorher dachte, wussten sie, dass er angeschossen worden war, und verstanden nicht, warum Ian mich mitgenommen hatte. Er brauchte kein anderes Auto. Wenn der Tank des Trucks voll war, hätte er bis nach Bloemfontein fahren können. Glaubten sie, dass er mich brauchte, um ihn zu nähen? Meinem Aussehen nach zu urteilen würde man nicht denken, dass ich dazu fähig bin. Ich weiß, was sie sahen, als sie mich anschauten – dasselbe wie der Mann an den Spielautomaten. Sie sahen ein blondes Flittchen, eine Frau, deren beste Fähigkeit zwischen ihren Beinen liegt.

Hat Ian deshalb gesagt, dass es schon eine Weile her ist? Nein. Er hat mich nicht so angeschaut. Wenn er solche Vermutungen angestellt hätte, hätte er nicht gefragt, ob ich Mints Auto fahren und das Blut ertragen kann. Als er sagte: »Es ist schon eine Weile her«, gab es keine Vorurteile. Er hat mich als Person gesehen, nicht als Verallgemeinerung, auch wenn das nicht seine kriminellen Handlungen rechtfertigt.

Die Intensität seines dunklen Blickes hat sich in mein Gedächtnis gebohrt. Ich sehe ihn so deutlich vor meinem geistigen Auge, es ist, als würde er mich jetzt gerade ansehen. Ich weiß instinktiv, dass er trotz seiner mordfreien Vergangenheit in der Lage ist, zu töten. Es war deutlich in seinem Verhalten und in seiner Haltung zu sehen. Er hat keine Angst vor Gewalt. Im Gegenteil, er lebt davon. Er hat seine gewalttätige Seite einfach gut im Griff und unterdrückt seine animalischeren Bedürfnisse mit erschreckender Kontrolle.

Ist sie jetzt Psychiologin oder woher weiß sie das?

Ein kalter Schauer kriecht über meine Haut, als ich einen weiteren Blick durch die offene Tür auf das Telefon werfe, das auf meinem Bett liegt. Obwohl es teuer ist, ist es nicht wertvoll genug, um als Bestechung durchzugehen. Außerdem muss er keine Bestechungsgelder zahlen, seine Drohungen sind ausreichend.

Ich schließe meinen Laptop und reibe mir mit den Händen über die Augen. Ich verstehe nicht, warum er mein Telefon ersetzt hat, aber das ist nicht der beunruhigende Gedanke, der mir nicht aus dem Kopf geht. Wie ist er in meine Wohnung gekommen?

Vergiss es. Ein Mann wie er kann leicht ein Schloss knacken. Mich beunruhigt, dass er es unbemerkt getan hat und dass er die Tür hinter sich abgeschlossen hat, als er ging. Moment. Oh, mein Gott. Hat er einen Schlüssel? Gruselig ist er also auch

Mein einziger Trost ist der Glaube, dass er jetzt schon über die Grenze sein muss, nach Mosambik oder Botswana vielleicht. Trotzdem ziehe ich die Mohairdecke von der Rückseite des Sofas über meine Beine und rutsche nach unten, bis mein Kopf auf dem Kissen ruht. Von dieser Position aus habe ich freie Sicht auf die Tür, und ich habe nicht vor, mich zu bewegen.

Ich schrecke aus dem Schlaf und blinzele. Das Sonnenlicht fällt durch die Ritzen der Jalousien. Es ist das gelbe, mit Staubpartikeln gesprenkelte Licht des frühen Morgens. Ich war nach der Tortur und einer fast schlaflosen Nacht so müde, dass ich doch eingeschlafen bin.

Der nächste Gedanke trifft mich mit einem Adrenalinstoß, der meine Adern erhitzt. Ich komme zu spät zur Arbeit. Dann erinnere ich mich an alles, und ein ungutes Gefühl breitet sich in meiner Magengrube aus und vertreibt meinen Hunger.

Ich werfe die Decke beiseite, setze mich auf und zucke wegen den Kopfschmerzen zusammen, von denen mein Schädel zu explodieren droht. Das habe ich davon, wenn ich meine Probleme in Wein ertränke.

Im Gegensatz zu Ian genieße ich nicht den Luxus, meinen Körper nicht mit Chemikalien zu verunreinigen. Ich gehe ins Bad, nehme zwei Schmerztabletten mit den Tabletten für mein Herz und schlucke sie mit Wasser aus dem Wasserhahn herunter. Mit den Medikamenten in meinem Magen muss ich essen.

Nach einer Schüssel Obstsalat und Joghurt mit Honig dusche ich, während ich darauf warte, dass der Kaffee durchläuft. Ich bleibe lange unter dem Wasserstrahl, aber als die Wärme die Verspannungen in meinen Schultern nicht lockert, drehe ich das Wasser zu und trockne mich ab.

Ich wickele ein Handtuch um meinen Körper, gieße mir einen großen Becher Kaffee ein und trinke langsam meine flüssige Stärkung, während ich meinen Kleiderschrank betrachte und darüber nachdenke, was ich heute anziehen sollte.

Ich muss auf Jobsuche gehen. Meine Qualifikationen schließen Berufe aus, für die man eine abgeschlossene Ausbildung haben muss. Ich hätte nie gedacht, dass ich einmal eine brauchen würde. Die Farm lag mir im Blut, so wie sie auch meinem Vater im Blut lag. Um Kühe zu brandmarken und Mais zu pflanzen braucht man keinen Universitätsabschluss. Ich weiß, wie man die Mondzyklen liest, um die Aussaatzeiten zu bestimmen. Ich kann an der Farbe des Bodens erkennen, ob er fruchtbar ist. Ich brauche keinen Abschluss in Landwirtschaft oder eine ausgefallene Mineralienanalyse, um zu wissen, wann ich Kompost hinzufügen muss, aber der Hof ist Geschichte. Jetzt bleibt mir nur noch die Arbeit als Büroangestellte oder Kellnerin oder eine Stelle als Empfangsdame, wo ich nicht blind tippen können muss.

Ich entscheide mich für Smart Casual und ziehe eine Jeans, eine weiße Bluse und ein schwarzes Jackett an. Da ich zu Fuß gehen muss, wähle ich meine Turnschuhe, stecke mir aber für den Fall der Fälle ein Paar flache Ballerinas in die Tasche. Nachdem ich mein Make-up aufgetragen und meine Haare gebürstet habe, betrachte ich mein Spiegelbild. Es gibt keine Anzeichen von Stress in meinem Gesicht. Dank Ians Geld habe ich alkoholbedingt eine lange Nacht voller Schlaf gehabt. Auch wenn ich vom Trinken Kopfschmerzen bekommen habe, fühle ich mich zumindest besser ausgeruht. Schon jetzt lässt das dumpfe Pochen in meinem Schädel nach, während die Tabletten ihre Wirkung entfalten.

Ich tupfe mir das Parfüm, das ich nur für besondere Anlässe aufspare, hinter die Ohren, damit es mir Glück bringt. Plötzlich erinnere ich mich daran, wie Ian mir gesagt hat, dass ich gut rieche. Unwillkürlich durchflutet Hitze meinen Unterleib,

Ach sie werdens zu 100% nochmal tun

aber ich unterdrücke die Erinnerung und das, was sie in mir auslöst. Nachdem ich mir einen schnellen Salat zum Mittagessen gemacht habe, packe ich ihn zusammen mit einem Apfel in meine Tragetasche, schnappe mir meine Handtasche und verlasse eilig meine Wohnung. Ich behalte im Hinterkopf, mein Schloss austauschen zu lassen, sobald ich es mir leisten kann. Das heißt, wenn ich nicht hinausgeworfen werde. Jetzt schließe ich erst einmal ab und kontrolliere die Tür zweimal, bevor ich mich auf den Weg in die Stadt mache.

Mrs. Steyn beobachtet mich von ihrem Küchenfenster aus, als ich vorbeigehe, und als ich winke, lässt sie den gerüschten Vorhang fallen.

Ich beginne mit den Läden an der Hauptstraße und frage in allen, ob sie Personal suchen. Als ich die Restaurants in der Midtown Mall erreiche, bin ich weniger optimistisch. Bei den größeren Ladenketten habe ich auch nicht mehr Glück. Als ich den Baumarkt verlasse, treffe ich Dean, den Manager von Rustenburgs einzigem Stripclub.

Es ist zu spät, um so zu tun, als ob ich ihn nicht gesehen hätte, also grüße ich schnell. Meine Laune verschlechtert sich, als er mich ruft.

Ich drehe mich widerwillig um. »Ja?«

»Ich kam nicht umhin, drin alles mitzuhören.« Er zeigt mit einem Daumen in Richtung des Ladens. »Bist du auf der Suche?«

Ich stelle mich dumm. »Auf der Suche wonach?«

Er lächelt breit. »Einem Job.«

»Ja, also wenn du etwas hörst …« Ich beginne, wegzugehen.

»Ich habe dir doch schon gesagt, dass du immer einen Job im Club bekommen kannst.«

Mein Shirt ausziehen und meine Brüste in die Gesichter von Geschäftsleuten zu halten, während sie mir Geld und Gott weiß was noch alles in mein Höschen stecken? »Nein, danke.«

»Du weißt, was sie sagen.« Seine spöttische Stimme folgt mir den Bürgersteig hinunter. »In der Not frisst der Teufel Fliegen.«

Ich ignoriere ihn, gehe um die Ecke und beiße auf meinen Nagel, während ich die Richtung zum Industriegebiet einschlage. Pole Dance ist nicht unter meiner Würde. Ich würde nur ungern vor Dean kriechen, und er würde mich definitiv dazu bringen. Ich habe seine Date- und Jobangebote schon zu oft abgelehnt. Männer vergessen diese Art von Zurückweisungen nicht, zumindest nicht Männer wie Dean. Sie warten ihre Zeit ab, um sich zu rächen, und wenn mein Tag so weitergeht, wie er begonnen hat, habe ich vielleicht keine andere Wahl, als zu kriechen.

Meine Hoffnung schwindet weiter, während ich die ganzen Steakhäuser und Restaurants abklappere. Ich gehe sogar ins Kino und in den Schönheitssalon. Kein Glück. Die Zeiten sind hart, und es gibt mehr Menschen als Jobs.

Ich habe nichts mehr von Mint gehört. Das ist keine Überraschung. Ich vermute, dass es ihm zu peinlich ist, mir gegenüberzutreten, nachdem er mich im Stich

Bin mal gespannt ob der nochmal vorkommt

gelassen hat. So viel zu seinem ganzen Seelenverwandtschaftsgerede. Ich könnte einen Freund gebrauchen, und ein Kredit würde auch nicht schaden, aber so wie er mich bei unserem ersten und einzigen Date behandelt hat, bin ich erleichtert, ihn los zu sein. Außerdem bin ich froh, dass ich nicht mehr mit Anrufen und Textnachrichten bombardiert werde, in denen er mich anbettelt, mit ihm auszugehen.

Zur Mittagszeit esse ich meinen Salat und Apfel auf einer Bank im Park und setze meine Suche mit neuem Optimismus fort. Der Nachmittag zieht sich hin, und ich habe immer noch kein Glück.

Es ist dumm, die schicken Architektenbüros zu betreten, aber ich bin verzweifelt. Die Rezeptionistin verneint freundlich und sagt, ich solle es im Büro der Nebengrube nebenan versuchen. Dort bekomme ich die gleiche Antwort. Niemand in der Platinmine sucht Personal, nicht einmal das Kernforschungszentrum in Pelindaba, das sechsundsiebzig Kilometer entfernt ist.

Um fünf, als die Geschäfte schließen, schmerzen meine Füße und ich habe einen Muskelkater. Niedergeschlagen kehre ich nach Hause zurück. Zu meiner Bestürzung gießt Mr. Davis gerade die Pflanzen in der Lobby, als ich eintrete. Ich versuche, ihn mit einem schnellen Hallo zu umschiffen, aber bevor ich die Treppe erreiche, sagt er: »Keine Ahnung, woher Sie das Geld haben, aber ich werde Ihnen trotzdem nichts mehr durchgehen lassen. Was ich gestern gesagt habe, gilt immer noch. Wenn Sie noch ein einziges Mal zu spät zahlen, sind Sie draußen.«

Ohhh der Ian ist ja ein Süßer

Mein Gehirn bleibt bei dem Teil hängen, *woher ich das Geld habe*. Ich halte inne. »Verzeihung?«

Er bricht eine tote Blüte des afrikanischen Veilchens ab und richtet sich auf. »Woher haben Sie es?« Er sieht mich mit verengten Augen an. »Die Miete für sechs Monate ist ein kleines Vermögen.«

»Was?«

Er runzelt die Stirn und wird unsicher. »Das Geld, das Sie in meinen Briefkasten geworfen haben.« Als ich nicht antworte, sagt er: »Für sechs Monatsmieten im Voraus.«

Der Verdacht, der in mir wächst, macht es schwer, ruhig zu bleiben. Um mir nichts anmerken zu lassen, verstecke ich meine Überraschung, indem ich etwas Unverständliches murmele, während ich immer zwei Stufen auf einmal nehme.

Jemand hat meine Miete bezahlt.

Für sechs Monate.

Ich muss mich nicht fragen, wer.

Die Frage ist, warum.

NACH EINEM FRÜHEN ABENDESSEN UND ACHT STUNDEN Schlaf fühle ich mich nicht besser, auch nicht in dem Wissen, dass meine Miete für sechs Monate gesichert ist. Ich habe mich die ganze Nacht hin und her gewälzt und versucht, Ians Motive zu ergründen. Schließlich bin ich zu dem Schluss gekommen, dass er wahrscheinlich nur sein Gewissen erleichtern wollte.

Was wir getan haben, war auf so vielen Ebenen falsch. Sogar ein Krimineller musste das erkennen. Er mag es nicht bereuen, aber vielleicht fühlt er sich besser, weil er mich bezahlt hat. Woher wusste er, dass ich mit meiner Miete im Rückstand war? Die einzige plausible Erklärung ist, dass er die Kündigung des Mietvertrages an meiner Tür sah, als er einbrach, um mir das Telefon zu hinterlassen. Ein Schauer überläuft mich, wenn ich an ihn in meiner Privatsphäre denke. Eigentlich wollte ich das Telefon nicht benutzen, aber als ich schließlich die Tatsache akzeptiere, dass ich ohne Telefon nicht nach einem Job suchen kann, weil mich kein potenzieller Arbeitgeber erreichen kann, gebe ich auf. Ich nehme das Telefon vom Nachttisch und richte es ein.

Ich stehe auf, gehe duschen, ziehe mir eine Jeans und eine Bluse im Hemdenstil an und frühstücke. Meine Miete mag für sechs Monate gedeckt sein, aber ich muss auch etwas essen. Ich muss mein Schloss auswechseln. Irgendwann werde ich ein Auto brauchen. Die Buslinien fahren nicht überall in der Stadt hin. Manche Strecken sind zu weit, um sie zu Fuß zurückzulegen, und ein Taxi zu nehmen ist zu teuer.

Mit dem ganzen Optimismus, den ich besitze, begebe ich mich einen weiteren Tag auf Jobsuche. Ich habe gestern Abend online nach Personalvermittlungsagenturen gesucht, aber meine Qualifikationen sind nicht gut genug. Trotzdem habe ich den vorläufigen Fragebogen jeder Agentur in Rustenburg ausgefüllt, damit sie meinen Namen in ihre Bewerberdatenbank aufnehmen. Hoffentlich bekomme ich dadurch ein Bewerbungsgespräch mit einer oder mehreren dieser Agenturen.

Als ich meine Tür abschließe und nach draußen gehe, denke ich über den Notfallplan nach, den ich mir gestern Abend überlegt habe. Wenn alles andere scheitert, werde ich es in Sun City versuchen. Der Ort ist riesig. Sie brauchen Croupiers, Kassierer, Reinigungskräfte und Kellner. Sie haben bestimmt von Zeit zu Zeit freie Stellen.

Mit dem beruhigenden Wissen, ein Sicherheitsnetz zu haben, machte ich mich etwas weniger mutlos als gestern auf den Weg. Ich setze mein strahlendstes Lächeln auf und gehe auf widerwillige Verkäufer und Restaurantleiter zu.

Die Sommersonne brennt auf meinem Kopf. Der Schweiß rinnt mir den Rücken hinunter, während ich durch den Teil der Stadt gehe, den ich gestern nicht geschafft habe. Je später es wird, desto zerknitterter wird der ausgedruckte Lebenslauf in meiner Hand und desto mehr muss ich mich anstrengen, zu lächeln.

Um fünf gebe ich mich schließlich geschlagen und schleppe mich nach Hause. Morgen werde ich mit dem Bus nach Sun City fahren. Nach der Entführung, ganz zu schweigen von dem Raubüberfall, möchte ich nicht dorthin zurückkehren, aber ich weigere mich, die Hoffnung aufzugeben. Wenn ich dort keinen Job finde, werde ich nach Johannesburg gehen. Ich bin hier aufgewachsen, aber es gibt nichts, was mich in Rustenburg hält. Ich kann im Handumdrehen packen.

Mein Kopf ist voller Szenarien und Wahrscheinlichkeiten, und mein Blick ist auf den Bürgersteig gerichtet. Ich versuche, bei der Lösung meines Problems kreativ zu sein, indem ich über den Tellerrand hinausschaue. Wenn es mit Sun City nicht klappt, ist es das Beste, wenn ich meinen Horizont auf andere Städte ausdehne.

In der Nähe meines Wohnhauses wühle ich in meiner Tasche nach meinen Schlüsseln. Ich bin müde und hungrig. Alles, was ich will, ist, ein paar Nudeln zu essen, ein Bad zu nehmen und ins Bett zu fallen. Als ich gerade den Weg durch den Garten einschlagen will, schaue ich auf und bleibe abrupt stehen.

An der Ecke, mit einer Schulter gegen den Laternenpfahl gelehnt und überkreuzten Knöcheln, steht Ian.

9

CAS

Mein Atem wird flach, während mein Herz ein paar Schläge aussetzt. Was habe ich falsch gemacht? Ich gehe im Kopf durch, was ich zu den Polizisten gesagt habe. Ich habe mich an unsere Vereinbarung gehalten. Ich habe nichts von dem gesagt, über das ich schweigen soll.

Ich schlucke, als er sich aufrichtet, und betrachte die dunkelblaue Jeans, das schwarze T-Shirt, die Lederjacke und die tief über die Augen gezogene Baseballkappe. Sein Gesicht liegt im Schatten unter dem Schirm, aber ich spüre seinen Blick auf mir so deutlich wie die Rillen des Schlüssels, die sich in meine Handfläche drücken.

Er verbreitert seinen Stand und hakt seine Daumen in seinen Hosenbund ein. Die Sekunden dehnen sich zu einer Ewigkeit aus, und ich fühle mich, als würde mir der Boden unter den Füßen weggezogen werden. Alles an dieser Pose ist lässig, auch die entspannte

Haltung seiner breiten Schultern, aber die Energie, die von ihm ausgeht, ist unberechenbar. Seine Kleidung versteckt die latente Kraft seiner Muskeln nicht. Es gibt eine starke Gewaltbereitschaft unter all der Gelassenheit, eine erzwungene Kontrolle, die das Chaos seiner Emotionen beherrscht. Ich spüre sie instinktiv. Ihn. Nach außen hin ist er ruhig, aber unter der ruhigen Fassade braut sich ein Sturm zusammen. Wild. Gefährlich. Mir fallen noch ein paar weitere Adjektive ein, um ihn zu beschreiben, aber meine Analyse hört hier auf. Meine Gedanken stolpern über den Grund, warum er hier ist.

Er winkt mich aus der Ferne zu sich, ohne einen Finger zu rühren. Diese trügerisch lässige Haltung ist ein Kommando. Er steht neben seinem Truck und gibt eine stumme Anweisung. Er muss nicht einmal seinen Kopf zur Beifahrerseite neigen. Ich weiß, was er will. Ich betrachte die Entfernung zur Lobby. Ich würde es nicht schaffen. Dieser kraftvolle und geschmeidige Körper ist bereit, zu rennen, zu jagen und zu fangen.

Ich stecke meine Hand wieder in meine Tasche, lasse die Schlüssel fallen und suche mein Pfefferspray. Ich schaue nicht weg von seinem verborgenen Blick, als ich einen Schritt nach vorne mache. Ich habe keine Wahl, aber ich gehorche nicht einfach, weil er schneller und stärker ist als ich. Ein Funke der Neugier treibt mich an – die Suche nach Antworten. Warum hat er mir ein Telefon gegeben und meine Miete bezahlt? Warum ist er zurückgekommen? Ein Funke von etwas Tieferem und Dunklerem entzündet sich in meinem

Bauch und reproduziert die Wirkung seiner Berührung. Ich kann die unangebrachte Erregung nicht leugnen, die sich mit meiner Angst mischt.

Der Grund, der mich am Ende antreibt, zu ihm zu gehen, ist das Wissen, dass er mich nicht umbringen wird. Er hätte es bereits getan, wenn er das gewollt hätte. Er könnte mit einem Messer in meiner Wohnung gewartet haben. Er hätte in der Minute, in der ich in Schussweite war, eine Waffe auf mich richten können.

Nein, sein Motiv ist nicht, mich zu töten. Ich nähere mich wie ein Vogel, der sich vorsichtig einer Schlangenhöhle nähert. Er steht völlig bewegungslos da. Die Kappe wirft einen Schatten über seine Augen, aber ich weiß, dass er meine Bewegungen mit ungeteilter Aufmerksamkeit verfolgt.

Als ich kurz vor ihm bin, stockt mein Schritt. Ich halte inne und überlege, was ich jetzt tun will. Ich kann ihn mit meinem Pfefferspray besprühen oder in seinen Truck steigen. Ich kann um mein Leben kämpfen oder mir anhören, was er will.

Trotz der Tatsache, dass ich mich nicht mehr bewege, springt er nicht nach vorne und ergreift mich. Er braucht nichts weiter als Stille, um mich die Konsequenzen des Ungehorsams fürchten zu lassen. Er braucht keine Worte oder Zeichen, um mich zu bedrohen. Seine gedämpfte Anspannung und seine vorgetäuschte Ruhe reichen aus, in mir den Wunsch hervorzurufen, mich umzudrehen und wegzulaufen, auch wenn es vergeblich sein wird. Es ist das Lächeln, das mit seinen Lippen flirtet, das den Ausschlag gibt.

Die Veränderung ist klein, aber bedeutsam. Es ist der Moment, in dem ich eine Entscheidung treffe. Es ist der Moment, in dem ich mich entscheide, ihm mein Leben anzuvertrauen. Es ist nicht meine Angst oder falsche Vorfreude, die mich dazu bringt, meinen Weg fortzusetzen, sondern das Vertrauen, das mich den letzten Abstand überwinden lässt.

Seine Stimme ist tief und zufrieden, eine Belohnung für meinen Gehorsam. »Cas.«

Ich schaue mich um und frage leise: »Was machst du hier?«

Er dreht die Kappe auf die Seite. Das Sonnenlicht scheint auf sein Gesicht, beleuchtet seine hohen Wangenknochen und die kantige Linie seines Kiefers. Seine Perfektion lässt mich unwillkürlich hörbar einatmen. Das Licht trifft auf das gesprenkelte Braun seiner Augen, und als sich seine Lippen zu einem leichten Lächeln verziehen, entgeht mir fast das Aufblitzen von Verletzlichkeit, das in diesem dunklen Lachen funkelt.

Plötzlich wird mir etwas klar. Er erwartet, dass ich ihn zurückweise. Trotzdem wird er sich nicht mit einem Nein zufriedengeben.

Als er mich immer noch nicht angreift, lockere ich meinen Griff um die Waffe in meiner Tasche und wiederhole meine Frage. »Was machst du hier?«

»Ich schulde dir ein Abendessen«, sagt er.

Meine Stimme ist erstaunlich ruhig. »Habe ich eine Wahl?«

Sein eingebildetes Lächeln erwärmt sich ein wenig, und sein Gesichtsausdruck wird weicher. »In manchen Dingen.«

Meine nächste Frage ist direkt. »Wirst du mich umbringen?« Er stellt alles, dessen ich mir sicher bin, mit einem Lächeln auf den Kopf, und selbst wenn ich ihm einen Vertrauensvorschuss gegeben habe, muss ich es hören.

Er tut nicht so, als würde ihn meine Frage überraschen. »Nein.«

Nach dem Gespräch öffnet er die Beifahrertür und geht einen Schritt zur Seite, damit ich einsteigen kann. Vertrauen oder nicht, ich zittere. Ich hoffe, er merkt es nicht, als er seine Finger um meine legt und mir die Stufe hinaufhilft. Das Zuschlagen der Tür klingt endgültig, aber was ich tue, dämmert mir erst, als er neben mir einsteigt und der Geruch von Tabak und Leder meine Nasenlöcher füllt.

Innerhalb eines Augenblicks werde ich in die Nacht zurückgeschleudert, in der er mich entführt hat. Ein verwirrender Cocktail aus Angst und Aufregung rauscht durch mich hindurch. Terror und Erregung überkommen mich auf einmal. Ich atme tief durch und verdränge die Erinnerung. Ich kann die Gefühle nicht vertreiben, aber es hilft, wenn ich nicht darüber nachdenke, was passiert ist. Ich brauche einen Moment, um so etwas wie Ruhe zu finden.

Er wird mich nicht umbringen.

Wenn er vorgehabt hätte, mir die Kehle durchzuschneiden, hätte er nicht meine Miete gezahlt.

Er beobachtet mich, während er den Schlüssel im Zündschloss umdreht. Er legt einen Arm über meine Lehne und unterbricht unseren Blickkontakt, um durch die Heckscheibe zu schauen, während er rückwärts fährt und den Truck auf die Straße lenkt. Am Ende des Blocks biegt er in eine Seitenstraße ein.

Ich bin überwältigt von seiner Anwesenheit und versuche, nicht in sein hübsches Gesicht oder auf seine große Hand, die das Lenkrad umfasst, zu starren. Ich versuche, nicht den Daumen zu spüren, mit dem er über meinen Nacken streicht.

Als ich nicht mehr widerstehen kann, werfe ich einen Blick auf ihn. »Wohin fahren wir?«

»Nicht weit weg«, sagt er mit rauer Stimme und schenkt mir ein weiteres Lächeln.

Die Geste ist sanft und entwaffnend und nimmt mir die Anspannung, die mein Inneres fest zusammenpresst. Ich entspanne mich ein wenig, auch wenn es schwerfällt, da seine schwielige Daumenkuppe sanft über meine Haut streicht. Die Gänsehaut, die er auslöst, spüre ich bis auf die Knochen.

Jacaranda-Bäume sausen vorbei, als er die südlichen Bahngleise überquert und in Richtung der Berge fährt. Wir reden nicht. Ich sitze auf der Kante meines Sitzes und zappele, bis er seinen Arm hinter mir entfernt, um eine Zigarre vom Armaturenbrett zu nehmen und sie sich in den Mund zu stecken.

»Du rauchst?« Ich bin nicht interessiert, nur

neugierig.

»Ich zünde sie nicht mehr an«, sagt er mit der Zigarre im Mund. »Ich habe schon vor langer Zeit aufgehört.«

Das erklärt den Geruch von Tabak, der an seiner Kleidung haftet.

Während er am Ende der Zigarre kaut, fährt er, als ob er sich um nichts auf der Welt Sorgen machen würde, als ob es nicht irgendwo auf unserem Weg eine Straßensperre geben könnte. Er fährt, wie es nur ein Mann mit einer Waffe unter seinem Sitz kann – voller Selbstvertrauen. Im Vergleich dazu bin ich mit meinem Pfefferspray schlecht ausgerüstet. Trotzdem bin ich in seinen Truck gestiegen. Ich habe mich nicht gewehrt, genauso wenig wie ich mich gewehrt habe, als er meine Beine spreizte und mich seine Erektion spüren ließ.

Es ist heiß hier drin, aber ich ziehe meine Jacke nicht aus. Ich habe zu viel Angst, dass ich aus Versehen gegen den Arm stoße, den er auf der Armlehne zwischen uns abgelegt hat. Stattdessen kurbele ich das Fenster herunter und atme die warme Luft ein, während mein Herz wie ein Ungeheuer in meiner Brust klopft.

Er schaltet die Klimaanlage ein. Als die Luft kalt wird, drückt er auf den Knopf an seiner Tür, um mein Fenster zu schließen.

Nachdem wir die Stadt verlassen haben, nimmt er die Straße, die nach Kloof führt, einem Ferienresort mit Swimmingpools und Hütten um eine Schlucht herum.

Am Tor reicht ihm der Wachmann ein Klemmbrett und einen Stift. Ich werfe einen Blick auf den Namen, den er auf das Formular kritzelt – Daniel irgendwas. Seine Handschrift ist nicht zu entziffern. Er geht ein großes Risiko ein und verzehnfacht seine Chancen, erwischt zu werden. Wir hängen nicht in der Stadt herum, aber wer kann schon sagen, dass die Bullen nicht auch hier nachschauen? Oder vielleicht nehmen sie an, dass Ian schon längst die Grenze überquert hat, so wie ich es fälschlicherweise gedacht hatte.

Der Wachmann nimmt das Klemmbrett, als Ian unterschrieben hat, und öffnet die Schranke. Ian folgt der Straße, vorbei am Hauptparkplatz und Campingplatz zu den Hütten am Fuße der Klippe. Er parkt vor einer, die in einiger Entfernung von den anderen liegt. Eine Gruppe von Akazienbäumen sorgt für Privatsphäre. Der Rasen ist grün, und um die Wege herum ordentlich getrimmt. Der Ort ist genau so, wie ich ihn in Erinnerung habe. Während der Highschool verbrachte ich hier einige Wochenenden mit meinen Schulkameraden. Die Pools sind im Sommer sehr beliebt und die Hütten ideal zum Übernachten nach Partys mit zu viel Alkohol.

Ich verliere beinahe die Nerven, als er aussteigt und meine Tür öffnet, aber es ist zu spät, um wegzulaufen oder zu versuchen, sich zu verstecken. Er hält mir eine Hand hin. Als ich auf der hohen Stufe der Tür stehe, legt er seine Finger um meine Taille und hebt mich auf den Boden.

Er hält mich eine Sekunde zu lange fest, während er mir tief in die Augen blickt. »Stehst du sicher?«

Da ich meiner Stimme nicht traue, nicke ich.

Er verschränkt unsere Finger, als wäre es die natürlichste Sache der Welt, und führt mich in die Hütte. Seine Haut ist warm und sein Griff fest, ohne zu fest zu sein. Unter anderen Umständen hätte ich die Berührung als beruhigend empfunden. Er nimmt den Schlüssel aus seiner Tasche, schließt die Tür auf und lässt meine Hand erst los, als er zur Seite geht, damit ich eintreten kann.

Im Inneren riecht das Strohdach nach Grasland und Safariferien. Die günstigeren Unterkünfte haben Wellblechdächer, aber unter Stroh ist es in der Hitze viel kühler. Ein Deckenventilator dreht sich über dem offenen Wohnbereich.

Ich bleibe in der Mitte des Raumes stehen und betrachte die sauberen Oberflächen der Küchentheken und den makellosen Fliesenboden. Vogelgezwitscher erreicht mich durch die geschlossenen Fenster. Die Fenster sind nicht doppelt verglast. Wenn ich schreie, sollte mich wenigstens jemand hören. Falls jemand in der Nähe ist. Es ist Mitte der Woche und außerhalb der Ferienzeit.

Dieses Wissen ist ein schwacher Trost, als er die Tür abschließt. Das Umdrehen des Schlüssels jagt mir einen Schauer über den Rücken. Er legt die Zigarre im Aschenbecher auf dem Couchtisch ab und zieht seine Jacke aus, wobei er ein wenig mit dem Ärmel an seiner verletzten Seite kämpft. Er fragt auch nicht nach der Jacke, die er mir geliehen hat. Die, die er jetzt trägt, ist braun statt schwarz, und dem rissigen Aussehen des Leders nach zu urteilen ist sie nicht neu. Wenn sie so abgenutzt ist, muss sie eines seiner Lieblingsstücke sein.

Er lässt sich Zeit und hängt die Jacke über die Lehne einer der Stühle am Tisch. Er dreht sich zu mir um – langsam und zielgerichtet. Ich atme ein. Eine Sekunde vergeht, während er mich beobachtet. Die Erwartung ist wie ein lebender Organismus in der Luft. Sie ist dunkel und dick und lässt meine Atemzüge schneller werden. Sie hält mich als Geisel, bis er mit zwei langsamen Schritten den Abstand schwinden lässt und vor mir stehen bleibt.

Er nimmt mir meine Taschen ab und wirft sie auf das Sofa, ohne den Blickkontakt zu unterbrechen. Erst als er um mich herumgeht, um mir aus meiner Jacke zu helfen, stoße ich den Atem aus, den ich angehalten habe.

»Danke«, murmele ich, während er meine Jacke zusammenfaltet und sie über die Rückenlehne des Sofas legt. Was will er denn?

Ich unterdrücke den Drang, mich zu umarmen. Stattdessen begegne ich seinem Blick mit einer Tapferkeit, die ich nicht spüre, während er in der Tiefe meiner Augen nach Antworten sucht, obwohl ich nicht einmal die Fragen kenne. Gnädigerweise erlöst er mich von diesem Blick, geht in die Küche und öffnet den Mini-Kühlschrank.

Klar, er ist verknallt in sie, aber die Situation ist so dermaßen komisch!

Sein Ton ist leicht und mindert die angespannte Atmosphäre. »Möchtest du etwas trinken?«

Er nimmt diese Leichtigkeit in seiner Stimme für mich an. Es ist ein netter Versuch, aber er beruhigt meine Nerven nicht. Als ich mit den Schultern zucke, holt er zwei Bier heraus und öffnet sie.

Der Rhythmus, in dem seine Stiefel auf den Fliesen aufkommen, während er zu mir zurückläuft, ist selbstbewusst und ohne Eile. Seine Lippen zucken in den Ecken, als er mir eine Flasche reicht. »Diesmal ist es kalt.«

Mein Blick fällt auf das Etikett. Kondenswasser perlt vom Glas ab. Es ist nicht nur kalt, sondern auch meine Lieblingsmarke. Reflexartig lege ich meine Finger um den Bauch der Flasche. Ohne unseren Blickkontakt zu lösen, kippt er sein Bier zurück und nimmt einen Schluck. Ich kann nicht anders, als zuzuschauen, wie sich sein Adamsapfel bewegt, als er schluckt. Der Anblick beschwört die Erinnerung an seine Lippen auf meiner Ohrmuschel und die Wärme seines Atems, als er ein Versprechen auf meine Haut drückte.

Ich unterdrücke einen weiteren Schauer und frage ich: »Warum bin ich hier?«

»Das habe ich dir doch gesagt«, antwortet er mit leiser Stimme. »Ich schulde dir ein Abendessen.«

»Frühstück«, korrigiere ich. Abendessen können fälschlicherweise für romantisch gehalten werden.

Sein Blick verdunkelt sich. »Was immer die Lady will. Abendessen *und* Frühstück also.«

»So hatte ich das nicht gemeint.«

An seinen Augenwinkeln bilden sich Fältchen, aber er fordert mich nicht heraus, zumindest nicht mit Worten.

Ich war noch nie nervös in der Nähe von Männern – ich komme generell besser mit Männern als mit Frauen klar – aber in seiner Nähe bin ich es. Er schärft meine Sinne, und ich stelle mir vor, dass es so ist, bevor man stirbt. Heller, lauter, klarer, schärfer.

Ich schüttele den Gedanken ab und nehme einen Schluck von meinem Bier.

»Du warst heute den ganzen Tag lang unterwegs«, sagt er und senkt seinen Kopf, um mich zu betrachten. »Was hast du gemacht? Etwas Schönes?«

Wie lange hat er auf mich gewartet? »Wie bist du in meine Wohnung gekommen?«

Er stellt seine Flasche auf dem Couchtisch ab, nimmt meine Hand und führt mich in die Küche, wo er mich auf den mittleren Hocker an der Theke schiebt. »War gar nicht so schwer. Wenn du die Schlüsselnummer kennst, kannst du einen in jedem Baumarkt kaufen.« Er nimmt Zwiebeln, Karotten und Sellerie aus einer Einkaufstüte und legt das Gemüse auf den Tresen. »Wir müssen etwas gegen deine traurige mangelhafte Sicherheit tun.«

Ich umfasse meine Bierflasche fester. »Wir?«

»Du brauchst einen Doppelzylinderriegel und einen Spion, dazu eine Alarmanlage und ein Sicherheitstor«, sagt er und schnappt sich zwei Pfannen von den Haken über dem Herd.

»Das weiß ich.«

Er macht zwei Herdplatten an. Etwas Dunkles schleicht sich in seine Stimme, etwas Wütendes. »Warum riskierst du dann deine Sicherheit?«

»Ich werde es tun, wenn ich es mir leisten kann«, sage ich bissig, denn ich mag es nicht, meine Unzulänglichkeiten zur Schau zu stellen, zumindest nicht in seiner Gegenwart.

»Betrachte es als erledigt«, sagt er, ohne mit der Wimper zu zucken.

»Was?« Ich betrachte das lange Haar, das eine Seite seines Kiefers streift und die Art, wie sich sein Bizeps anspannt, als er die Pfannen auf den Herd stellt. »Warum?«

Er stützt seine Handflächen auf die Theke und sieht mich von der Seite an. »Du solltest deine Sicherheit nicht vernachlässigen.«

Ironisch, dass das ausgerechnet von ihm kommt. »Solltest du nicht auf der Flucht sein, anstatt dich um den nicht existierenden Riegel an meiner Tür zu kümmern?«

Er lächelt. »Sehr bald.«

Sein Lächeln ist betörend. Ich atme hörbar aus, während er damit beschäftigt ist, Zwiebeln zu würfeln.

»Warum tust du das?«, frage ich in seinem Rücken.

Er gibt Olivenöl in die Pfanne. »Was?« Die Zwiebeln, die er in die Pfanne wirft, brutzeln.

»Die Raubüberfälle.«

Er blickt über seine Schulter zu mir. »Du hast mich gegoogelt.« Wer würde das nicht tun?!

Ich kratze am Etikett meiner Flasche herum. »Ich habe die Nachrichten gelesen.«

Sein freches Grinsen sagt, dass er mir nicht glaubt. »Gib es zu«, fordert er mich auf, während er eine Tüte mit gefrorenen Kartoffeln aus dem Gefrierfach nimmt. »Du hast mich gegoogelt.«

Ich schweige hartnäckig.

»Das ist nicht schlimm.« Er reißt die Tüte auf und kippt den Inhalt in die zweite Pfanne. »Ich habe das Gleiche bei dir gemacht.«

Mein Herz schlägt schneller, und das nicht nur aus Überraschung oder Schock. Es gibt auch einen Funken Aufregung, den ich mit aller Kraft zu ignorieren versuche.

»Deine Highschoolfotos sind süß«, sagt er und wendet die Kartoffeln. »Warum bist du nicht in den sozialen Medien?«

Der Geruch von Knoblauch erfüllt die Luft. Trotz der Situation knurrt mein Magen und erinnert mich daran, dass ich nur einen kleinen Salat und einen Apfel zum Mittagessen hatte. Trotzdem habe ich keinen Appetit. »Ich ziehe es vor, mein Privatleben privat zu halten.«

Der Blick, den er mir zuwirft, ist so hitzig, dass ich unter seinem Blick fast wanke. »Wie ich schon sagte, meine Art von Mädchen.«

Die Betonung seiner Worte ist beunruhigend, oder vielleicht interpretiere ich zu viel hinein. Trotzdem muss ich um Fassung kämpfen. »Du hast meine Frage nach den Raubüberfällen nicht beantwortet.«

»Geld.« Er zuckt mit den Schultern. »Ist das nicht offensichtlich?«

»Es gibt andere Möglichkeiten, an Geld zu kommen.«

»Nicht so viel Geld.«

Ich kann meine Neugierde nicht zurückhalten und frage: »Warum brauchst du so viel Geld? Hast du nicht schon genug?« Nach dem, was ich in den Nachrichten gelesen habe, müsste er einer der reichsten Männer der Welt sein, mit der Summe, die seine Bande gestohlen hat.

Sein Ton wird eine Spur härter. »Man kann nie genug haben.«

»Ihr seid zu dritt.«

Seine Freundlichkeit verflüchtigt sich. »Worauf willst du hinaus?«

»Sind sie auch hier?« Warten sie irgendwo auf ihn, während er mir das Abendessen kocht?

»Mach dir keine Sorgen, Baby Doll. Wir sind allein.« Er fängt an, die Möhren zu schaben. »Wie magst du dein Curry?«

»Medium, bitte.«

Er fügt weder Huhn noch anderes Fleisch hinzu. Woher weiß er, dass ich Vegetarierin bin? Hat er meine Lebensmittelschränke durchwühlt, als er in meine Wohnung eingebrochen ist? Wo hat er noch geschnüffelt? In meiner Unterwäscheschublade? Der Gedanke, dass er in meinem privaten Raum war, erschüttert mich aufs Neue.

»Das Essen sollte in zwanzig Minuten fertig sein.

Warum deckst du nicht den Tisch? Im Schrank ist Wein.«

Ich rutsche vom Hocker, um zu tun, was mir gesagt wurde, und beobachte ihn heimlich, während er Karotten und Sellerie schneidet. Als er die Gewürze hinzufügt, erfüllt der reiche Duft von Curry die Luft. Er rührt eine Dose Kichererbsen und Kokosnussmilch hinein, die er mit Mehl andickt. Während er kocht, räumt er auf, so dass die Küche, als das Essen fertig ist, genauso makellos aussieht wie zu Beginn.

Er befüllt zwei Teller und trägt sie zum Tisch. Mit einem über die Schulter geworfenen Geschirrtuch sieht er seltsam domestiziert aus.

»Setz dich«, sagt er.

Ich setze mich, und er stellt einen Teller mit Gemüsecurry und Knoblauchkartoffeln vor mich hin. Die Sonne wird erst in einer Stunde untergehen, aber er zündet eine rote Kerze an und stellt sie in die Mitte des Tisches, bevor er den Wein öffnet. Es ist einer meiner Lieblingsrotweine, eine Tatsache, die mich genauso erschüttert wie das Ambiente, das er erschaffen hat.

»Woher wusstest du das?«, frage ich und deute auf den Wein, den er in mein Glas gießt.

Er zögert nicht. »Ich habe dich im Restaurant gesehen.«

Mein Herz setzt einen Schlag in meiner Brust aus. Dass er mich bemerkt hat, ist schlimm genug. Aber viel schlimmer ist, dass er darauf geachtet hat, was ich gegessen und getrunken habe – ein Bier bei der

Ankunft, dieselbe Marke, die er mir gerade serviert hat, und einen Veggieburger mit einem Glas Rotwein. Was soll ich davon halten? Das Restaurant war gut besucht. Es dauerte lange, bis das Hauptgericht kam, nachdem unser Bier serviert worden war.

»Wie lange hast du mich beobachtet?«, frage ich, und mein Herz schlägt mir bis in den Hals.

Er wirft das Geschirrtuch über einen der Stühle und nimmt mir gegenüber Platz. »Lange genug.«

Diese Enthüllung ist riesig. Ich bin total geschockt. Mein Gehirn klammert sich an die Möglichkeit, dass ich etwas falsch verstehe.

»Warum hast du Mints Auto genommen, Ian?« Als er mich weiterhin nur mit versteinerter Miene anschaut, sage ich: »Der Tank deines Trucks war voll. Das hat mir die Polizei gesagt.«

Stille.

Er brauchte mich nicht, um sich zu verarzten. Seine Freunde hätten sich um ihn kümmern können. Das lässt nur eine Erklärung zu. Ich will nicht daran denken, nicht jetzt, wo ich hier gefangen bin und nicht entkommen kann.

Die Hitze seiner Handfläche, die er jetzt auf meine Hand auf dem Tisch legt, erschreckt mich.

»Iss«, sagt er. »Dein Essen wird kalt.«

Ich weiche zurück und ziehe meine Hand unter seiner heraus. Er bewegt sich nicht sofort. Er lässt seine Hand für einen Moment dort ruhen, in meinem Raum, bevor er sich langsam zurückzieht, um sein Messer zu nehmen. Das ist eine Botschaft. Der ganze

Raum gehört ihm, sogar – nein, besonders – mein persönlicher Raum.

Er betrachtet mich unter dicken, dunklen Wimpern, während er Gemüse auf seine Gabel schiebt und sie zum Mund hebt. Er kaut und schluckt, während er mein Gesicht betrachtet. »Das Curry ist gut. Du solltest es probieren.«

Es ist nicht das Versprechen, dass es gut ist, das mich zum Gehorsam zwingt, sondern die Warnung in seinen verengten Augen und seinem dunklen Tonfall.

Ich schlucke und nehme mein Besteck in die Hand.

»Ich habe dir bereits gesagt«, sagt er und spießt ein Stück Kartoffel auf, »dass ich nicht beiße.«

Um nicht antworten zu müssen, stopfe ich mir Kartoffeln in den Mund. Wenn ich den Stein in meinem Magen und meine übelkeiterregende Nervosität ignoriere, ist das Essen wahrscheinlich gut. Ich schlucke den Bissen, den ich genommen hatte, mit einem Schluck Wein hinunter und probiere das Curry, während er mich aufmerksam betrachtet. Meine Geschmacksnerven nehmen die Gewürze und die Süße der Kokosnuss wahr, aber rein mechanisch. Ich weiß den Geschmack des Essens gerade nicht wirklich zu schätzen. Ich bin zu sehr auf die Frage konzentriert, die mir immer wieder durch den Kopf geht.

»Warum hast du mich hierhergebracht, Ian?«

Er lässt sein Besteck sinken und schaut mir direkt in die Augen. »Weil ich dich wieder ficken will.«

10

IAN

W*eil ich dich wieder ficken will.*

So. Ich habe es gesagt.

Ich habe ihr die Wahrheit gegeben, um die sie gekämpft hat, seit ich ihr gestanden habe, dass ich sie in Sun City bemerkt habe. Bemerken trifft es nicht ganz. Stalken ist schon eher das richtige Wort.

Wir hielten uns im Pokerbereich in der Nähe der Kassierer auf, wo die Leute ihre Chips einlösen, als ich sie sah. Langes, platinblondes Haar, babyblaue Augen, ein Gesicht wie ein Engel und ein Körper, der einen Mann dazu bringt, unvorstellbare Sünden zu begehen. In Leder und Jeans gekleidet, sah sie sexy und frech aus und verkörperte alles, was ich jemals als schön empfunden habe, zu schön, um wahr zu sein.

Ich wollte sie, alles von ihr, jeden Zentimeter ihrer Haut berühren, riechen und schmecken. Eine gottverdammte Göttin. Der Arsch bei ihr redete von sich selbst, wedelte mit seinem Geld vor ihrem Gesicht, als ob man jemanden wie sie kaufen könnte.

Als sie aufgestanden sind, bin ich ihnen gefolgt. Der Trottel hatte sie für ihr eigenes Essen bezahlen lassen und schlimmer noch, sie dazu gebracht, zum Benzingeld beizutragen. Ich war bereit, ihm auf der Stelle eine zu scheuern. Ohne unser Vorhaben hätte ich ihn wahrscheinlich an seinem Ohr nach draußen gezerrt und ihn zusammengeschlagen. Leons Plan hatte bereits begonnen, schiefzulaufen, als sie auf ihren Fick-mich-Absätzen hinausging, aber als sie das Arschloch, das sie beleidigt hatte, in die Schranken wies, war unser sorgfältig ausgearbeiteter Coup im Eimer.

Ich war hin und weg.

Ich hatte nicht vor, sie entkommen zu lassen.

Nicht einmal eine Kugel konnte mich von ihr fernhalten. Ich habe mich zu früh bewegt, und alles ging drunter und drüber. Leon und Ruben verschwanden mit dem Geld, und ich folgte der Frau, die ich mehr wollte als die Kohle. Der Rest war besser als jeder feuchte Traum. Sie war alles und mehr gewesen, und ich werde nie genug davon bekommen. Die Tatsache, dass ich wieder hier bin, zeigt das ganz deutlich.

Ich konnte mich nicht dazu bringen, zu gehen, nachdem ich sie in ihrer Wohnung abgesetzt hatte. Stattdessen fuhr ich in die Stadt und kaufte ihr ein neues Handy. Danach tat ich das, was ich einfach tun musste. Ich fuhr zu einem Baumarkt und kaufte einen

Schlüssel für ihre Tür. Ich hatte mir ihre Schlüsselnummer, C31, gemerkt, als ich ihre Tasche durchsuchte. Diese Nummer gehörte mir. Ich hätte einfach das Schloss knacken können, aber einen Schlüssel zu haben, fühlt sich intimer an. Ein Schloss zu knacken ist etwas für Diebe. Das Ziel sind Wertgegenstände oder Geld. Einen Schlüssel zu haben ist etwas für Verliebte. Es ist eine Freikarte für Sex.

Das ist völlig verrückt. Dass ich einen Steifen bekam, als ich meine Finger um diesen Schlüssel legte, sagt viel über den Mann aus, der ich bin. Dass ich es riskiert habe, Cas' Haus zu betreten, sagt viel darüber aus, wie sehr ich sie will.

Am Ausgang des Ladens schnappte ich mir einen Stapel Werbebroschüren und wartete hinter den Bäumen auf der anderen Straßenseite des Gebäudes. Kurz darauf ging eine alte Dame hinein. Ich schlich mich unter dem Vorwand, Prospekte in die Briefkästen stecken zu wollen, von hinten an sie heran und warf einen Blick auf den Code, den sie eingab, um die Tür zu öffnen.

Als die alte Dame weg war, ging ich hinein. Eine Kündigung des Mietvertrages wegen ausbleibender Zahlungen klebte an Cas' Tür. Ich hätte sie fast abgerissen, aber Cas hätte es ohnehin herausgefunden, also ignorierte ich die Nachricht und drang in Cas' Privatsphäre ein.

Ich werde jetzt nicht lügen. Ich bin ihre Kleidung und Unterwäsche durchgegangen. Ich kenne die Farbe und den Geruch von jedem Stück Spitze, das sie besitzt. Ich weiß, dass sie viel Gemüse und Obst isst, und dass sie zum Frühstück Joghurt und Obst bevorzugt. Ich weiß, dass das einzige Parfüm, das sie trägt, Jo Malone Orange Blossom ist, das ich an ihr gerochen habe und dass sie einen rosafarbenen Vibrator in ihrer Nachttischschublade aufbewahrt.

Sie weiß auch Dinge, und ich denke, damit sind wir quitt. Sie weiß, warum ich sie angehalten habe – sie und diesen Wichser, der sie wie Scheiße behandelt hat – und nicht irgendeine andere Person. Sie weiß, warum ich angeschossen wurde. Ich sehe es in ihren hübschen Babypuppenaugen, als sich ihr Blick für einen kurzen Moment auf meine verletzte Schulter richtet. Ich kassierte diese Kugel für sie, für das gleißende Vergnügen, meinen Schwanz in ihrem engen, perfekten Körper zu versenken.

Mein Bruder nennt es verrückt. Ruben sagt, es ist das Muschifieber, weil ich schon so lange keinen Sex mehr hatte, aber es ist viel schlimmer, als sich die beiden vorstellen können. Es ist schlicht und einfach Besessenheit.

Sie weiß es, und sie kann nicht gut mit dieser Tatsache umgehen. Ihre Porzellanhaut ist blasser als sonst. Gäbe es den beerenroten Lippenstift nicht, wären ihre Lippen blassrosa, wie auf ihren Highschoolfotos. Haben ihre Brustwarzen die gleiche Pfirsichfarbe? Mein Schwanz verhärtet sich bei dem Gedanken. Ich muss ihre Brüste noch auspacken. Ich habe es das letzte Mal, als ich sie unter mir auf dem Tisch hatte, nicht getan, weil ich ein Masochist bin. Ich glaube daran, immer eine Kleinigkeit für später übrig zu lassen.

Ich betrachte ihre großen Augen und die geöffneten Lippen. »Iss auf. Es ist fast Zeit für deine Medikamente. Du musst etwas im Magen haben.«

»Ich möchte nach Hause«, flüstert sie.

Ich sage ihr die Wahrheit. »Das wirst du.«

Ihre Kehle bewegt sich, als sie schluckt. »Wann?«

Wenn ich sie auf jede erdenkliche Art und Weise gefickt habe. »Wenn ich so weit bin.« Ich ziehe ihren Teller näher und schneide die Kartoffeln in mundgerechte Stücke. »So«, sage ich, als ich fertig bin. »Erzähl mir von deinem Tag.«

Sie starrt auf ihren Teller, als ob sie nicht wüsste, was sie mit dem Essen anfangen soll. »Was?«

»Hast du dir ein paar Tage freigenommen?« Nach dem, was ich getan habe, hat ihr Arbeitgeber ihr höchstwahrscheinlich die ganze Woche Urlaub gegeben.

»Warum fragst du?« Sie sieht mich misstrauisch an, während sie ein Stück Kartoffel aufspießt. »Interessiert dich das?«

Sie kann es sich nicht vorstellen, aber ich will alles über sie wissen, jedes kleine Detail, das ich in die Finger bekomme.

Ich lehne mich in meinem Stuhl zurück und nehme einen Schluck Wein. Mehr Wahrheit schwappt aus meinem Mund. »Ja.«

Sie zieht die Gabel über ihren Teller und nimmt schließlich einen Bissen. Ich höre mit den Fragen auf, um sie essen zu lassen. Es wird nicht empfohlen, Wein zu ihren Medikamenten zu trinken, aber ich schenke ihr noch ein Glas ein. Sie muss sich entspannen. Es ist ja nicht so, dass sie noch fahren muss. Seien wir ehrlich. Sie wird nirgendwo hingehen. Nicht für eine ganze, lange Nacht. Von dem Wissen wird mir schwindelig. Sie hier bei mir zu haben ist jedes Risiko wert, das ich eingehe. Fuck, ich gehe gerne ins Gefängnis für eine weitere Nacht mit ihr. Ja stimmt

Nach dem Raub hatten Cas und ich nur ein paar Stunden Zeit, und es gibt so viele Dinge, die ich gerne mit ihr machen würde. Ich möchte mir Zeit mit ihrem Körper nehmen, herausfinden, was ihr gefällt und welche Geräusche sie macht, wenn sie kommt.

Das Stöhnen und Keuchen einer Frau ist für mich ein Aphrodisiakum. Ich mag meine Bettpartnerinnen laut. Cas war ruhig während unseres ersten Mals, aber sie hatte einen triftigen Grund, ihre Laute zu schlucken. Sie war verängstigt.

Doch ihr Enthusiasmus und ihre kleinen perversen Handlungen, wie die Art und Weise, wie sie ihre Beine nicht schloss, als wir fertig waren, haben mich umgehauen. Eine Frau ganz nach meinem Geschmack. Sie hatte mich umgehauen und damit meine Absicht, sie erneut zu haben, unwissentlich verstärkt.

Ein letztes Mal. Sicher nicht

Das muss es sein. Dies ist mein Abschied. Die Zeit, die ich ihr stehle, ist ein Geschenk an mich selbst. Es mag mir vielleicht nichts ausmachen, den Preis für eine weitere Nacht mit ihr zu zahlen, aber ich kann Leon nicht im Stich lassen. Er ist nicht besonnen genug, um die Überfälle ohne mich zu machen, und wir sind zu weit gegangen, als dass er seinen Job wechseln könnte.

Ich gebe ihr genug Zeit, um die Hälfte des Essens auf ihrem Teller zu essen, bevor ich das Thema erneut anspreche. »Was hast du heute gemacht, Cas?«

Die Betonung ihres Namens ist leicht, aber fordernd und sagt ihr, dass ich sie nicht vom Haken lassen werde.

Sie schluckt, nimmt einen weiteren Schluck Wein und legt ihr Besteck auf ihrem Teller ab. Sie zuckt mit den Schultern. »Nichts Besonderes.«

Ich verenge die Augen.

Die stille Drohung funktioniert. Sie stößt leise ein liebenswert frustriertes Geräusch aus und öffnet diese vollen Lippen. »Ich bin auf Jobsuche gegangen.«

Ich habe alles über sie gelesen, was ich finden konnte. Sie hat die letzten drei Jahre am Schalter einer Bank gearbeitet. »Du hast gekündigt?«

Sie rutscht auf ihrem Stuhl hin und her. Etwas stimmt nicht. Mit den Kosten für ihre Medikamente kann sie kaum ihre Rechnungen bezahlen. Die Kündigung des Mietvertrages ist der Beweis dafür. Sie hätte ihren Job nicht aufgegeben, bevor sie sich einen anderen sicher gehabt hätte.

Ich beobachte sie genau. »Hat dir dein Job nicht gefallen?«

Sie zuckt wieder mit den Schultern. »Mein Chef hat mich gefeuert.«

»Dich gefeuert?« Ich kann die Überraschung in

meiner Stimme kaum verbergen. »Warum?« Auf der Website der Bank gibt es eine Rubrik »Mitarbeiter des Monats«, und sie wurde schon mehrmals nominiert.

Sie spielt mit ihrer Serviette und sagt: »Er hat gesagt, ich sei ein Sicherheitsrisiko.«

Mir geht ein Licht auf. So ein Mistkerl. Ich umfasse das Glas so fest, dass ich mich bewusst bemühen muss, meine Finger zu entspannen, um den Stiel nicht zu zerbrechen. »Er denkt, ich hätte dich für Informationen als Geisel gehalten.«

Sie muss die Wut spüren, die ich nur knapp unter Kontrolle habe, denn ihr Ton wird beschwichtigend. »Das ist eine Standardprozedur.«

Ich knalle das Glas auf den Tisch, und ein paar Tropfen Wein schwappen über den Rand. »Verteidige diesen Wichser nicht.«

Sie zuckt zusammen. »Er hat nur das Protokoll befolgt.« Ihre Stimme ist etwas leiser, als ob sie denken würde, dass mein Ärger gegen sie gerichtet ist. »Ich habe eine befreundete Anwältin den Vertrag durchsehen lassen.«

Okay. Das hat sie nicht verdient. Ganz egal, wie. Ich werde es wiedergutmachen. Mit jahrelanger Übung unterdrücke ich den Drang, diesen Wichser sofort zu finden und ihn dafür bezahlen zu lassen, ein Arschloch zu sein. Ich bekomme die Gewalt, die durch meine Adern fließt, in den Griff und kontrolliere meine Wut. Sobald ich das geschafft habe, spreche ich weiter.

Mein Ton ist ruhig, und meine Stimme sanft, als ich frage: »Hast du etwas gefunden?«

»Noch nicht«, sagt sie und sieht mich an, wie jemand einen Ölbohrer, der kurz vor der Explosion steht, beobachten würde.

Sie wird hier nicht viel finden. Es ist eine kleine Stadt. Bei der aktuellen Wirtschaftslage stellen nicht viele Unternehmen ein. »Was sind deine Pläne?«

»Vielleicht werde ich es in Johannesburg versuchen.«

Mir gefällt der Gedanke nicht. Ich mag es nicht, wenn ich nicht weiß, wo sie wohnt oder wo sie arbeitet. »Iss dein Essen auf«, fordere ich sie freundlich auf.

Gehorsam nimmt sie die Gabel und stochert weiter in ihrem Essen herum. Während sie isst, genieße ich die Aussicht. Ich nehme mir die Zeit, ihre Augen zu betrachten, wie ich es im Versteck nicht konnte. Ich habe mir die Linien ihres Gesichts und die perfekte Form ihrer Augenbrauen eingeprägt, während sie geschlafen hat.

Wie ein irrer Perverser saß ich auf dem Bett und betrachtete die Form dieser Lippen und die Wimpern, die ihre Wangen umspielten. Ich stellte mir diese Lippen auf meinem Körper und vor allem um meinen Schwanz herum vor. Ich bin immer noch hungrig nach ihren Augen, also lasse ich ihre Farbe auf mich wirken, während das Tageslicht verblasst und das Kerzenlicht über ihr Gesicht flackert.

Ihre Augen sind groß und leicht schräg. Ein sanfter Hauch von Violett reflektiert aus der Tiefe des Blaus und lässt ihre Iris leuchten wie einen Tansanit, den seltensten Edelstein auf dem Planeten. Eingerahmt von diesen Platinwellen sieht sie aus wie die Puppe meiner Schwester Zoe, bevor Zoe ihr die Haare abschnitt, weil sie glaubte, sie würden nachwachsen.

Cas' Haut ist makellos und blass wie Porzellan mit einem pfirsichfarbenen Farbton auf ihren Wangen. Ich weiß bereits, dass die Haut sich unter meinen Fingern weich wie Gamsleder anfühlt. Eine Haut wie diese musste leicht Druckstellen bekommen. Wenn sie mir gehören würde, würde ich dafür sorgen, dass sie nie einen blauen Fleck bekommt. Die verblassenden roten Linien um ihre Handgelenke von den Handschellen, die ich ihr umgelegt hatte, stören mich immer noch genauso wie der anhaltende Schmerz in meiner Schulter, aber ich schaue nicht weg. Ich habe diese Stellen hinterlassen. Ich lebe mit ihnen, genau wie mit meinem Bedauern. Ich kann diese temporären Unvollkommenheiten nicht verschwinden lassen, aber sie werden verblassen. Ich kann ihr nicht ihren Job zurückgeben, aber das Offshore-Konto, das ich für sie eingerichtet habe, wird ihre Verluste ausgleichen.

Als sie endlich mit dem Essen fertig ist, trage ich unsere leeren Teller in die Küche und belade die Spülmaschine. Zum Nachtisch habe ich Panna cotta gekauft.

»Noch etwas Wein?«, frage ich, während ich ihr den Nachtisch serviere und etwas Beerensauce dazugebe.

Sie spielt mit ihrem Löffel. »Nein, danke.«

Wir essen schweigend auf. Ich biete ihr keinen Kaffee an. Sie würde nur akzeptieren, um das

Unvermeidliche zu verschieben. Stattdessen schenke ich ihr ein Glas Wasser ein und hole ihre Tasche vom Sofa. Sie protestiert nicht, als ich darin wühle und ihre Tabletten herausziehe, aber sie wirft mir einen schneidenden Blick zu, der mich nur hart macht.

Ich schüttele zwei Tabletten heraus und biete sie in meiner Handfläche an. »Wie lange hast du schon eine dilatative Kardiomyopathie?«

Ihre Augen werden riesig. »Woher weißt du das?«

»Ich habe etwas recherchiert.«

Ihre perfekt geformten, kleinen, rot lackierten Nägel kratzen über meine Handfläche, während sie die Tabletten nimmt. »Warum?«

Der Schauer, den sie auslöst, zieht bis in meine Eier. »Ich lese gerne.«

Sie schluckt die Tabletten mit dem Wasser und wirft mir einen finsteren Blick zu. »Über meinen Gesundheitszustand?«

Ich musste wissen, ob der Schock, den ich ihr zugefügt hatte, bleibende Schäden hinterlassen würde und wie ich mit eventuellen Notfällen umgehen sollte. Ich habe es ernst gemeint, als ich sagte, dass ich ihre Sicherheit nicht aufs Spiel setzen werde.

»Über viele Dinge«, sage ich.

»Warum?«

Hartnäckig. Ich grinse. Mir gefällt das. Ein wenig zu sehr. »Ich habe die Highschool nicht abgeschlossen. Was immer ich wissen will, muss ich aus Büchern lernen.«

Ihre Schultern entspannen sich ein wenig, und

etwas von der Angst in ihren Augen schmilzt, und Verständnis nimmt den frei gewordenen Platz ein. »Ich habe selbst kaum die Schule beendet.«

Ich werde sie nicht vom Haken lassen. »Wann hast du die Diagnose erhalten?«

»Es ist genetisch bedingt. Ich habe es von meiner Mutter.«

Ich nicke. »Ist es schmerzhaft?«

»Nein. Ich bin nur manchmal außer Atem und müde.«

Nach dem, was ich gelesen habe, kann sie mit chronischer Medikation ein ausgefülltes und langes Leben führen. »Was ist mit Sport?«

»Ich kann nichts allzu Anstrengendes machen, aber ich tanze gerne.«

»Was für eine Art von Tanz?«

»Modern. Ich habe getanzt, seit ich fünf bin, aber ich habe es aufgegeben, als ich sechzehn wurde.«

Diese Frau fasziniert mich. Ich will alles wissen. »Warum?«

»Es gab eine Menge Arbeit auf der Farm.«

»Was für eine Art von Farm?«

»Rinder und hauptsächlich Mais. Wir pflanzten etwas Gemüse, je nach Fruchtfolge.«

»Ein Bauernmädchen.« Ich lächele. »Meine Art von Mädchen.« Kann er das BITTE lassen!

Das Kompliment lässt ihren Rücken wieder versteifen. Sie mag die implizite Bedeutung nicht, dass wir gut zusammenpassen. Wie auch immer, es ist an der Zeit, das Thema anzusprechen, das sie erneut anspannen und gleichzeitig den Stress aus dem Weg räumen wird. »Bleib über Nacht.«

Ich sage es so, als ob sie eine Wahl hätte, aber ich weiß nicht, was ich tun würde, wenn sie ablehnt. Ich werde sie nicht ohne ihre Zustimmung anfassen, aber ich werde sie definitiv nicht nach Hause fahren. Ich will sie so sehr, dass ich mein linkes Ei opfern würde, aber ich werde mich mit einem Gespräch zufriedengeben. Ich würde mich sogar damit zufriedengeben, ihr beim Schlafen zuzusehen.

Sie kaut auf ihrer Lippe, während sie über meine Einladung nachdenkt. Klugerweise zieht sie die richtige Schlussfolgerung. »Habe ich eine Wahl?«

Ich antworte ihr dasselbe wie zuvor. »In manchen Dingen.«

Sie greift nach der Tischkante und steht auf. »Was willst du von mir?«

Alles. »Eine Nacht.«

Sie ist zierlich und klein, aber sie stellt sich dem Mann, der sie entführt hat – nicht nur einmal, sondern zweimal – auf Augenhöhe. »Und wenn ich Nein sage?«

»Ich werde dich nicht anfassen, wenn du es nicht willst.« Es mag mich umbringen, aber ich habe noch nie eine Frau gezwungen oder verführt, und ich werde auch jetzt nicht damit anfangen. Es ist einzig und allein ihre Entscheidung. Ich werde mich nicht mit weniger zufriedengeben als mit ihrem freien Willen.

»Aber du wirst mich nicht nach Hause bringen, oder?«

Mein Schweigen gibt ihr die Antwort.

»Ich brauche eine Dusche«, sagt sie und flüchtet in den hinteren Teil des Raumes.

Sie schaut auf das Schloss der Eingangstür. Der Schlüssel fehlt. Ich habe ihn eingesteckt. Sie kann nicht durch ein Fenster klettern. Sie sind mit Moskitonetzen ausgestattet, die sich nicht öffnen lassen.

Ich stehe auf und zucke bei dem Ziehen in meiner Schulter zusammen. »Weißt du was? Warum hilfst du mir nicht, den Tisch abzuräumen, und ich zeige dir das Bad, wenn wir fertig sind?«

Ich brauche die Hilfe nicht, aber die Aufgabe wird ihr helfen, sich zu beruhigen. Sie widerspricht nicht. Sie trägt unsere leeren Gläser und die halbleere Flasche Wein in die Küche, während ich die Spülmaschine einräume und den Tisch abwische, bevor ich die Kerze auspuste.

Sie schiebt den Wein auf dem Tresen umher, stellt ihn erst in eine Ecke und dann neben die Mikrowelle. Ich trete hinter sie. Unfähig, zu widerstehen, fahre ich mit meinen Händen über ihre Arme. Ihre Haut ist weicher als Seide. Sie ist groß für eine Frau, aber immer noch einen guten Kopf kleiner als ich. Ich bin mir ihrer kleinen Größe und ihrer gebrechlichen Gestalt so sehr bewusst, dass ich den Drang, sie an mich zu ziehen und sie in meinen Armen zu beschützen, unterdrücken muss. Ich kann jedoch nicht widerstehen, ihren Hals zu liebkosen und den berauschenden Duft von Blumen einzuatmen, die im Winter blühen.

Meine Stimme ist heiser. »Ist dir kalt?« Mein Verlangen ist unverhüllt.

Auf das Stichwort hin zittert sie. Die Nacht ist kühler am Fuße der Klippen. Ich möchte sicherstellen, dass sie sich wohlfühlt. Meine Hände fühlen sich leer an, als ich loslasse, um den Deckenventilator auszuschalten. Als ich mich wieder zu ihr umdrehe, sieht sie mich an. Ich warte und gebe ihr die Gelegenheit, den ersten Schritt zu machen.

Es folgt eine angespannte Stille. Trotzdem sagt sie nichts. Es wird etwas Überzeugungsarbeit brauchen.

»Was willst du, Cas?«

Sie befeuchtet ihre Lippen mit der Zungenspitze. »Es war ein langer Tag. Ich gehe besser duschen.«

Diese Geste zieht meinen Blick auf sich. Ich stelle mir vor, diese Lippen und andere Teile ihres Körpers zu beißen. Als ich es endlich schaffe, meinen Blick von ihrem Mund loszureißen, hechele ich leise wie eine läufige Hündin.

Ihre Worte gehen mir nicht mehr aus dem Kopf. Sie hat mich nicht eingeladen, mit ihr unter die Dusche zu gehen. Nicht, dass ich das von ihr erwartet hätte. Die Nacht ist noch jung, aber nicht annähernd lang genug. Es ist keine Zeit, um um den heißen Brei herumzureden.

Als ich den Raum durchquere, verstecke ich meine Gefühle nicht. Ich lasse sie die Lust sehen, die mich von innen heraus verbrennt. »Werde ich dich berühren dürfen?«

Alles, was ich bekomme, ist ein kleines

Kopfschütteln und den Abstand, den sie zwischen uns bringt, während sie mit dem Rücken zum Kühlschrank steht.

Ich folge ihr und bleibe kurz vor ihr stehen. »So wird es laufen, Baby Doll. Ich werde dich nicht anfassen, aber du wirst mich zuschauen lassen.«

Ich kann das echt nicht normal lesen

11

CAS

Das ist nicht das, was ich erwartet habe. Verblüfft starre ich den imposanten Mann an, der mich in die Ecke gedrängt hat. Trotzdem stürzt er sich nicht auf mich. Er ist jedoch unerbittlich. Er setzt seine Dominanz ein und stellt sicher, dass ich verstehe, wie der Kompromiss funktionieren wird. Das Bewusstsein rauscht über meine Sinne und strafft meine Haut. Die Berührung, die ich ihm verweigere, geistert über meinen Körper und hinterlässt mehrfache Schauer.

Will ich, dass er mich berührt?

Ja.

Soll ich ihn lassen?

Nein.

Es gibt kein Happy End in dieser Sache. Er hat mich bereits zu einer Komplizin seines Verbrechens gemacht. Ich hatte keine Wahl. Ich kann die Tatsache anrechnen, dass ich aufgrund außergewöhnlicher

Umstände nachgegeben habe. Ich kann argumentieren, dass ich ihm meinen Körper im Austausch für mein Leben gegeben habe. Vielleicht habe ich das. Ich bin mir immer noch nicht sicher, warum ich meine Beine für ihn geöffnet habe. Niemand würde mir das verübeln. Aber ein zweites Mal? Das lässt mich meine Unschuld schwerer beweisen.

Die Polizisten zweifeln bereits an meiner Aussage. Ich will nicht noch tiefer in diesen Schlamassel hineingezogen werden. Ich habe bereits meinen Job und fast mein Zuhause verloren. Ich habe kein Auto und kein Einkommen. Mein Leben ist ein Scherbenhaufen, den ich erst noch aufkehren muss. Wer weiß, was mich eine weitere Nacht kosten wird? Ich möchte nicht die Konsequenzen tragen, wenn ich ihm wieder nachgebe. Ich werde schon genug damit zu tun haben, mit den Nachwirkungen des heutigen Abends fertigzuwerden. Morgen wird er weg sein und nicht zurückkommen. Es sei denn, er wird seine Drohung wahr machen, sollte ich reden.

Er schenkt mir eines dieser halben Lächeln, geht zur Tür, die vom Wohnzimmer wegführt und öffnet sie in stiller Einladung.

Er hat keine Waffe mit hineingebracht. Wenn er das getan hätte, hätte ich versuchen können, ihn zu entwaffnen. Mein Vater hat mir das Schießen beigebracht, bevor ich laufen konnte. Ich kann mit einer Pistole oder einem Gewehr so gut umgehen wie jeder Soldat, und wenn ich abdrücke, treffe ich immer ins Schwarze.

»Cas«, sagt er mit seiner tiefen, heiseren Stimme und lässt mich wissen, dass er wartet.

Ich bin nicht schüchtern, wenn es um meinen Körper oder um Nacktheit geht. Ich liebe das Gefühl der Haut und die Schönheit des Fleisches. Was mich zögern lässt, ist meine eigene Reaktion. Es ist das, wozu es führen kann, wenn man ihn zuschauen lässt. Ich bin nicht immun gegen seine Berührung. Er erregt mich. Die Gefahr, die von ihm ausgeht, zieht mich an. Er ist der großartige, wandelnde Beweis, dass nicht jeder Sex ein Klischee ist und dass Fantasien real sein können.

Das ist nicht der Grund, warum ich endlich einen Fuß vor den anderen setze. Was mich dazu bringt, den Raum zu durchqueren, ist das Bedürfnis, ihn nicht zu mögen. Ich will ihm nicht vertrauen, aber ich tue es. Das tue ich, weil er mir nicht wehgetan hat. Er hat mich nicht umgebracht. Noch nicht. Er wird es tun, wenn er muss, und deshalb kann ich nicht zulassen, dass sich mein törichtes Herz bei ihm sicher fühlt. Ich muss mir beweisen, dass mein Vertrauen unbegründet ist, wenn er sein Versprechen bricht. *Das* ist der Grund, warum ich durch den Türrahmen ins Schlafzimmer gehe.

Er folgt, aber nicht so dicht auf meinen Fersen, dass ich nervös werde. Na ja, nicht nervöser, als ich es ohnehin schon bin. Er gibt mir Zeit, den Raum zu betrachten. Das Zimmer ist klein, aber sauber. Es riecht nach einer Mischung aus Stroh und frisch gewaschener Wäsche. Eine Daunendecke ohne eine einzige Falte bedeckt ein Doppelbett. Die Kissen in ihren weißen Kissenbezügen sehen aufgeplustert aus.

»Es gibt Handtücher und einen Bademantel«, sagt er und öffnet die Tür zum Bad. »Ich habe Shampoo mitgebracht, falls du dir die Haare waschen möchtest.«

Seine Umsicht trifft mich unvorbereitet. Das Abendessen, die Kerze und die Toilettenartikel … er hat sich darauf vorbereitet, die Nacht mit mir zu verbringen. Als er es so klingen ließ, als wäre das Frühstück meine Idee gewesen, war es bereits beschlossene Sache.

»Mach weiter«, sagt er, »es sei denn, du willst kneifen.«

Niemand beschuldigt mich, ein Feigling zu sein. Ich gehe zu ihm und bleibe so nah vor ihm stehen, dass sich unsere Körper fast berühren. Ich bemerke mit Genugtuung, wie sich sein Brustkorb mit der Luft, die er einatmet und anhält, ausdehnt.

»Was, wenn ich dich nicht zuschauen lasse?«, fordere ich ihn heraus.

Seine dunklen Augen werden heiß. »Dann darf ich dich anfassen.«

Er versengt mich mit nichts als einem Blick. »Das ist nicht das, was du vorhin gesagt hast. Du hast gesagt, du wirst mich nicht anfassen, aber du wirst zusehen. Du hast nichts davon gesagt, dass du mich anfassen wirst, wenn du nicht zuschauen kannst. Du hast die Regeln geändert.« Sie ist nicht dumm

Er hält meinen Blick fest, umfasst meinen Nacken und nähert sich mit seinem Mund, bis er um

Haaresbreite vor meinem ist. Er spricht seine nächsten Worte leise, was ihre Intensität nur noch verstärkt. »Ich *mache* die Regeln.«

Ich trete zurück, um der Berührung und dem leisen, aber unzweifelhaften Versprechen zu entgehen, die mich zu sehr berühren. Keine leeren Drohungen. Keine leeren Versprechungen. Ich muss ihn nicht gut kennen, um das über ihn zu wissen.

Ein Versprechen ist ein Versprechen, auch wenn es ein unausgesprochenes ist. Ich löse *mein* Versprechen ein, indem ich ihm den Rücken zudrehe und auf den Badvorleger trete. Dann drehe ich mich um. Ich schrecke nicht vor der Herausforderung zurück. Ich lasse meinen Blick auf seinem Gesicht ruhen und genieße seinen Ausdruck, während ich mich meiner Kleidung entledige. Als ich meine Turnschuhe und Socken ausziehe, neigen sich seine Lippen auf diese Art, die sagt, dass er amüsiert ist. Er lehnt eine Schulter gegen den Türrahmen und verschränkt seine Arme und Knöchel. Wenn ich naiv wäre, würde ich denken, dass er es sich bequem macht, um die Show zu genießen, aber hinter der entspannten Haltung steckt mehr. Er blockiert den einzigen Ausgang und hält mich in dem kleinen Raum gefangen.

Ich weigere mich, darüber nachzudenken, damit ich nicht die Nerven verliere, und öffne den Knopf meiner Jeans. Als ich den Reißverschluss herunterziehe, verblasst sein Lächeln. Die Haut seiner Wangenknochen strafft sich, während er seinen Kiefer anspannt, als ich aus meiner Jeans schlüpfe. Der Effekt, den meine nackten Beine auf ihn haben, steht in seinem wunderschönen Gesicht geschrieben. Alle Spuren von Übermut verschwinden, als ich die Jeans zur Seite werfe und mich aufrichte.

Die Zipfel der Bluse verdecken meine Unterwäsche, aber sein Blick gleitet zu meiner Leiste und brennt auf der Stelle, als ob er sich wünscht, mit Röntgenblick darunterzusehen. Allein aus diesem Grund beginne ich mit dem obersten Knopf und löse ihn langsam. Diese Bewegung zieht seinen Blick auf sich. Ein Hitzeblitz verdunkelt seine Augen, als er dem Weg meiner Finger folgt.

Als meine Finger über den dritten Knopf gleiten, ist er schon hart. Die Ausbeulung in seiner Jeans läuft seinen Oberschenkel hinunter und erinnert mich an diesen langen, dicken und perfekt geformten Teil seiner Anatomie. Sein Bizeps spannt sich an, als der letzte Knopf durch das Knopfloch rutscht. Er schluckt, als ich einen Nagel durch die Mitte der Bluse ziehe, um die Ränder zu trennen.

»Warte«, sagt er mit heiserer Stimme.

Ich halte inne.

Seine Augen verbinden sich mit meinen. »Langsam.«

Ein Funke entzündet sich unter meiner Haut. Seine Erregung lässt mich nicht kalt. Er bedeutet unglaublich viel Ärger, aber die Art und Weise, wie er einfach nur dasteht und sich von mir reizen lässt, während er sein Wort hält, seine Hände bei sich zu behalten, lässt mich ihn nur noch mehr wollen. Ich habe Willenskraft schon immer sexy gefunden. Das ist mein heimlicher Antörner. Gutes Aussehen und ein durchtrainierter Körper sind nur ein Bonus.

Was tue ich da? Ich will ihm nicht in die Hand spielen. Ich möchte ihm misstrauen, so wie ich es sollte. Ich senke meine Schulter und lasse meine Bluse wie ungewollt auf meinen Arm rutschen. Ich bin gerade dabei, mich in einer sehr unsexy Bewegung aus der Bluse zu schälen, als er mich aufhält.

»Cas.« Sein Ton ist sanft, aber voller Warnung. »Ich habe nur diese eine Nacht mit dir. Ich möchte jeden Teil davon auskosten.«

Seine Worte rufen sowohl Erleichterung als auch ein fremdes Gefühl der Enttäuschung hervor. Die Enttäuschung fühlt sich zu sehr nach Ablehnung an, auch wenn sie unlogisch und unbegründet ist. Mit seinem Lebensstil muss er ständig auf der Flucht sein. Er riskiert seine Freiheit, wenn er mit mir hier draußen ist, und ich bin nicht so dumm zu glauben, dass er das für meine Persönlichkeit tut. Er tut es für das, was sich unter der Bluse befindet. Das ist der *jede Teil,* den er auskosten möchte.

»Ich habe nicht gesagt, dass du aufhören sollst«, sagt er und trifft meine Augen mit einem Glitzern in seinen, das das Braun erwärmt und die bernsteinfarbenen Flecken hervorhebt.

Er hat die Kontrolle, auch wenn ich die Aktionen ausführe. Egal, wie sehr er Sex will, er zeigt mir, wer das Sagen hat. Er erinnert mich daran, dass alles, was passiert, zu seinen Bedingungen geschieht, und ich nach Hause gehe, wenn er bereit ist. Der Machtverlust ist ein Ruck zurück in die Realität. Ich bin keine Freundin, die einen Striptease für ihren Freund aufführt. Ich bin eine Geisel und tue, was mein Entführer verlangt. Er ist einfach clever darin, mich denken zu lassen, dass es meine Entscheidung ist, mich für ihn auszuziehen. Dass ich Cleverness genauso attraktiv finde wie Willenskraft ist ein weiterer unfairer Punkt für ihn.

Er muss sich so sehr zurückhalten, dass seine Arme in einem Anakonda-Griff verschränkt sind. »Cas?«

Trotz seiner prallen Armmuskeln und seines Ständers hat er sich immer noch unter Kontrolle. Er besitzt genug Selbstbeherrschung, um sich zuzutrauen, widerstehen zu können. Deshalb steht er auch so kühl und gelassen da. Er wusste von Anfang an, dass er gewinnen würde. Er wusste, dass ich ihn unterschätzen würde.

Oh mein Gott.

Wow jetzt bemerkt sie wieder das sie ne Geisel ist

Er hat mich manipuliert.

Wie ein Narr bin ich darauf hereingefallen.

»Gibst du schon auf?«, fragt er mit einem verruchten Lächeln. »Denn ich bin mehr als glücklich, wenn ich dich berühren kann.«

Ich koche vor Wut. »Das ist nicht fair.«

Sein Lächeln ist wieder an seinem Platz, amüsiert und siegreich. »Regeln sind Regeln.«

»Die *du* machen darfst«, erinnere ich ihn.

»Ich will nicht mit dir streiten.« Die Warnung ist nicht unfreundlich, aber er spielt keine Spielchen. »Du kannst dich ausziehen, oder ich komme zu dir und lege meine Hände dorthin, wo ich will.«

Gut. Er hat gewonnen, aber er bekommt keine Show. Als ich den Gummizug meines Höschens greife, um es unter der Bluse herunterzuziehen, sagt er: »So nicht.«

Irritiert fahre ich ihn in einem wütenden Ton an. »Warum sagst du mir nicht einfach, wie ich es machen soll?«

Unempfindlich gegenüber meinem Sarkasmus, ergreift er die Gelegenheit und verwandelt sie in die Erlaubnis, mich herumzukommandieren. »Zieh die Bluse aus. Ich will sehen, was du darunter trägst.«

Ich lasse die Bluse auch von meiner anderen Schulter gleiten und ziehe meine Arme heraus. Er atmet hörbar scharf ein, als die Bluse auf den Boden trifft. Das Zischen entweicht, bevor er es unterdrücken kann. Ich stehe vor ihm in meinem schwarzen BH und passendem Slip. Die Spitze ist feminin und der Schnitt schmeichelhaft. Der Push-up-BH verleiht mir ein Dekolleté, das meine kleineren Brüste nicht von allein formen.

Er lässt seinen Blick von oben nach unten über mich gleiten. Seine Augen spiegeln keine Freude oder Sieg über meine Unterwerfung wider. Wie beim ersten Mal, als wir Sex hatten, zeigt er mir, wie mein Körper auf ihn wirkt. Er gibt mir ein großes Maß an Macht im Gegenzug für die Wahl, nach Hause zu gehen, die er mir aus den Händen nimmt.

»Zieh das Höschen aus«, sagt er mit rauer Stimme.

Ich hatte erwartet, dass er es zuerst auf den BH absehen würde. Die meisten Männer gehen in dieser Reihenfolge vor.

Auf mein Zögern hin sagt er: »Ich werde dich nicht anfassen, Baby Doll, nicht wenn du es nicht willst.«

Wenn er es täte, würde ich es nicht hassen, aber es würde mir einen Grund geben, ihm zu misstrauen.

»Ich weiß, dass du nicht schüchtern bist«, sagt er.

Nein, bin ich nicht. Mich vor ihm ausziehen zu müssen, ist kein Problem für mich. Aber für ihn ist es nicht ganz einfach. Er presst seine Hände so fest zusammen, dass seine Knöchel weiß sind.

Ich bin neugierig. »Warum nicht der BH?«

»Ich habe deine Brüste noch nicht gesehen. Ich will sie mir für den Schluss aufheben.« Er zieht eine Augenbraue hoch. »Bereit – oder gibst du auf?«

Ich gebe niemals auf. Ich hake meine Daumen in den Gummizug meines Höschens und schiebe es über meine Hüften und meine Beine hinunter. Sein Blick folgt dem Weg zu meinen Knöcheln. Als ich aus dem Spitzenfetzen trete, kehrt er die Blickrichtung um und verbrennt meine Haut mit seinen Augen, bis mein Inneres unter seinem prüfenden Blick Feuer fängt. Seine Wimpern streifen seine Wangen, während er seine Augen langsam senkt und hebt. Die Flammen, die unter meiner Haut züngeln, spiegeln sich in seinem Blick wider, als wir uns erneut in die Augen schauen.

»*Jetzt* den BH«, sagt er.

Er ist ein Brusttyp. Er hat sich das Beste für den Schluss aufgehoben. Dies ist der Punkt, an dem er die

Kontrolle verliert oder gewinnt. Ich greife hinter meinen Rücken, löse den Verschluss und schiebe die Riemen von meinen Schultern. Als der BH an meinen Armen herunterrutscht und zu meinen Füßen fällt, fixiert er seine Aufmerksamkeit mit solch intensiver Konzentration auf meine Brüste, dass ich Angst habe, er könnte die Hitze sehen, die unter meiner Haut brennt. Meine Brustwarzen verhärten sich, als er sie mit seinen Augen streichelt. Mein Körper reagiert auf die Bewunderung, die er mich sehen lässt, und wird immer nasser, was nicht mein Plan gewesen ist.

»Perfekt«, sagt er und bietet mir mehr Macht, als jeder andere Mann je zuvor.

Meine Ex-Freunde haben meinen Körper meist heruntergespielt, vielleicht weil sie dachten, wenn sie nicht zeigen, dass ihnen gefällt, was sie sehen, würde die Waffe, die sie mir in die Hand geben, weniger effektiv sein. Die meisten sagten, meine Brüste seien zu klein. Mein letzter Ex hat nie aufgehört, darüber zu nörgeln, dass ich sie vergrößern sollte.

»Mach schon«, sagt er und neigt seinen Kopf in Richtung Dusche.

Ich wende ihm meine Rückseite zu und drehe das Wasser auf. In der Spiegelung des Glases sehe ich, wie er meinen Hintern betrachtet. Er rührt sich nicht von seinem Platz im Türrahmen, als ich unter den Strahl trete. Er schaut weiter zu, wie ich mir die Haare wasche und meinen Körper mit Duschgel einseife.

Die Seife riecht wie seine Haut, nachdem er sich in der Nacht, in der ich ihm die Kugel aus der Schulter geholt habe, gewaschen hat. Der Geruch erinnert mich an die Sommer in den Drakensbergen, wenn das Gras hoch und grün ist und die Halme am frühen Morgen mit Tau bedeckt sind.

Als ich mich umdrehe, um meinen Rücken abzuspülen, steht er immer noch genauso da. Ich drehe den Wasserhahn zu und wringe das Wasser aus meinen Haaren. Er stößt sich vom Türrahmen ab und schnappt sich ein Handtuch vom Handtuchhalter. Bevor ich die Tür erreichen kann, ist er bei mir, öffnet das Handtuch wie ein Gentleman eine Tür für eine Dame und reicht es mir.

Naja ist ja nicht wirklich

»Danke«, sage ich ein wenig unbeholfen, als ich das Angebot annehme.

Ich wickele das Tuch um meinen Körper und trete aus der Dusche, aber er bleibt an seinem Platz und versperrt mir den Weg. Sein Blick ist nicht auf die Stelle gerichtet, an der ich ein Ende des Handtuchs zwischen meinen Brüsten über das andere gefaltet habe, sondern auf mein Gesicht. Er sucht meine Augen mit einem erhitzten Blick, der mich den heftigen Sturm der Lust in seinen eigenen sehen lässt. Die Sehnsucht macht aus diesen dunklen Tümpeln ein braunes, mit goldenem Sternenstaub übersätes Universum.

»Dreh dich um«, sagt er mit heiserer Stimme.

Seine Erregung ist ansteckend. Mein Körper spannt sich daraufhin an, meine Brustwarzen verhärten sich, und eine Gänsehaut läuft über meine feuchte Haut. Die offene Art und Weise, wie er seine Lust zeigt, lässt die

Hitze in meinem Unterleib ansteigen. Ich mag seine Offenheit. Ich liebe seine Ehrlichkeit. Ich kann leicht süchtig werden nach seiner Willenskraft und Intelligenz. Es ist diese Offenbarung, die mich gehorchen lässt. Ich drehe ihm den Rücken zu, damit er nicht die Wahrheit in meinen Augen sieht.

Er greift nach einem weiteren Handtuch. Sanft drückt er das überschüssige Wasser aus meinem Haar. Er achtet darauf, nicht an ihm zu ziehen. Ich sage ihm nicht, dass meine Kopfhaut nicht empfindlich ist. Ich genieße die Behandlung und Fürsorge zu sehr. Als er zufrieden ist, dass mein Haar nicht mehr tropft, ergreift er meine Arme. Anstatt zu reiben, tupft er sie trocken, als wäre meine Haut Reispapier, das reißen kann. Er geht in die Hocke, trocknet meine Füße und fährt meine Waden hoch. Ich hatte noch nie einen Mann wie Ian, geschweige denn zu meinen Füßen. Als er mir mit seiner tiefen, rauen Stimme sagt, dass ich mich umdrehen soll, tue ich das. Er kniet vor mir und starrt in mein Gesicht, als wäre es das Letzte, was er jemals sehen wird. Er saugt meine Gesichtszüge in sich auf, als würde er gleich erblinden.

»Ian.« Sein Name klingt wie ein Keuchen. Ich bin nicht stark genug für sein Spiel.

Er umfasst die Unterseite des Handtuchs und zieht sanft daran. »Lass mich dich schmecken.«

Ich lockere meine Finger an der Stelle, an der ich das Handtuch zwischen meinen Brüsten festhalte. Er zögert nicht. Er reagiert sofort auf die Erlaubnis, reißt etwas fester und lässt das Handtuch zu meinen Füßen fallen. Erst dann richtet er seinen Blick auf den Verbindungspunkt meiner Beine.

Er blickt mich einige Sekunden lang an, bevor er mit dem Finger über meinen Schlitz fährt. Die Berührung ist wie das Flüstern eines Geistes, kaum vorhanden. Er richtet sich auf und fährt mit seinen Handflächen über die Außenseiten meiner Beine, Hüften und Seiten, bis er unter meinen Brüsten innehält. Er bedeckt mit seinen Händen meinen Brustkorb und fährt mit seinen Daumen die Unterwölbung meiner Brüste nach. Er richtet seinen Blick auf meine Nippel und auch wenn ich nicht schüchtern bin, erhitzen sich meine Wangen unter seinem unverschämten Starren.

»So gottverdammt perfekt in jeder Hinsicht«, sagt er und zieht mit seinen Daumen träge Kreise um meine Brustwarzen.

Meine Brüste sind Triggerzonen. Sie reagieren nicht auf Rauheit, aber die zärtliche Art, mit der er mich neckt, macht mich feucht. Verlangen pulsiert zwischen meinen Beinen. Ich fühle mich high und schwer zugleich, schwebend und geschwollen.

»Ich werde dich jetzt kosten«, sagt er und sucht die Antwort in meinen Augen.

Ich beiße mir auf die Lippe und nicke.

»Bist du dir sicher?«, fragt er.

Er wusste von Anfang an, dass er mich berühren würde. Ihn zusehen zu lassen war zum Kennenlernen. Er hat nicht versucht, mich zu verführen. Das brauchte er nicht. Er war sich der Wirkung, die er auf mich haben würde, zu sicher. Selbst jetzt, wo mein Körper schon aufgegeben hat, lässt er mir immer noch die Wahl, also gebe ich ihm die einzige Antwort, die ich kann.

»Ja.«

Ein letztes Mal.

Ich bin irgendwie enttäuscht das sie ihn jetzt lässt, nachdem er ja eigentlich schon bekommen hat, was er wollte

12
IAN

Diese Frau ist mein Verhängnis.

Ich habe bereits mein Leben und meine Freiheit für sie riskiert. Jetzt riskiere ich, für alle anderen Frauen verdorben zu werden, indem ich ihre Brüste zwischen meine Hände nehme und meine Zunge auf einen blassrosa, harten, kleinen Nippel lege. In dem Moment, in dem ich meine Lippen um diese Spitze schließe, bin ich verloren.

Es ist besiegelt.

Ich gehöre ihr, und sie weiß es nicht einmal. Das Fleisch, an dem ich wie an einer Praline knabbere, wird hart in meinem Mund. Ihre kühlere Haut zieht sich unter der Wärme meiner Zunge zusammen. Sie schmeckt genauso gut, wie ich es mir vorgestellt habe. Sie ist perfekt für mich. Um die Theorie zu beweisen, bedecke ich ihre andere Brust mit meiner Handfläche. Die Passform ist perfekt. Sie wurde für mich gemacht. Sie legt ihre Hand über meine, hält meine Berührung dort, wo sie sie haben will, und ich verliere fast die Kontrolle. Es braucht mehr Willenskraft, als ich besitze, um sie nicht auf den Teppich zu drücken und in ihr zu versinken. Ich gewinne erst dann einen Hauch meiner Kontrolle zurück, als sie schließlich meine Finger loslässt, um dafür meinen Bizeps zu umfassen.

Dieser kleine Akt der Barmherzigkeit erlaubt es mir, es langsam anzugehen. Wenn sie mir sagt – oder, Gott bewahre, zeigt –, wie ich sie berühren soll, werde ich nicht durchhalten. Es wird länger dauern, wenn ich es selbst herausfinden muss, und der lange Weg ist definitiv der Weg, den ich gehen möchte.

Während ich die rosafarbene Spitze ihrer Brust mit meiner Zunge necke, entlocke ich ihr endlich die Laute, die mir sagen, wie ich ihr Lust verschaffen kann. Sie stöhnt. Fuck, ich liebe dieses Geräusch. Ich liebe die Art, wie sie meine Schultern packt und ihre Nägel in meine Haut gräbt. Ihre Brüste sind empfindlich. Gut. Ich liebe alle Teile einer Frau, aber die sensiblen Zonen machen mich verrückt. Die Reaktionen, die ich mit meinen Händen und meinem Mund auslöse, sind meine Sucht.

Ich lecke und sauge, bis ich mehr oder weniger gesättigt bin, bevor ich mich der anderen Brust zuwende. Ich kann nie genug davon bekommen, aber eine Nacht hat nur zwölf Stunden, und ich habe eine Menge wunderschöner Haut abzudecken. Ich arbeite mich nach unten, küsse jede Rippe bis zur Vertiefung ihres Bauchnabels. Sie riecht nach mir, nach einer Marke von Duschgel, die ich immer kaufe, und ich finde das mehr als passend. Ich möchte sie mit meinem Stempel brandmarken. Ich will sie mit meinem Sperma einreiben, bis jeder andere Mann weiß, dass sie mir gehört. Ich wusste es von dem Moment an, als ich sie erblickte, und ich werde es für den Rest meines Lebens wissen. Ich kann sie nach heute Abend nicht mehr sehen, aber das ändert nichts daran. Selbst wenn sie einen anderen Mann fickt, wird sie immer noch mir gehören. Der Gedanke lässt mich allerdings rotsehen. Ihr Aufschrei dringt durch meinen unreifen Eifersuchtsdunst. Ich habe ein wenig zu fest auf das weiche Fleisch ihres Hügels gebissen. Ich lecke das Brennen weg und verbanne die frevlerischen Bilder. Unsere Zeit ist jetzt, in der Gegenwart.

Ich lege ihr Bein über meine Schulter und mache das Beste aus dieser Zeit. Ich küsse die Rückseite ihres Knies und die Innenseite ihres Beines. Ich nehme mir die Zeit, ihre Haut zu schmecken und ihre Weichheit mit meinen Händen zu testen. Ich richte mich auf, schließe meine Finger um ihr Handgelenk und führe es zu meinem Mund. Ich schmecke ihren Puls. Er rast unter meiner Zunge. Ich lerne den Schlag ihres Herzens und den Rhythmus ihrer Atemzüge, während ich mir meinen Weg ihren Arm entlang küsse. Als ich ihre Schulter erreiche, verweile ich extra lange. Sie ist glatt, und wie ihre Brust passt sie in meine Handfläche. Ich möchte, dass sie in meiner Handfläche lebt. Wenn ich könnte, würde ich sie wie eine Miniaturpuppe einstecken.

Sie hat ja mehrmals gesagt er hat große Hände, dann ist da ja kein Wunder

Als ich ihren Kiefer küsse, keucht sie durch die

geöffneten Lippen. Diese Lippen sind mein Ziel, aber ich mache einen Umweg über ihre babyblauen Augen, drücke einen Kuss auf jedes Lid und will, dass sich der Abdruck von uns in ihr Gehirn einbrennt. Bei mir ist das definitiv der Fall.

Weiter unten küsse ich ihre Nasenspitze. Erst dann nehme ich ihr Gesicht zwischen meine Hände und presse unsere Lippen aufeinander. Ich könnte schwören, dass das Universum implodiert. Alles zieht sich zurück und verdichtet sich zu diesem Moment, zu einem Kuss. Nichts anderes existiert, nicht die Gewalt oder das Geld, nicht einmal Leon oder Ruben, als ich ihre Lippen mit meiner Zunge öffne. Die Schwärze in meinem Leben ist keine Farbe. Sie ist nur eine Leinwand für die Farbe, die sie kreiert, als sie mir ihre Zunge gibt und den Kuss erwidert.

Ich lecke über ihre Lippen und erkunde ihre Form. Ich fahre mit meiner Zunge über die Kanten ihrer perfekten, kleinen Zähne und präge mir die Schärfe ihrer Schneidezähne ein. Die Tiefe ihres Mundes ist wie nach Hause zurückzukehren. Ich weiß schon, wie er schmecken wird, aber es ist trotzdem neu.

Sie stöhnt in den Kuss hinein, ein tiefer und klagender Laut, bei dem sich meine Eier fest an meinen Körper ziehen. Als ich einen Arm um ihren Rücken und den anderen hinter ihren Knien lege, protestiert sie nicht. So abgefuckt diese Situation auch ist, ihr Keuchen sagt mir, dass sie mit der Tatsache, dass ich sie ins Bett trage, einverstanden ist. Sie schlingt ihre Arme um meinen Hals, als ich sie hinlege, aber ich bin noch nicht fertig mit dem Küssen. Ich hebe ihre Hände über ihren Kopf und fahre mit meinen Fingern über die empfindliche Unterseite ihrer Arme und über ihre Rippen, bis kein Zentimeter ihrer Haut mehr unberührt ist. Die Gänsehaut läuft in alle Richtungen. Ihre Haut zieht sich zusammen, als ich ihren Nabel umkreise. Ihre Nippel dehnen sich aus, als ich mit meinen Nägeln über die harten Spitzen kratze.

»Ian.«

Endlich, das Geräusch, das ich am liebsten höre.

Sie ergreift meinen Kopf und fährt mit ihren Fingern durch mein Haar, aber ich schiebe ihre Hände wieder über ihren Kopf und spreize ihre Beine. Sie zeigt sich mir gerne. Sie will, dass ich schaue. Das macht mich noch härter, als ich ohnehin schon bin. Wenn mein Schwanz noch dicker wird, werde ich den Reißverschluss sprengen und durch meine Jeans platzen.

Ich greife nach ihren Schenkeln und lecke mir den Weg nach unten zu meiner Beute. Sie ist eine Belohnung für meine Geduld, dafür, dass ich mich gequält habe, bis es geschmerzt hat. Wie überall ist sie auch da unten perfekt. Ich zeichne die Umrisse ihres Landing Strips nach und küsse den Knubbel zwischen ihren Falten. Er glitzert rosa wie eine Perle. Ich liebe das Gefühl von ihr in meinem Mund, aber ich berausche mich an dem Geräusch, das sie macht, als ich mit meiner flachen Zunge über sie lecke.

Ihr Schrei ist hoch, wie der Gesang eines Vogels. Es ist etwas zwischen Ekstase und Schmerz, und ich beiße sanft zu, nur um es wieder zu hören. Als ich sauge, zieht sie ihre Nägel über meine Kopfhaut, so wie ich es mag. Es ist mir sogar egal, dass sie sich nicht mehr zurücklehnt, sich nicht mehr entspannt und einfach das Vergnügen genießt.

Sie ist ausdrucksstark. Reagiert auf mich. Es dauert nicht lange, bis ich herausfinde, wann sie kurz davor ist. Ihr Körper verbiegt sich, ihr kleiner Rücken formt einen anmutigen Bogen und der leichte Schmerz ihrer Nägel auf meiner Haut wird köstlich. Ich lasse sie aber nicht kommen, sondern zögere es hinaus, damit das hier länger dauert. Ich bringe sie wieder runter und arbeite sie langsam wieder hoch.

Ihre Porzellanhaut glänzt vor Schweiß, lange bevor ich mit dem Spiel fertig bin. Ihre Nässe überzieht mein Kinn und meine Zunge. Sie beschwert sich nicht und bettelt nicht. Wie ein gutes Mädchen, mein perfektes Mädchen, nimmt sie, was ich gebe, und folgt meiner Führung.

Sie hat ihre Belohnung verdient. Bevor ich sie komme lasse, sammele ich ihre Erregung und versenke einen Finger tief in ihr. Ich will schmecken und fühlen, wie sie kommt. Sie bricht mit einem Keuchen und kommt in meinem Mund. Ihre inneren Muskeln krampfen um meinem Finger. Sie ist eng und heiß und unerträglich weich, genau wie sie sich in meiner Erinnerung um meinen Schwanz herum angefühlt hat. Ich stoße einige Male, um die Nachbeben ihres ersten Orgasmus zu verlängern, denn es wird nicht der letzte sein. Ich habe einen Marathon geplant.

Ich lasse sie komplett herunterkommen, behalte meinen Mund und meine Hände auf ihr, und als sich jeder Muskel in ihrem Körper entspannt, krabbele ich auf sie und küsse ihre Lippen. Sie genießt ihren Geschmack auf mir, und mein Gehirn verbrennt fast. Ich küsse sie, bis mein Kiefer schmerzt und sie gegen meine Brust drückt, um Abstand zu schaffen.

Ich stütze mich auf meine Arme und betrachte ihr umwerfendes, verzücktes Gesicht. Ihre Lippen sind von meinen Küssen geschwollen, und ihr Kinn ist von meinen Bartstoppeln aufgescheuert. Ihr puppenhaftes Haar liegt verheddert auf dem Kopfkissen. Fuck, ich liebe diesen Anblick. Ich stürze mich wieder auf ihren Mund, aber sie stoppt mich mit einer Handfläche auf meiner Schulter.

»Warte«, sagt sie und klingt dabei atemlos. »Gib mir einen Moment.«

Mein Bauch zieht sich besorgt zusammen. Meine Libido kühlt ab und tritt hinter meine Sorge. Ich umfasse ihr Gesicht und frage: »Geht es dir gut? Brauchst du deine Tabletten?«

Sie schüttelt den Kopf. »Ich brauche nur etwas Luft.«

Ich lasse sie zu Atem kommen, während ich sie aufmerksam betrachte. Ihre Haut ist gerötet, und die geschwollenen Lippen rot. Ihre Pupillen sind riesig. Alles Anzeichen von Erregung. Trotzdem drücke ich einen Finger auf die Vene in ihrem Nacken.

Sie versucht, meine Hand mit einem Schnalzen

wegzuschieben, aber ich lasse nicht locker, bis ich sicher bin, dass ihr Herzschlag normal ist.

»Zu viel?«, frage ich.

Sie schlingt ihre Arme um meinen Hals und gibt mir die richtige Antwort. »Nein.«

Wäre die Liebe augenblicklich, würde ich mich hier und jetzt in sie verlieben, aber Liebe braucht Zeit und Investitionen, beides Luxusgüter, die ich nicht habe. Lust ist unmittelbar. Sie verzehrt alles, und das Bedürfnis treibt mich an, Cas an all den empfindlichen Zonen ihres Körpers zu berühren, die sie dazu bringen, sich meinen Händen zu unterwerfen.

»Warte«, sagt sie wieder.

Ich halte inne.

Sie streichelt meine Wange. »Du bist immer noch angezogen.«

Ein Versehen, das ich schnell beheben kann. Ich hasse den Abstand, den ich zwischen uns bringen muss, und ziehe mir schnell die Kleidung aus.

Sie stützt sich auf ihre Ellenbogen, um zuzusehen. Ihr Blick bleibt auf dem Tattoo unter meinem Brustbein hängen. »Was bedeutet das?«

»Illigitimi non carborundum.«

»Nicht die Worte«, sagt sie, während ich auf sie zukomme. »Die Bedeutung.«

»Das ist Lateinisch für ›Lass dich nicht von den Bastarden unterkriegen‹.«

»Warum?«

Ich klettere über ihren Körper und hole tief Luft, als

mein Schwanz über die Innenseite ihres Oberschenkels streift. »Als Erinnerung für mich selbst.«

»Eine Erinnerung an was?«

»Zu überleben.«

Sie zeichnet die Buchstaben auf der Kurve zwischen meinem Hals und meiner Schulter nach. »Glaube an die Liebe?«

»Eine Erinnerung daran, dass nicht alles im Leben hässlich ist.«

Sie denkt darüber nach, bevor sie mit dem Finger zu den Worten fährt, die auf meiner Brust stehen. »Durch die Gnade Gottes lebe ich. Bist du religiös?«

»Nein«, gebe ich zu. »Es ist ein Sprichwort, das Demut ausdrückt.«

»Woran soll dich das erinnern?«, fragt sie mit einem leichten Lächeln.

»Dass äußere Faktoren eine Rolle darin spielen, uns zu prägen.«

»Das heißt, wir tragen nicht die ganze Schuld für das, was aus uns geworden ist?«

»Nein, Baby Doll.« Ich streiche ihr eine Haarsträhne aus dem Gesicht. »Wir tragen die ganze Schuld. Wir dürfen nur nicht den ganzen Ruhm ernten.«

»Für die guten Sachen, meinst du.«

»Ja.«

»Überleben, Demut, Liebe«, sinniert sie. »Diese Eigenschaften sind dir so wichtig, dass du sie mit permanenter Tinte in deine Haut eingravieren musstest.«

»Wie ich schon sagte, Erinnerungen. Sie helfen mir jedes Mal, wenn ich in den Spiegel schaue.«

Sie legt eine Hand auf meine Hüfte und streichelt das Bild des Drachen, das sich von meinem Hüftknochen bis hinunter zu meinem Oberschenkel erstreckt. »Warum ein Drache?«

Lächelnd knabbere ich an ihrem Ohrläppchen. So ein neugieriges Geschöpf. »Im Orient ist der Drache ein Symbol für Macht, Weisheit, Stärke und verborgenes Wissen. In den meisten anderen Traditionen steht er für Chaos und ungezähmte Natur. Es ist eine Erinnerung an den Dualismus in uns allen.«

»Ein tiefgründiger Mann«, neckt sie mich und lässt eine Handfläche über die Stoppeln auf meiner Wange gleiten. »Welche Tätowierung hast du zuerst bekommen?«

»Glaube an die Liebe.«

»Warum?«

»Für meine Geschwister.« Ich habe das noch nie jemandem gesagt, nicht einmal Leon, aber die Worte kommen mir für sie leicht über die Lippen. »Ich habe sie im Stich gelassen.« Sie enttäuscht. Sogar Leon, nur auf eine andere Art und Weise. »Auf diese Weise behalte ich einen Teil von ihnen.« Unter meiner Haut.

Sie nickt, als ob das alles einen Sinn ergibt, als ob sie die Lücken gefüllt hätte. »Wie heißen sie?«

Ich verkrampfe mich ein wenig, als ich sie erwähne. Die Schuldgefühle von damals nagen immer noch in meinem Bauch, wenn ich an ihre schmutzigen, unschuldigen, ungeliebten Gesichter denke. »Zoe und Damian. Und Leon.«

»Wie alt sind sie?«

»Zoe ist zehn Jahre jünger als ich. Sie ist jetzt fünfundzwanzig. Damian ist dreißig. Es gibt nur achtzehn Monate Unterschied zwischen Leon und mir.«

Die sind ja alt, dachte so die sind höchstens 28

»Du hast keinen Kontakt?«

Ich ziehe meine Lippen über die Stelle hinter ihrem Ohr und atme den sauberen Duft ihrer Haut ein. »Aus offensichtlichen Gründen nicht.« Ich erwähne aus den gleichen, offensichtlichen Gründen nicht, dass Leon ein Teil der Bande ist.

»Richtig. Das würde sie in Gefahr bringen.« Sie stößt einen kleinen Seufzer aus und wölbt ihren Hals, um mir besseren Zugang zu gewähren. »Eine Tätowierung scheint eine gute Erinnerung zu sein. Ich wollte schon immer eine haben.«

Ich höre auf, Küsse auf ihr Ohr zu drücken, und stemme mich hoch, um sie wieder anzusehen. Meine Stimme ist streng. »Nein.«

Sie blinzelt. »Was?«

»Du wirst dir auf keinen Fall ein verdammtes Tattoo stechen lassen.«

Sie starrt mich wütend mit ihren hübschen, blauen Augen an, und ihre prallen Lippen sind geöffnet. »Warum nicht?«

»Deine Haut ist viel zu perfekt, um sie zu verunreinigen.«

Ihre Augen werden riesig. »Als ob du ein Mitspracherecht hättest.«

Das trifft mich. Um genau zu sein, etwas Dunkles in mir. »Das solltest du mir besser glauben.«

»Darin, ob ich mich tätowieren lasse?«, fragt sie mit einem kleinen, ungläubigen Lachen.

»Wenn ich dich in der Nähe eines Tattoostudios erwische, bekommt der Pechvogel mit der Maschine in der Hand eine Kugel für dich ab.«

»Du meinst es ernst!«

»Verdammt ernst.«

»Was ist, wenn es eine Tätowiererin ist?«

»Ich habe kein Problem damit, Frauen zu erschießen.«

Sie ernüchtert bei dieser Aussage. Ihr wunderschönes Gesicht erblasst. Ich habe es nicht als Drohung gemeint, nicht ihr persönlich gegenüber, aber ich werde sie nicht anlügen. Was wir haben, diese einmalige Anziehungskraft, ist zu rein und perfekt, um sie mit Unwahrheiten zu verderben.

Ihr Körper unter meinem versteift sich, also lasse ich sie mit meinem Schwanz vergessen, indem ich die Eichel an ihrer sexy-schönen Muschi ausrichte und zustoße. Das heißeste kleine Keuchen kommt von ihren Lippen, als ich sie ohne Vorwarnung öffne. Ich dringe tiefer ein und vertreibe die Unsicherheit und Angst, bis wir wieder an dem Punkt sind, an dem nur noch die grundlegendsten und rohesten Gefühle übrig sind. Verrücktes Verlangen. Ihre inneren Muskeln geben süßlich nach und lassen mich ein. Sie ist heiß und glitschig und so verdammt feucht für mich.

Einen Moment lang fühle ich nur mit meinem Schwanz. Die Empfindungen, die mich überkommen, sind so intensiv, dass ich mich auf keinen anderen Teil meines Körpers konzentrieren kann. Es fühlt sich so gut an, dass es wehtut. Ich konzentriere mich auf jeden Zentimeter, den ich tiefer gleite, erlebe jede Kräuselung und jeden Griff ihrer Muskeln. Als ich vollständig in ihr bin, nehme ich mir einen Moment Zeit, um die Verbindung zu genießen. Verdammt. Ich möchte zwischen ihren Beinen leben. Sie hat mich in ihrer Hand. Mein Herz schlägt in ihrer Faust, aber hier ist mein Zuhause.

»Scheiße, Cas.«

Ich lüge nicht. Ihr Name sagt alles, alles was ich fühle.

Als ich anfange, mich zu bewegen, schlingt sie ihre Beine um meinen Hintern, und ihre Arme um meinen Hals. Sie klammert sich an mich, reibt unsere Körper aneinander und erwidert jeden meiner Stöße. Ich verliebe mich immer mehr in sie. Ich liebe ihre Anhänglichkeit. Ich will, dass sie mich verzehrt.

»Küss mich«, sagt sie gegen meinen Hals.

Das tue ich gerne und verschmelze unsere Münder und Zungen und jeden anderen Teil unserer Körper. Wir sind unglaublich zusammen. Der Rhythmus ist einfach. Das Tempo ist unseres. Es kommt natürlich, im Einklang. Ich bin so erregt, dass ich kurz davor bin, durchzudrehen, aber ein entscheidendes Detail sticht mir ins Auge.

»Kondom«, sage ich und löse mich von ihr.

Sie seufzt, ein leises Geräusch des Bedauerns, das mich dazu bringt, trotz der möglichen Konsequenzen in ihr kommen zu wollen, aber ich zwinge den rationalen Teil von mir zum Handeln und klettere vom Bett, um meine Jeans zu durchsuchen, die irgendwo auf dem Boden liegt. Sie sieht dabei zu, wie ich es finde, es mit meinen Zähnen aufreiße und das Kondom über meinen Schaft rolle, bevor ich sie auf mich ziehe.

Nur um es klarzustellen, sage ich: »Ich bin sauber«, und versinke dann in ihr.

Das gequälte Geräusch, das aus ihrer Brust reißt, ist meine Belohnung. Ich ziehe sie hoch und drapiere ihre Beine über meine Oberschenkel. In dieser Position kann ich ihre Brüste und ihr Gesicht betrachten. Ich kann meine Hand zwischen unsere Körper gleiten und uns beide die Aussicht genießen lassen, während ich mit dem Knubbel spiele, der ihre Entladung auslösen wird.

Wir brauchen nicht lange. Ich lasse sie kommen, bevor ich explodiere und einen Gummi anstelle ihres Körpers fülle. Ein Gefühl des Verlustes macht sich in meiner Brust breit, aber als sie sich an mich schmiegt und sich von mir umarmen lässt, füllt mich Wärme, die den Verlust ausgleicht. In meinem Hinterkopf tickt die Uhr, aber ich schiebe die Realität beiseite und tausche die dunkle Erkenntnis gegen die Euphorie des Augenblicks.

»Komm mit mir schwimmen«, sage ich impulsiv, um die Leere mit etwas zu füllen – um mich abzulenken.

Sie zieht sich zurück und schaut mir ins Gesicht. »Jetzt?«

Ich grinse. »Warum nicht?«

»Die Pools schließen um sieben.«

Ich ziehe eine Augenbraue hoch.

Sie lacht.

Ja, ich bin kein Neuling in Sachen Hausfriedensbruch.

Ich greife nach ihrem Po, bewege uns zum Rand des Bettes und stehe mit ihr in meinen Armen auf. Sie verschwendet keine Worte an faule Ausreden, wie etwa dass wir keine Badesachen haben oder dass wir erwischt werden könnten. Sie lässt sich von mir in die Dusche tragen, wo ich uns beide schnell abspüle, bevor ich ihr den Bademantel überwerfe und mir meine Jeans ohne Unterwäsche anziehe.

Es ist keine Urlaubszeit und es ist mitten in der Woche. Die Anlage ist leer. Wir laufen niemandem über den Weg, als ich ihre Hand nehme und sie hinter mir über den gepflasterten Weg zum Hauptpool ziehe.

Ich bin noch dabei, die Jeans von meinen Beinen zu schieben, als sie zum tiefen Ende geht und den Bademantel fallen lässt. Ich halte inne. Im Mondlicht sieht sie mit ihrem silbernen Haar und dem blassen Teint wie ein Fantasiewesen aus. Der dunklere Streifen zwischen ihren Beinen macht mich hart. Sie streckt ihre Arme aus und taucht anmutig ein. Ich schaffe es schließlich, mich von der einschränkenden Kleidung zu befreien, und stürze mich mit allem, was ich habe, auf sie.

Als ich mitten auf der Bahn ihre Taille einfange, keucht sie und schluckt Wasser. Ich stelle sie nicht auf ihre Füße. Ich ziehe ihre Beine um mich herum und dringe in sie ein. Mein Schwanz öffnet sie zu schnell, zu tief.

»I-Ian.«

Scheiße, ja. Das ist es, was ich hören will. Ihr Körper nimmt mich auf, wird weich, um mich hineinzulassen.

»Ich kann nicht genug bekommen«, stoße ich hervor. Es ist teils eine Entschuldigung, teils eine Warnung, denn als ich anfange mich zu bewegen, ist es in einem harten Rhythmus.

Wir sind nicht leise oder diskret. Wir greifen nacheinander, unsere Hände, Haare. Zähne und Zungen verheddern sich, während ich sie verschlinge. Verdammt, sie erwidert es umgehend und bestraft mich mit der gleichen Dringlichkeit, die mich in den Wahnsinn treibt. Fast zu spät erinnere ich mich daran, dass ich kein Kondom dabeihabe. Natürlich nicht. Es war nicht mein Plan, im Wasser über sie herzufallen. Es ist einfach das, was sie mit mir macht.

»Cas.« Stöhnend ziehe ich mich zurück. »Ich habe kein Kondom mitgebracht.«

»Lass mich kommen«, sagt sie.

Der autoritäre Ton lässt meine Ohren vor

Verlangen klingeln, aber als sie meine Hand nimmt und zwischen ihre Beine legt, komme ich fast.

»Gefällt dir das?«, frage ich und necke den geschwollenen Lustknubbel mit der Spitze eines Fingers.

Ihre Antwort ist, meine Hand zu umschließen, unsere Finger übereinanderzulegen und unsere Mittelfinger in ihre enge Hitze zu schieben. Mutter von … Heilige Scheiße. Ich lasse sie meinen Finger benutzen und beobachte, wie sie sich selbst befriedigt. Ich habe noch nie etwas Heißeres gemacht. Sie lehnt sich zurück, um sich auf dem Wasser treiben zu lassen, und ich fange ihren Nacken auf, um ihr Gewicht zu stützen.

»Ich bin kurz davor«, sagt sie und schaut mir in die Augen.

Meine Stimme ist so rau, dass sie klingt, als hätte ich meine Stimmbänder seit Wochen nicht mehr benutzt. »Bring es zu Ende.«

Sie schenkt mir ein leichtes Lächeln. »Für mich ist es auch schon eine Weile her.«

Ja. Ich liebe, wie das klingt. Wenn es nach mir ginge, würde ich sie nie wieder von einem anderen berühren lassen. Sie gehört mir, aber morgen werde ich weg sein. Ich kann nicht erwarten, dass sie sich in eine Nonne verwandelt, nur weil ich ein gesuchter Mann bin. Aber als ich länger darüber nachdenke: »Deine Orgasmen gehören mir. Sag es.«

Sie zerbricht.

Sie kommt mit einem Keuchen.

Ja, sie sagt es perfekt so. Als sie aufhört, die Stelle in ihrem Inneren zu streicheln, die sie dazu bringt, ihre Beine um meine Hüften zu pressen, beginne ich, zuzustoßen.

Sie schreit auf und hält mich am Handgelenk fest. Ich überstimuliere sie, aber ich höre nicht auf, bis sie es versteht.

»Kein anderer Mann außer mir, Baby Doll.«

»Was wirst du tun?«, fordert sie mich heraus. »Mich stalken?«

Der unmögliche Gedanke sticht in meiner Brust. Das Unmögliche daran lässt mich nicht rotsehen, sondern grün. Neidisches Grün. Verdammt unmöglich und unpraktisch. Ich mag die Idee viel zu sehr. Sie muss die Entschlossenheit und Verzweiflung in meinem Gesicht bemerken, denn sie drängt mich nicht. Sie gibt auf, schwimmt im Wasser und nimmt meine Finger. Diesmal ist es *meine* Hand allein, die ihr Vergnügen bereitet, und drei Finger, die ihrem Körper einen weiteren kurzen, aber intensiven Höhepunkt abringen. Wie oft denn noch?

Ihre Muschi ist glitschig, ihre Erregung überzieht meine Finger, als ich endlich ruhig genug bin, sie herauszuziehen. Ich wandere mit ihnen über ihren Oberschenkel und lasse sie diese Glätte spüren, damit sie versteht, wer das mit ihr macht.

Ich, ich allein.

»Lass mich kommen«, sage ich, ziehe sie mit meiner Hand um ihren Nacken zu mir und küsse den Geschmack des Chlors von ihren Lippen. Ich benutze ihre eigenen Worte wie eine Waffe gegen sie, aber sie hat die ganze Munition.

In ihrem Zustand werde ich sie nicht dazu bringen, unter Wasser die Luft anzuhalten. Ich schwimme uns zum flachen Ende, setze mich auf die oberste Stufe und spreize meine Beine. Sie schaut auf meinen Schwanz, nicht als würde sie entscheiden, ob sie es tun will, sondern eher, als würde sie darüber nachdenken, *wie* sie es tun wird. Ich werde noch härter.

Ich wische ihr die nassen Haarsträhnen aus dem Gesicht und lege die langen Locken über ihre Schulter, so dass ihre Haare nicht im Weg sind. Sie geht unten an der Treppe auf die Knie, und das Wasser bedeckt sie fast bis zu ihren Brüsten. Als sie sich nach unten beugt, plätschert das Wasser an ihren Brustwarzen. So ein schöner Anblick. Sie stützt sich mit ihren Händen auf meinem Oberschenkel ab, und ich lehne mich zurück und lasse alles auf mich wirken. Das Wasser ist kühl und dunkel. Die Scheinwerfer auf dem Weg reichen nicht bis zum Ende des Beckens. Von dort, wo ich sitze, bluten Wasser und Himmel schwarz ineinander. Mit dem Mond, der sich auf dem Wasser spiegelt, haben wir unsere eigene Galaxie, unsere eigene Welt direkt hier im Pool.

Sie bietet einen perfekten Anblick, indem sie vor mir im schwarzen Pool der Unendlichkeit kniet. Das Quaken eines Frosches durchdringt das Zirpen der Grillen. Ich mag das Geräusch. Es ist weit weg von Zügen und Verkehr und allem, was ich an Städten hasse. Das hier ist das Paradies.

Dann schließt sie ihren Mund um mich.

Meine Vorstellung vom Paradies fliegt zum Mond. Das hier, sie, ist es.

Das Wasser macht ein schwappendes Geräusch, während ihre Bewegung kleine Wellen erzeugt. Ich umfasse die Kante der Stufe fest mit meinen Fingern, aus Angst, meine Kraft nicht kontrollieren zu können, wenn ich sie jetzt berühre. Es gab einen Jungen in unserer Klasse, der seinen Welpen so fest umarmte, dass er ihn fast erwürgte. So fühle ich mich, als ob ich sie vor Lust erwürgen würde. Ich lasse sie die schmutzige Arbeit machen und hebe meine Hüften, um zu verhindern, dass sie Wasser schluckt.

Ihre Lippen sind magisch. Ihre Zunge spinnt die verruchtesten Zaubersprüche. Meine Finger umfassen die Stufe fester, und das Ziehen an meiner Schulter lässt die Wunde schmerzen. Ich hätte sie nicht dem Wasser aussetzen sollen, aber das ist mir scheißegal, denn Cas fährt mit ihren Nägeln über meine Haut, und ich komme.

Die hatten gerade 18 Seiten lang Sex

Scheiße.

Sie schluckt.

Ich hätte es herauszögern können, aber das wollte ich nicht. Ich wollte, dass sie schluckt. Ich will, dass sie alles von mir in sich aufnimmt. Sie küsst mich und leckt mich sauber, lutscht mich sogar, nachdem sie mir einen geblasen hat.

»Cas.« Alles, was ich fühle, klingt in der Art, wie ich ihren Namen sage, wider.

Sie macht mich schwindelig. Ich fühle mich leicht

vor Freude und schwer vor Bedauern, denn die Uhr tickt. Vielleicht sollte ich sie einfach mitnehmen. Nein. Das ist nicht sicher. Ich kann ihr Leben nicht auf diese Weise riskieren. Das wäre genau das, was ich mir geschworen hatte, nicht zu tun – ihre Sicherheit zu gefährden.

»Cas«, sage ich mit zusammengebissenen Zähnen. Wenn sie nicht aufhört, werde ich sie mit der Intensität meiner Lust verletzen.

Schließlich hebt sie ihren Kopf und sieht mich an. »Was?«

Ich muss sie ablenken. »Warum bist du Vegetarierin?« wichtige Frage nach dem Sex

Sie gleitet von mir weg. »Stört dich das?«

Ich greife ihr Handgelenk und ziehe sie zurück. »Ich habe es mich nur gefragt. Für jemanden, der auf einer Rinderfarm aufgewachsen ist, macht das keinen Sinn.«

Sie zuckt mit den Schultern. »Wenn man ein Kalb mit der Flasche aufgezogen hat, wird es wie ein Haustier.«

Ich verstehe das. Mein Vater hat einmal diese zwei flauschigen Küken gekauft. Wir dachten, sie wären Haustiere, bis sie erwachsen wurden und nicht mehr so viele Eier legten, wie sie sollten. An jenem Sonntag gab es gebratenes Huhn. Bis heute isst Leon kein Hühnchen.

»Du hättest aber ein Steak essen können«, sagt sie und bespritzt mich mit Wasser.

Mit meiner freien Hand wische ich mir die Tropfen

aus den Augen, während ich mit der anderen immer noch ihr Handgelenk festhalte. »Das Curry war gar nicht so schlecht.«

Sie spritzt noch etwas mehr. »Wärst du für mich Vegetarier geworden?«

In einem anderen Leben? Alles.

Ich lasse die Stille auf mich wirken. Sie schwebt einfach da, an mich gebunden durch den sanften Griff meiner Finger um ihr Handgelenk. Es ist angenehm. Es gibt Raum zwischen uns, aber er ist gefüllt mit diesem Rausch, den man von einem Sex-High bekommt.

Irgendwo auf der rechten Seite rascheln die Büsche. Ich erstarre. Es weht kein Lüftchen. Das Nachglühen meines Höhepunkts verschwindet. Ich ziehe sie näher an mich heran und bedecke ihre Nacktheit mit meinem Körper. Es ist zu dunkel, um etwas in der Ferne hinter den Bäumen zu erkennen. Es könnte ein Igel oder eine Katze sein. Oder auch nicht.

Jetzt ist es still, aber ich nehme unsere Umgebung mit allen Sinnen wahr. Wir sind leichte Ziele. Ich hätte mich nicht nach draußen wagen sollen, nicht ohne eine Waffe. Sie bringt mich dazu, meinen Kopf zu verlieren und meine Wachsamkeit zu vermindern. Ich kann in ihrer Nähe nicht klar denken.

»Komm.« Ich stehe auf und ziehe sie unter meinen Arm. »Das Wasser wird kalt. Wir gehen besser rein.«

Ich schnappe mir den Bademantel, den sie fallen gelassen hat, und helfe ihr, ihn anzuziehen. Ich mache mir nicht die Mühe, mich anzuziehen. Ich schnappe mir meine Jeans und gehe nackt mit ihrer Hand in meiner zurück in die Hütte. Ich bleibe wachsam, aber nichts rührt sich.

»Geh duschen, um dich aufzuwärmen«, sage ich, als wir drinnen sind, und schlage ihr sanft auf den Hintern.

Sie wirft mir einen genervten Blick über ihre Schulter zu, tut aber, was ich ihr sage.

Als das Wasser läuft, gehe ich nach draußen, hole meine Pistole aus dem Truck und mache eine Runde über das Gelände rund um die Hütte. Wie vorhin ist alles ruhig. Ich gehe wieder hinein und schließe die Tür ab, bevor ich mich zu Cas unter die Dusche stelle.

Ich bin wieder hart für sie.

Junge wie oft denn noch?

13

CAS

Ich wache in einem Durcheinander von Laken zum Geruch von Pfannkuchen und Kaffee auf. Es ist zu früh, um wach zu sein. Die Sonne ist noch nicht einmal aufgegangen. Ich schnappe mir Ians T-Shirt vom Fußende des Bettes und ziehe es über meinen Kopf. Es riecht nach ihm – eine köstliche Mischung aus Duschgel, Mann und Leder.

Jeder Muskel protestiert bei meinen Bewegungen. Ich bin innen so wund wie außen. Wir haben so oft Sex gehabt, dass ich aufgehört habe, zu zählen. Ich habe endlich mein Gegenstück gefunden. Gegen Ende flehte ich ihn an, aufzuhören.

Ich folge dem köstlichen Geruch in den Wohnbereich und lehne mich gegen den Türrahmen. Ian steht vor dem Herd und wendet Pfannkuchen. Er trägt kein Hemd und ist barfuß, nur bekleidet mit seiner Jeans. Er hat ein Geschirrtuch über seine Schulter geworfen. Die Wunde hat einen frischen

Verband. Meine Nägel haben rote Rillen auf seinem Rücken hinterlassen, aber er liebte es. Ich zeichne die tiefen Furchen seiner Muskeln und die schmale Linie seiner Taille mit meinem Blick nach.

»Setz dich«, sagt er, immer noch mit dem Gesicht nach vorne gewandt.

Ich stoße mich vom Rahmen ab. »Woher wusstest du, dass ich hier bin?«

Ein Lächeln durchzieht seinen Tonfall. »Ich habe Augen im Hinterkopf.«

»Gut.« Ich gehe zum Tisch und nehme mir einen Stuhl.

Letzte Nacht hatte ich solche Angst, als ich mich hierhin gesetzt habe. Das habe ich immer noch, aber es ist eine andere Angst. Es ist nicht die Angst um mein Leben, sondern eher die Angst vor dem Unbekannten. Was passiert jetzt?

»Iss«, sagt er und stellt mir einen Teller mit Pfannkuchen hin.

Ich blicke hoch in sein hübsches Gesicht. Stoppeln verdunkeln sein Kinn. Sein Haar ist vom Sex durcheinander. Der asymmetrische Schnitt steht ihm. Es ist heiß und rebellisch. Ich unterdrücke den Drang, mit meinen Fingern durch sein Haar zu fahren und meine Handflächen über seine Stoppeln zu ziehen, und greife stattdessen nach den Erdbeeren.

Er gesellt sich mit einer weiteren Portion Pfannkuchen für sich zu mir an den Tisch. Dass er sich die Mühe gemacht hat, auf meine vegetarische Ernährung einzugehen, ist süß. Es ist noch süßer, dass

Also jetzt ganz eindeutig!

er sich mir anschließt. Ich ziehe einen Mann, der mir Frühstück macht, einem Mann vor, der Blumen schickt, die ein Punkt auf seiner To-do-Liste waren.

Er zieht eine Schüssel mit Sahne heran und lässt einen Klecks auf meinen Teller fallen. Meine Tabletten liegen neben einem Glas Orangensaft bereit.

»Danke«, sage ich, bevor ich die Tabletten mit dem Saft schlucke.

Er wirft mir einen erhitzten Blick zu. »Du brauchst die Energie.«

Unsere Augen treffen sich. Was im Dunkeln passiert ist, verweilt auch bei Tageslicht zwischen uns. Er schenkt mir ein intimes Lächeln, eine Geste, die ausschließlich für mich ist. Es schließt jeden und alles andere aus. Unser Geheimnis. Das wissen nur wir. Sein Lächeln zu erwidern ist ein unausgesprochenes Versprechen, dieses Geheimnis zu bewahren. Er wartet, und ich lächele. Trotz unserer Geheimnisse wird er Verrat nicht ungestraft lassen.

Er schneidet ein Stück von einem Pfannkuchen ab und sagt: »Ich habe meine Nummer auf deinem Handy programmiert.«

Ich behalte im Hinterkopf, ein Passwort für mein Handy einzurichten.

»Ich möchte, dass du mich anrufst, wenn du jemals etwas brauchst oder wenn du in Schwierigkeiten bist«, fährt er fort.

Das Angebot kommt überraschend für mich.

Er lehnt sich über den Tisch und umfasst mein Kinn. »Verstanden?«

»Ja«, flüstere ich, als mich die Endgültigkeit seiner Aussage trifft.

Jemals bedeutet, dass er für immer geht.

»Was auch immer du tust«, sagt er mit leiser Stimme, lässt seine Hand fallen, hält aber meinen Blick fest, »ich werde es wissen.«

Diese Aussage ist eindeutig. Er wird mich beobachten. Irgendwie wird er mich im Auge behalten. Die Erkenntnis macht sich breit. Selbst wenn er geht, werde ich nie frei von ihm sein. Die Konsequenzen, seinen Weg zu kreuzen, werden mich für den Rest meines Lebens begleiten. Sie sind bereits ein Teil meines Lebens, und ich kann nichts dagegen tun.

Ich bekomme wieder Angst. Ian ist ein Hengst im Bett, aber abgesehen von den Geschichten, die ich online gelesen habe, weiß ich nichts über ihn. Ich weiß nicht, wie weit er zu gehen bereit ist oder welche Dinge er tun würde, um sein Versprechen zu halten. Vielleicht blufft er, um mich bei der Stange zu halten. Aber nein. Das ist ein vergeblicher Wunsch. Ein Mann wie er blufft nicht.

»Iss«, sagt er wieder, und seine Augen ziehen sich in den Ecken zusammen, als er in eine Erdbeere beißt und mir die andere Hälfte anbietet.

Meine Lippen legen sich um seinen Finger, während ich gehorsam das Angebot annehme. Sofort ändert sich die Atmosphäre. Die Luft wird aufgeladen. Alle Warnungen und Lächeln fliegen zum Fenster hinaus, als er seinen Stuhl zurückschiebt. Der Raum wird von einer dunklen, hungrigen Stimmung erfüllt, während er den Tisch umrundet. Er ergreift mein Haar mit einer Faust und zieht meinen Kopf sanft zurück. Sein Blick richtet sich auf meine Lippen, und dann presst er unsere Münder aufeinander. Er schmeckt nach Erdbeeren und Honig. Er riecht nach Pfannkuchen und Frittieröl. Die harten Konturen seiner Muskeln fühlen sich köstlich unter meinen Handflächen an.

Sein Verlangen ist dunkler als letzte Nacht. Verzweifelter. Da ich seine Dringlichkeit spüre, nehme ich nicht. Ich gebe. Ich lasse ihn den Erdbeersaft von meinen Lippen lecken und öffne sie, als er mit seiner Zunge die Unterwerfung befiehlt. Ich höre nicht auf, ihn zu küssen, als er mit fiebriger Eile seine Jeans aufknöpft und sie über seine Hüften schiebt. Ich höre nicht auf, ihn zu berühren, als er ein Kondom überzieht. Ich gehe für ihn auf alle viere und lasse ihn von hinten in mich stoßen, bis meine Arme nachgeben und wir beide zu Boden gleiten. Er dreht uns um, damit ich mich auf ihm ausstrecken kann, um mich vor der Härte und Kälte des Bodens zu schützen. Als er mir sagt, dass ich mich berühren soll, tue ich das. Ich gebe ihm alles, was er will, meine Lust und meinen Orgasmus, nehme die aufregenden und erschreckenden Geheimnisse, die er anbietet.

Als wir fertig sind, zieht er mich auf seine Brust, während wir verschnaufen.

»Deine Schulter«, sage ich und streiche mit meinen Fingern über die harte Scheibe seiner Brustwarze.

Also die können es ja echt nicht lassen

Er reibt mit einer Hand über meinen Rücken. »Es geht mir gut.«

Sein Tonfall ist angespannt und steht im Widerspruch zu seinen Worten. Ich lege mein Kinn auf seine Brust und betrachte sein Gesicht mit einem Stirnrunzeln.

»Machst du dir Sorgen um mich?«, fragt er lachend.

Eigentlich: »Ja.«

Er setzt sich auf, hebt mich mit sich und küsst meine Nase. »Das ist süß.«

Wie letzte Nacht klopft er mir auf den Hintern. »Dusche.«

Sie hat die letzte nacht öfter geduscht als manche Menschen in einer Woche

Bei dem kryptischen Befehl zieht sich meine Brust zusammen. Ich sollte froh sein, dass er mich bald wieder freilässt, aber Geheimnisse binden Menschen aneinander. Geheimnisse schaffen sogar die stärksten Bindungen.

Er steht auf und hilft mir hoch. Er zieht das Kondom ab und lässt es achtlos auf den Boden fallen. Er unterbricht den Blickkontakt nicht, als er die Jeans über seine Hüften zieht und den Reißverschluss schließt. Wir betrachten uns, und ich sehe in seinen Augen, dass ihm etwas Gewichtiges durch den Kopf geht. Was auch immer es ist, er ringt mit sich selbst.

Ich stell mir das sehr unbequem vor

Gerade als ich denke, dass er mir entweder sagen wird, was er auf dem Herzen hat, oder wieder über mich herfällt, fragt er: »Was hat die Polizei gesagt?«

Es dauert einen Moment, bis ich meine Gedanken von dem wilden Sex, den wir gerade gehabt haben, lösen kann. Ich sammele mich, um aus der Gegenwart in die Vergangenheit zu gehen. »Sie wollten wissen, ob ich dich identifizieren kann.«

»Was hast du gesagt?«

»Was du mir gesagt hast. Dass ich gestresst war, die Lichter mich geblendet haben und du mir dann die Augen verbunden hast.«

Er nimmt meine Hand und reibt mit dem Daumen über meine Fingerknöchel. »Haben sie dir geglaubt?«

»Ich denke nicht.«

Er nickt. »Was noch?«

»Sie haben gefragt, wohin du mich gebracht hast. Ich sagte, in ein Haus, aber ich hätte den Überblick verloren, wie lange wir gefahren waren. Dann wollten sie wissen, ob es noch jemanden dort gab.«

Er hebt eine Augenbraue und wartet.

»Ich sagte Nein.« Eigentlich hätten mir die zwei Betten im Schlafzimmer sagen müssen, dass Ian nicht allein war. Wenn sie zu dritt waren, schliefen sie wahrscheinlich in Schichten, während einer von ihnen Wache hielt.

Er drückt meine Finger. »Sonst noch etwas?«

»Nein.«

»Gut.« Er hebt meine Hand an seine Lippen, die Hand, mit der ich mich reiben sollte, damit ich mit ihm kommen konnte, und atmet tief ein. »Bleib bei der Geschichte, egal wie oft sie die gleichen Fragen stellen.«

Ich spanne mich an. »Glaubst du, sie werden mich noch einmal befragen?«

»Wahrscheinlich.« Er reibt mit den Fingern über

seine Lippen und schaut mich entschuldigend an. »Sie werden dich vielleicht eine Zeit lang belästigen.«

Ich zittere ein wenig, als ich daran denke. »Ich kann nicht gut lügen.«

»Ich weiß.« Er lässt meine Hände sinken und küsst meine Nase. Zärtlich. Seine Worte sind leise, aber ihre Bedeutung ist hart. »Glaub nicht einen Moment, dass ich nicht hinter dir her sein werde, wenn du deine Meinung änderst.«

Mit einem zittrigen Atemzug ziehe ich meine Hand aus seiner.

»Dusche«, sagt er wieder und geht ein paar Schritte zurück, als hätte er mich nie bedroht.

Drohung - Sex - Drohung - Sex

ein hin & her du

WIR DUSCHEN GEMEINSAM UND ZIEHEN UNS AN. ICH benutze den Föhn im Badezimmer, um meine Haare zu trocknen. Mein Haar ist dick, und ich brauche wahnsinnig lange, um es zu trocknen. Als ich endlich aus dem Bad trete, ist die Bettwäsche abgezogen und die Küche sauber. Die schmutzigen Laken liegen ordentlich gefaltet und gestapelt auf dem Tresen neben den Geschirrtüchern und Handtüchern. Der Boden ist makellos.

Ian hält mir eine Hand hin. »Komm.«

Sein Lächeln ist warm, ermutigend. Er trägt saubere Kleidung, während ich die Sachen von gestern anhabe. Eine Reisetasche ist über seine unverletzte Schulter geworfen, und eine Pistole schaut aus dem

Bund seiner Jeans hervor. In seiner anderen Hand hält er ein Stück Papier.

Wann hat er die Waffe geholt? Gestern Abend, als er mich zum Duschen geschickt hat? Ich schaue wieder auf die Waffe und schlucke. Wenn Ian irgendein anderer Mann wäre, würde ich mir die Waffe schnappen, aber er ist zu stark, zu schnell, zu clever. Jetzt, wo sich die Gelegenheit bietet, ist die Realität ganz anders als meine opportunistische Träumerei. Die Überlegung von letzter Nacht, ihn zu überwältigen, war nichts als Wunschdenken.

Ein Hauch von Ungeduld schleicht sich in seine Stimme. »Cas.«

Als ich meine Handfläche in seine lege, zieht er mich näher heran und drückt mir das Papier in die andere Hand.

Ich schaue auf das gefaltete Blatt. »Was ist das?«

»Deins.«

»Was?« Ich runzele die Stirn und drehe das Papier um.

»Öffne es.« Er lässt meine Hand los, damit ich dem Befehl folgen kann.

Vorsichtig falte ich das Papier auseinander. Es ist ein Kontoauszug. In meinem Namen. Fünf Millionen Rand. Mein Herz hört auf zu schlagen. Langsam hebe ich meine Augen, um ihn anzuschauen. »Was ist das?«

»Es ist ein Offshore-Konto. Die Polizei sollte nicht in der Lage sein, es nachzuverfolgen.«

»Warum?« Der Schlag meines Herzens wird

schmerzhaft. »Bestechungsgeld?« Damit ich den Mund halte?

Er zeichnet meinen Kiefer mit einem Daumen nach. »Ich würde nie versuchen, dich zu kaufen.«

»Was dann?«, frage ich, während Stolz meinen Zorn entfacht. »Bezahlung für letzte Nacht?«

Er zuckt zusammen, als hätte ich ihm einen Schlag ins Gesicht verpasst. »Du bist keine verdammte Prostituierte.«

»Warum dann?«, rufe ich aus. »Weil ich meinen Job verloren habe?«

Er beobachtet mich ruhig. »Das habe ich eingerichtet, bevor ich von deinem Job wusste.«

Ich werde das nicht auf sich beruhen lassen. »Wenn du nicht mein Schweigen kaufen willst, warum tust du das? Um deine Schuldgefühle zu lindern?«

Seine Antwort ist ruhig. »Ich habe keine Schuldgefühle.«

Nein, die hat er wohl nicht, sonst wäre er nicht der meistgesuchte Verbrecher im Land. »Du bist mir nichts schuldig.« Ein Versprechen, um mich nicht für den Rest meines Lebens über die Schulter schauen zu lassen. Nicht fünf Millionen Rand.

»Ich möchte es dir geben«, sagt er mit einem sanften Gesichtsausdruck.

Fünf Millionen – die Geldsumme, die seine Bande aus Sun City gestohlen hat. »Warum?«

»Weil ich es kann.«

Er nimmt meinen Arm und führt mich zur Tür. Einfach so ist das Gespräch beendet. Er verschließt

Boar ist das anstrengend mit denen

sich, und somit ist völlig klar, dass er nicht mehr darüber reden will.

Die Sonne geht auf und taucht die Wipfel der Dornenbäume in ein goldenes Licht. Die Luft ist frisch, aber es wird bald warm und schwül werden. Vögel zwitschern über uns in den Akazienbäumen. Er schaut sich um, als er die Beifahrertür öffnet und mir in seinen Truck hilft. Er fährt mit den Augen die Umgebung ab, während er sich hinter das Steuer setzt. Anscheinend zufrieden, dass es keine lauernden Gefahren gibt, lässt er den Motor an und fährt mich nach Hause.

Wie beim letzten Mal hält er einen Block von meiner Wohnung entfernt an.

Er beugt sich über mich, nimmt einen Schlüsselbund aus dem Handschuhfach und reicht ihn mir. »Deine neuen Schlüssel.«

Ich starre auf das kleine, flauschige, ausgestopfte Hundespielzeug, das an der Kette hängt.

»Der Code für den Alarm ist 8613«, sagt er.

Er lässt den Motor laufen, steigt aber aus und kommt zu mir, um mich zum Abschied zu küssen. Als er sanft mit seinen Fingern durch mein Haar fährt und meinen Kopf umfasst, reißt etwas in meiner Brust. Sein Blick ist eine Mischung aus Sehnsucht und Zugehörigkeit, ein seltsamer Cocktail aus gefunden und verloren haben. Er streift meine Wange mit seinen Fingerspitzen und nimmt die Konturen meines Gesichts auf. Die Berührung ist so sanft, dass sie kaum zu spüren ist, aber ich fühle sie bis in mein Herz. Als er meinen Kopf neigt, gehe ich auf Zehenspitzen und treffe seine Lippen auf halbem Weg.

Er streichelt unsere Münder aneinander und flüstert Worte in die Liebkosung. »Pass auf dich auf, Baby Doll.«

Als er sich zurückzieht, fühle ich den Verlust dessen, was hätte sein können. Der Mann, der perfekt für mich ist, ist unerreichbar. Falsch. Auf der Flucht. Das schmerzt mich bis tief in mein Inneres.

Während er seine Hand aus meinem Haar zieht, schenkt er mir ein schiefes Lächeln, das die Lachfalte vertieft, die von seiner Nase bis zu seinem Lippenwinkel verläuft. Dann dreht er sich um und steigt wieder in seinen Truck.

In dem Moment, in dem er seine Hände um das Lenkrad legt, vergeht sein Lächeln. Sein Ausdruck wird hart und grausam. Keine Geheimnisse mehr, die in intimen Lächeln versteckt sind. Er fährt auf die Straße und tritt auf das Gaspedal. Er fährt an mir vorbei, ohne mir in die Augen zu sehen oder zurückzuschauen.

Unsere Geheimnisse gehören jetzt mir, ich bewahre sie allein.

14
IAN

Mein Leben ist nicht schön. Ich habe schon viele hässliche und schwierige Taten vollbracht, aber von Cas wegzufahren ist das Schwerste, was ich jemals getan habe. Es ist aber das Richtige. Ich habe Dinge in ihrem Leben durcheinandergebracht, also schiebe ich mein egoistisches Verlangen beiseite und lenke den Truck in Richtung Stadt.

Bevor ich fahre, muss ich mich noch um etwas kümmern. Ich bringe die Aufgabe hinter mich, auch wenn ich weiß, dass Cas es hassen wird, wenn sie es herausfindet, aber so funktioniere ich nun einmal. Wenn ich mich einmal entschieden habe, mache ich keinen Rückzieher. Was ein Bad Boy

Als die Unannehmlichkeiten erledigt sind, kaufe ich noch ein paar Dinge ein und mache mich auf den Weg zum Wonderboom Airport in Pretoria. Es ist eine kurze

Fahrt von einer Stunde und zwanzig Minuten. Der Pilot chartert eine Cessna und schaut für eine ausreichend hohe Summe über einige Formalitäten hinweg.

Nach zwei Stunden und fünfzehn Minuten landen wir auf dem Victoria Falls Airport in Simbabwe. Leon wartet auf dem Parkplatz. Er wirft mir einen kalten Blick zu, als ich meine Taschen auf den Rücksitz des offenen Safari Jeeps lege, sagt aber nichts, während er sich hinter das Steuer setzt. Wir machen uns auf die holprige Fahrt zu der Lodge, die mir gehört, am Ufer des Sambesi, nur einen Steinwurf von der sambischen Grenze entfernt. Der Standort ist nicht nur ideal für Geldwäsche, sondern auch für die Beschaffung von illegalen Waffen.

Die alte Touristenlodge besteht aus einem reetgedeckten Hauptgebäude und fünf freistehenden Bungalows mit Blick auf den Fluss. Ein vierköpfiges Team kümmert sich um die Anlage, aber wir bekommen heutzutage nur noch selten Besuch. Keine Touristen. Als wir ankommen, stehen alle vier Angestellten in einer Reihe am Eingang. Ein Teil des Gewichts hebt sich von meinem Herzen. Sie sind wie eine Familie und die einzigen Menschen neben Leon und Ruben, denen ich mein Leben anvertraue.

Leon geht hinein, während ich alle begrüße. Ich fasse mit der linken Hand meinen rechten Ellenbogen als Zeichen des Respekts und schüttele jedem die Hand – Shona, meiner Köchin und Haushälterin, Garai, dem Ranger, Wataida, dem Gärtner und

Hausmeister, und Banga, der irgendetwas zwischen persönlichem Assistent und Finanzverwalter ist.

»*Dumêla*«, sage ich zur Begrüßung auf Tswana. »Wie geht es euch?«

»Die Löwin hat Junge bekommen«, sagt Garai. »Halte dich besser von den Büschen neben dem Fluss fern.«

Wataida hebt meine Tasche aus dem Jeep.

»Lass die Einkaufstasche hier«, sage ich. »Die ist für Vimbo.«

»Ja, Baba.«

»Wie geht es der Antilope?«, frage ich und mache mich auf den Weg nach drinnen.

»Die Kolonie ist immer noch groß genug, damit die Großkatzen jagen können«, sagt Garai, während er neben mir hergeht, »aber der Kudu-Bulle wird alt. Er besteigt die Kühe nicht mehr.«

Ich nicke. »Finde einen guten Händler. Stell sicher, dass die Herde keine Krankheiten hat, bevor du kaufst.«

Er schnalzt mit der Zunge. »Sagst du mir jetzt, wie ich meinen Job machen soll, Baba?«

Der Titel wärmt meine Brust. Es bedeutet *Vater*, nicht im wörtlichen Sinne, sondern als liebevoller Ausdruck des Respekts für jemanden mit einer geschätzten sozialen Rolle oder eines höheren Alters.

Ich grinse. »Das würde mir im Traum nicht einfallen.«

Das Personal folgt mir, während ich die Lobby durchquere. Die geräumige Empfangshalle ist blitzsauber. Zebrafelle bedecken den polierten Lehmboden. Wir jagen nicht, aber wenn wir töten müssen, um das sorgfältig ausbalancierte Ökosystem zu erhalten, nutzen wir jeden Teil des Tieres, das wir opfern, um sein Leben zu ehren. Das Fleisch geht an die Löwen, die Knochen an die Hyänen und die Felle an den Gerber. Vielleicht bin ich ein Psychopath, aber ich sorge mich viel mehr um Tiere als um Menschen. Tiere werden gut geboren. Sie sterben gut. Sie sind nicht wie ich.

Normalerweise gehen wir sparsam mit Strom um und versuchen, so wenig Energie wie möglich zu verbrauchen, aber die Straußenei-Lampenschirme brennen gerade zu meinen Ehren. So auch der Kronleuchter mit einer ähnlichen Eierschalenverzierung. Handgeschnitzte Holzbänke mit Löwenmotiven in den Rückenlehnen und Krallen als Armlehnen säumen die Wände. Die Kissenbezüge sind aus bunt gefärbter Wolle gewebt. Der Raum schreit geradezu nach Luxus-Safari.

Als ich die Lodge gekauft habe, war sie am Zerfallen. Das politische Klima und die zivilen Unruhen verschreckten die Touristen. Die kleine Gemeinschaft, die auf dem Grundstück lebt, half beim Wiederaufbau der Lodge. Nach und nach haben wir ihr wieder zu ihrer alten Pracht verholfen und das Ökosystem wieder ins Gleichgewicht gebracht. Das Geld, das ich in das Projekt gesteckt habe, hat den Stamm vor dem Verhungern gerettet, aber das ist nicht das, was mir ihre Loyalität erkauft hat. Es ist die Arbeit

Er ist grad jemand ganz anderes, ich glaub das gehört hier nicht ins Buch haha zum Erhalt der Tiere und des Landes, die mir ihre lebenslange Hingabe eingebracht hat. Wir teilen die gleiche Leidenschaft für das Land. Afrika ist ein Teil von unserem Wesen. Es fließt durch unsere Adern.

Ich atme den Duft des Grases und der Erde ein, als ich mit meiner Entourage im Schlepptau auf die Terrasse trete. Leon und Ruben hatten sich für ein paar Tage in der Hütte in Lesotho versteckt, bevor sie die Grenze nach Simbabwe überquerten. Sie sind erst vor ein paar Stunden hier angekommen. Ruben sitzt auf einem Liegestuhl und trinkt ein Bier. Ein paar weitere Dosen stapeln sich in einer kleinen Metallwanne neben seinen Füßen, die mit Eis gefüllt ist. Neben ihm lehnen drei Gewehre gegen den Tisch. Er salutiert, als er mich sieht.

Leon geht hinüber und öffnet eine Dose. Er beobachtet mich mit einem grüblerischen Blick über ihren Rand hinweg, während er trinkt. Ich blende ihn aus. Unsere Diskussion kann warten.

Das Geräusch des Flusses, der sich einen breiten Weg zu den Wasserfällen bahnt, rauscht in meinen Ohren. Irgendwo brüllt ein Löwe. Ein Affe schwingt sich vom afrikanischen Ebenholzbaum herunter und flitzt über die Terrasse, um sich einen der Madeiraküchlein zu schnappen, die Shona auf den Gartentisch gestellt hat. Sie schnappt sich den Grasbesen, der an der Wand lehnt und verjagt den Affen mit bunten Beleidigungen in Tswana. Die kleine Kreatur protestiert lautstark und fletscht die Zähne.

Ich lächele.

Das ist unser Zuhause.

Zum ersten Mal seit Monaten entspanne ich mich. Ich lasse die Natur in meine Knochen sickern. Es ist zu lange her.

»Das Dach muss gedeckt werden«, sagt Shona. »Die Frauen können schneiden, wenn das Gras trocken ist.«

Ich hebe meinen Blick nicht zum Dach. Ich vertraue ihrem Urteil. »In Ordnung.«

»Es ist gut, dass du wieder da bist, Baba«, sagt Garai und klopft mir auf die Schulter.

Sie verstreuen sich in verschiedene Richtungen und lassen uns zurück, um unsere kleine Willkommensparty mit Madeiraküchlein und Bier zu genießen.

Der Frieden und die Ruhe halten nicht lange an.

Als ich zum Tisch hinübergehe, nimmt Leon ein Bier aus der Eiswanne und knallt es mir hin. Ich recke und strecke meinen Nacken und schenke ihm ein Lächeln. Das Aufflackern seiner Nasenlöcher verrät mir, dass ihn das wütend macht. Na schön. Er ist gerade nicht gut auf mich zu sprechen, und ich kann es ihm nicht verübeln.

Ruben steht auf und geht zu einer Angelrute in einer Halterung, die im Schlamm neben dem Fluss steckt. Die Schnur und der Schwimmer treiben friedlich auf dem Wasser. Es hat nichts angebissen, er gibt Leon und mir einfach Raum, um unseren Scheiß zu klären.

Ich lasse mich in einen der Liegestühle fallen und

schenke Leon meine volle Aufmerksamkeit. »Wie ist es gelaufen?«

Er verschränkt seine Arme. »Ich könnte dich das Gleiche fragen.«

Auf keinen Fall. Cas geht ihn gar nichts an. Sie gehört niemandem außer mir. »Hast du die Ausrüstung bestellt?«

»Der Typ wird bestätigen, wann er liefern kann.«

Ich nehme die Dose und öffne sie. »Gut.« Das Bier schäumt über den Rand, weil Leon sie so hart auf den Tisch geschlagen hatte.

»Du hättest nicht ihretwegen zurückgehen sollen.«

Ich antworte nicht, denn er hat recht.

»Du bist ein verdammt großes Risiko eingegangen.«

Ich leugne auch diese Wahrheit nicht.

»Du hast verdammtes Glück, dass du hier bist«, sagt er.

Ja.

»Hier gibt es genug hübsche Mädchen zum Ficken. Schlag dir diese Muschi aus dem Kopf und hör auf, unser Leben aufs Spiel zu setzen.«

Ich stelle das Bier beiseite und stehe auf. »Sonst noch etwas?«

Sein Blick ist unnachgiebig. »Das war's.«

Ich schnappe mir ein Gewehr und gehe die Treppe hinunter.

»Ich habe mir Sorgen um dich gemacht«, ruft er mir hinterher.

Ich bleibe stehen und drehe mich um. »Ja, ich weiß.«

»Muss ich mir weiterhin Sorgen machen?«, fragt er, und Vorsicht zeigt sich in seinen dunklen Augen.

»Überlass das Sorgenmachen mir. Das ist mein Job.«

Er presst die Lippen zusammen.

Ruben wirft mir einen ausdruckslosen Blick zu.

Ich drehe ihnen den Rücken zu und folge dem Weg zum Hauptbungalow. Es ist der größte der fünf und liegt auf einer grasbewachsenen Bank, die dem Fluss zugewandt ist. Die große Terrasse an der Vorderseite ermöglicht einen spektakulären Blick auf den Sonnenuntergang. Die Terrasse ist vorne offen und auf der Rückseite mit Stroh bedeckt, um sie bei Regenwetter nutzen zu können. Den Fluss zu beobachten, wenn sich der Himmel über ihm ergießt, ist ein unvergesslicher Anblick.

Ein Schlafzimmer befindet sich auf der linken Seite der Terrasse, und ein Badezimmer auf der rechten. Die Zimmer sind geräumig und luxuriös. Die Wände sind mit ethnischen Motiven geschmückt. Die polierten Lehmböden glänzen tief burgunderrot. Große Fenster rahmen die herrliche Aussicht ein. Leon und Ruben bewohnen zwei der vier kleineren Bungalows, Shona und Banga leben in den anderen. Garai und Wataida wohnen mit ihren Familien in den Hütten an der östlichen Grenze des Grundstücks.

Meine Tasche liegt dank Wataida bereits auf der Kommode am Fußende des Bettes. Ich ziehe mir ein sauberes T-Shirt über und gehe zurück zur Hauptlodge. Neben dem Gebäude, unter einem Vordach, stellen wir die Fahrzeuge ab. Ich nehme den Jeep und fahre in Richtung des Zaunes an der westlichen Seite des Grundstücks.

Es ist Sommer, und das Gras ist hoch. Es ist schwieriger, das Wild zu entdecken, aber nach einer Stunde Fahrt finde ich die Löwin, die gerade mit ihren Jungen unter einem Baum spielt. Ich parke ein gutes Stück entfernt und stelle den Motor ab. Die Ruhe, die ich in der Stadt nie finden kann, fließt zurück in meine Adern, während ich sie durch mein Fernglas beobachte. Ich stelle sicher, dass ich windabgewandt von den Nashörnern bleibe, die auf dem Hügel grasen, auch wenn sie wissen, dass ich hier bin. Wie die Löwen sind sie an das Geräusch des Fahrzeuges gewöhnt.

Als die Sonne zu sinken beginnt, mache ich mich auf den Weg zurück zur Ostseite und überprüfe die neuen Solarpaneele, die den Dieselgenerator, auf den wir uns bis vor kurzem verlassen mussten, ersetzt haben. Die Panele stehen auf dem eingezäunten Land neben den Feldern des Stammes, wo der Mais hoch steht. Ein kleines Beet mit Sorghum leuchtet grün im gelben Licht der späten Nachmittagssonne.

Die Kinder, die vom Spielen auf dem Feld nach Hause kommen, winken, als sie den Jeep sehen. Der Älteste, Vimbo, kommt angerannt.

»Baba«, sagt er. »Wie war es in Südafrika?«

Ich schnappe mir die Einkaufstasche mit den Büchern von hinten und reiche sie ihm. Er nimmt sie mit einem Grinsen entgegen, aber sein Lächeln verfliegt, als er hineinschaut.

»Bücher?«, sagt er und wirft mir einen Blick zu, der sagt: *Ist das dein Ernst?* Der Arme muss jetzt lernen

Ich lächele. »Ich werde dich jedes abfragen.«

Er verzieht das Gesicht.

»Und als Belohnung bekommst du auch das hier.« Ich reiche ihm die Tüte mit den Bonbons und der Schokolade.

Er reißt sie mir aus der Hand. »Danke, Baba.«

Mein »Gern geschehen« geht unter, als er losrennt, um die Beute mit den anderen Kindern zu teilen, die am Viehgatter warten.

Als ich vorbeifahre, hocken sie auf dem Boden, zählen die Süßigkeiten und teilen die Beute in sechs gleich große Portionen auf.

Lächelnd fahre ich zurück zur Lodge und parke den Jeep, bevor ich meinen Werkzeugkasten aus dem Abstellraum hole. Mit dem Werkzeug in der Hand mache ich mich auf den Weg zum Boma-Gelände auf der Rückseite des Hauptgebäudes, um zu sehen, was das Problem mit dem Generator ist.

Ich habe alle Teile abgeschraubt und auf einem Segeltuch ausgebreitet, als Ruben mit einem Seesack auftaucht. Die Tasche wirbelt eine Staubwolke auf, als er sie zu seinen Füßen fallen lässt.

Er blickt sich um und sagt leise: »Ich gehe ins Casino.«

Das Livingstone Casino befindet sich auf der sambischen Seite. Das ist der Ort, an dem wir das meiste Geld waschen. Das ist Rubens Spezialität und der Grund, warum ich ihn an Bord genommen habe. Er mag nicht viel sagen – er ist kein großer Redner – aber er ist an allen richtigen Stellen vernetzt. Der Mann hat mehr Kontakte als ein Geheimagent. Gott allein weiß, wie er seine Verbindungen herstellt, denn er tut es ganz sicher nicht durch Networking. Zumindest nicht, indem er seine Kiefermuskeln trainiert und echte Worte benutzt.

»Grenze?«, frage ich und entferne die letzte Schraube und Mutter. Die Fehlfunktion scheint auf einen verrosteten Schleifring zurückzuführen zu sein, der sich nicht dreht.

»Die diensthabenden Wachen sind unsere.«

Solange wir ein regelmäßiges Bestechungsgeld zahlen, lassen uns die Grenzbeamten und das Flughafenpersonal frei herumlaufen.

Ich nicke.

Er hebt die Tasche auf und macht sich auf den Weg, um das Geld abzuliefern. Ich habe keine Bedenken, ihn allein zu schicken. Wir drei – Leon, Ruben und ich – arbeiten sowohl unabhängig als auch zusammen. Wir können selbst auf uns aufpassen.

Ich rolle die Teile in das Segeltuch ein und bedecke den Schleifring mit Backpulver, um ihn zu entrosten. Nachdem ich mich im Gästebad gewaschen habe, treffe ich mich mit Banga im Büro an der Seite der Empfangshalle, damit er mich auf den neuesten Stand über die Ausgaben und den Proviant bringen kann.

Als wir fertig sind, ertönt draußen das rhythmische

Echo von Trommeln. Ich gehe hinaus auf die Terrasse. Der Stamm ist um ein großes Feuer auf der Wiese vor dem Fluss versammelt. Teelichter in braunen Papiertüten beleuchten den Weg, und Laternen hängen von den Ästen der Bäume. Die Männer trommeln, und die Frauen tanzen, wobei ihre perlenbesetzten Röcke wie Rasseln hin und her geworfen werden.

Ein längs halbiertes und auf einen A-Bock geschweißtes Dieselfass ist bereits mit glühenden Hartholzkohlen gefüllt. Der vertraute Geruch von Rauch aus Akazienholz steigt in die Luft. Bald wird das Fleisch auf dem Feuer brutzeln, und das Bier wird heute Abend reichlich fließen. Das Grillen ist eine Willkommenstradition. Da ich mehrere Verstecke in verschiedenen afrikanischen Ländern besitze, bin ich oft monatelang unterwegs, aber von all den Orten, an denen wir untertauchen, ist dieser mein Favorit. Dies ist der einzige Ort, an dem ich das Gefühl habe, Wurzeln schlagen zu können.

Leon sitzt mit dem Gesicht im Schatten auf einem Stuhl am dunkleren Rand des Kreises und hält ein Glas in der Hand. Ich ziehe einen Stuhl heran und setze mich neben ihn.

Er beugt sich vor und holt eine Flasche Rum aus einer Kühlbox neben seinem Stuhl. »Drink?« Er stellt sein Glas in die Halterung in der Armlehne seines Campingstuhls und schenkt mir eine Rum-Cola auf Eis ein, die er mir reicht. »Prost.«

Ich strecke meine Beine aus, kreuze meine Knöchel und sinke tiefer in den Stuhl. Die fast schon dauerhafte

Anspannung in meinen Schultern lässt nach. Die Grillen zirpen im Gras und erinnern mich an eine andere Nacht und einen Pool in Rustenburg, Südafrika.

»Du hast den Sonnenuntergang verpasst«, sagt Leon.

Er weiß, wie sehr ich die Sonnenuntergänge hier liebe. Er sieht aus, als würde der Himmel über der dunklen Oberfläche des Flusses in Flammen stehen.

»Ich konnte nicht.« Das Geschäft kommt zuerst. Morgen wird es einen weiteren Sonnenuntergang geben.

»Vermisst du sie?«, fragt er und starrt, ohne wirklich hinzusehen, auf die Menschen, die um das Feuer tanzen.

»Wen?«

»Damian und Zoe.«

Ich schaue meinen Bruder an. »Tust du es?«

Er zuckt mit den Schultern.

Meine Stimme ist ein wenig härter als beabsichtigt. »So ist es sicherer für sie.«

»Damian ist aus dem Gefängnis raus. Schon seit zwei Jahren. Ich habe es gerade erfahren.«

Eine tolle Familie sind wir geworden. Zoe scheint die Einzige zu sein, die am Ende auf dem rechten Weg ist. »Ich weiß.«

Er belässt es dabei. Leon weiß so gut wie ich, dass wir sie, wenn wir sie in unser Leben holen, mit uns reißen, wenn wir untergehen. Das haben wir am Tag unserer Abreise beschlossen. Es gibt viele Tage, an denen ich es immer noch bereue, Leon mitgenommen zu haben, aber ich konnte es auch nicht ertragen, ihn zurückzulassen. Damian und Zoe waren zu jung gewesen, aber Leon war fast vierzehn und verdiente mit Taschendiebstahl und dem Verkauf der Kohle, die er an den Bahngleisen sammelte, bereits sein eigenes Geld. Als er in seinem fadenscheinigen Pulli mit den Löchern an den Ellenbogen und einem verzweifelten Gesichtsausdruck auf dem Treppenabsatz stand, konnte ich ihm nicht den Rücken zuwenden, die Treppe hinuntergehen und durch die Haustür verschwinden. Nur eine Person, die wie wir aufgewachsen ist, kann diesen Blick verstehen. Es ist ein Gefühl der Verzweiflung und der Angst, zurückgelassen zu werden. Allein. Also habe ich ihn mitgeschleppt und ihn zu einem Verbrecher gemacht.

Leon ist nicht sentimental, aber ich verstehe seinen plötzlichen Anfall von Nostalgie. Zum ersten Mal in unserem Leben habe ich mich für jemand anderen entschieden und er weiß nicht, was er von meiner Entscheidung halten soll. Er ist sich meiner nicht mehr sicher.

»Ich werde dich nicht im Stich lassen«, sage ich.

Er sieht mich nicht an, aber seine Lippen verziehen sich. »Ist es vorbei?«

Ich weiß, wen er meint. Es schneidet mir das Herz auf, aber wenn er mich bluten sehen will, dann gebe ich ihm das. Ich schulde ihm viel mehr. »Ja.«

Er drückt meine Schulter, ein stilles Friedensangebot.

Ruben kommt auf die Terrasse. Er blickt über die

Menge und nickt mir zu, als er mich sieht. Er springt die Stufen hinunter, schnappt sich im Gang einen Stuhl, stellt ihn neben mich und lässt sich darauffallen.

»Wie ist es gelaufen?«, fragt Leon und schenkt noch eine Rum-Cola ein, die er Ruben reicht.

Ruben grinst. »Geschmiert wie Flüssigseife.«

Im Schein des Feuers glätten sich die angespannten Linien in Leons Gesicht. Er stößt mit seinem Glas gegen meines und Rubens. »Auf die drei Musketiere.« Er schlägt seine Schulter gegen die meine und sagt: »Richtig?«

»Ja«, antworten Ruben und ich unisono.

Der Raub auf Sun City hat uns viel Geld eingebracht. Wir haben über die Jahre genug gestohlen, damit wir alle in Rente gehen können, aber beim Stehlen geht es schon lange um etwas anderes als das Geld. Ja, ich brauche Geld, viel Geld, um mich in dieser Welt sicher zu fühlen, aber es ist die Herausforderung, die mich weitermachen lässt. Es ist der Kick, die cleversten Systeme und die fortschrittlichste Technologie zu überlisten.

Wir beobachten die Feierlichkeiten eine Weile schweigend.

Eine der jungen Frauen, Danai, trennt sich von der Gruppe, schlendert herüber und bleibt vor meinem Stuhl stehen. »Komm, tanz mit mir.«

Sie ist zwanzig, nach den Maßstäben ihres Stammes alt genug, um zu wissen, was sie will, und sehr hübsch. Vor einer Woche hätte ich vielleicht die Hand ergriffen, die sie mir hinhält, und ihr Angebot angenommen, aber ich stelle meinen Drink nicht beiseite oder bewege die Füße, um ihr Platz zu machen.

»Nicht heute Abend«, sage ich.

Sie wirft ein Bein über meinen Oberschenkel und stellt sich breitbeinig über mich. Der Grasrock verschiebt sich, die perlenbesetzten Halme teilen sich und geben einen Blick auf die glatte Haut ihrer Oberschenkel frei. Ihre Brüste baumeln in ihrem Bikinioberteil, als sie sich über mich beugt. Sie legt ihre Handflächen auf meine Knie und schiebt sie meine Beine hoch.

Ich umfasse ihr Handgelenk. Ihr verführerischer Blick verschwindet. Ich muss sie nicht mit Worten zurückweisen. Sie versteht die Botschaft.

Sie reißt ihren Arm aus meinem Griff und sagt mit funkelnden Augen: »Dein Verlust.«

Sie schaut mich weiterhin an, während sie Rubens Hand nimmt. Mit seinem goldenen Haar, seinen grünen Augen und seinem hübschen Gesicht kommt er bei den Frauen immer gut an.

Ruben grinst und kippt den Rest seines Getränks auf das Gras, während er sich von ihr auf die Füße ziehen lässt. Sie schaut über ihre Schulter zu mir, während sie den Weg in Richtung Rubens Bungalow einschlagen. Die Einheimischen laufen nicht ohne Gewehr auf dem nicht eingezäunten Grundstück herum. Krokodile kreuzen die Wege, vor allem nachts. Da ich weiß, dass Ruben immer eine Pistole bei sich hat, lasse ich sie gehen. Er wird sich um sie kümmern und sie sicher nach Hause bringen.

Garai kommt mit Tellern mit Fleisch, Porridge und einer Soße mit Tomaten- und Zwiebelstückchen namens Sheba. »Bitte sehr, Baba.« Er reicht mir und Leon jeweils einen.

Wir essen mit den anderen. Ich höre mir ihre Geschichten und später die Beschwerden an. Das ist ein Teil der Gemeinschaftskultur. Als die Männer ihre Pfeifen anzünden und die Frauen leise neben dem Feuer singen, folge ich dem Weg zu meinem Bungalow, bis mich die Dunkelheit verschluckt und das Zirpen der Grillen lauter wird. Ein Frosch quakt verstimmt. Es wird still. Der Gesang ist ein Hintergrundgeräusch, ein so beruhigendes wie der sanfte Schlag eines Herzens, wenn man ein Ohr an eine warme Brust legt. Ich trete ein, zünde die Lampe an, die an einem Haken neben der Tür hängt, und schaue nach Schlangen und Skorpionen.

Ich ziehe mich aus, entscheide mich für die Außendusche und drehe den Wasserhahn auf. Eine Trennwand sorgt für Privatsphäre an der Seite, aber vorne zum Fluss ist alles offen, weshalb ich einen freien Blick auf die Sterne und die Spiegelung des Mondes im Wasser habe. Ich dusche mich im Dunkeln, lasse meine Hand nach unten wandern, und während ich meinen Schwanz mit meiner Faust bearbeite, denke ich an eine platinblonde Frau mit babyblauen Augen.

So süüüß ey

15

CAS

Als Ian wegfährt, gehe ich wie ferngesteuert ins Gebäude. Der schwache Schmerz in meiner Brust hält an. Dieses Gefühl ist neu, und ich mag es nicht. Ich mag nicht, was es bedeutet.

Eine neue Sicherheitsschleuse versperrt den Eingang zu meiner Wohnung. Die Tür ist mit einem Spion, einem Riegel und einem neuen Schloss ausgestattet. Ian hat das gestern machen lassen.

Ein Piepton ist zu hören, als ich mich endlich durch die drei Schlösser gearbeitet habe und die Tür aufbekomme. Ein rotes Licht flackert auf einer Sicherheitstafel an der Wand. Ich gebe den Code ein, und das grüne Licht leuchtet auf. Ein Handbuch für die Alarmanlage liegt auf dem kleinen Tisch im Eingangsbereich.

Ich schließe ab und lehne mich gegen die Tür.

Ian ist gegangen, aber meine Anspannung hält an. Jeder Muskel in meinem Körper ist angespannt.

Ich schiebe mich von der Tür weg und tue das, was ich immer tue, wenn ich traurig oder gestresst bin. Ich putze. Ich räume die Schränke aus und wische die Regale ab. Ich ordne alles wieder sorgfältig ein und packe die Kleidung, die ich nicht mehr trage, in eine Kiste, um sie für wohltätige Zwecke zu spenden. Ich ziehe das Bett ab und lüfte den Raum. Nachdem ich die Bettwäsche gewaschen habe, schrubbe ich die Fliesen an den Wänden und Böden und sauge die Teppiche und die Matratze. Als ich fertig bin, sind die Badewanne und die Armaturen so glänzend, dass ich mein Spiegelbild in ihnen sehen kann. Bei Einbruch der Dunkelheit ist meine Wohnung blitzblank – und ich habe mein Ziel erreicht.

Ich bin erschöpft.

Ich rieche immer noch Ian an mir. Ich spüre ihn immer noch in mir, dort, wo ich wund bin. Es widerstrebt mir, die letzten Reste von uns wegzuspülen. Stattdessen klammere ich mich auf eine perverse Art und Weise an die verdrehte Erinnerung. Allerdings bin ich verschwitzt vom Putzen, also gehe ich duschen und spüle alles, was passiert ist, den Abfluss hinunter. Na ja, nicht alles. Ich kann nicht aufhören, über seine unausgesprochene Drohung und das Offshore-Bankkonto nachzudenken. Warum hat er mir so viel Geld gegeben? Wird er wirklich ein Auge auf mich haben? Vielleicht hat er geblufft, um mich zum Einlenken zu bewegen.

Ich nehme ein Handtuch vom Halter und denke über diese Wendung nach, während ich mich abtrockne. Wie viel von meiner Freiheit habe ich wirklich verloren? Zwei Nächte meines Lebens oder für immer? Als ich zu müde bin, um weiter darüber nachzudenken, ziehe ich mir einen bequemen Schlafanzug an, mache mir eine Gemüsepfanne, putze die Küche und krieche zwischen die sauberen Laken meines Bettes. Trotz der Tatsache, dass ich geistig, emotional und körperlich ausgelaugt bin, wälze ich mich hin und her, bis die Sonne aufgeht. Schließlich gebe ich auf und stehe auf.

Der gleiche Gedanke, der mich gestern Abend unter der Dusche gequält hat, hat sich während der langen Stunden meiner schlaflosen Nacht in meinem Kopf gedreht. Ich denke darüber nach, während ich mir die Zähne putze und das Gesicht wasche. Bin ich eine Gefangene, die aus der Ferne überwacht wird?

Im Schlafzimmer werfe ich einen Blick auf den Zettel auf meinem Nachttisch. Ich gehe hinüber und klappe das Papier auf. Mein Name, meine Adresse, meine Ausweis- und meine Kontaktnummer sind oberhalb der Kontonummer aufgedruckt. Ian bekam diese Information in der Nacht, als er meine Tasche durchsuchte. Er muss alles kopiert haben, während ich geschlafen habe. Die Kontonummer ist lang. Ich notiere mir die Bank und merke mir die Nummer sowie die Sicherheits-PIN. Darin bin ich gut. Als ich klein war, haben meine Mutter und ich uns die Nummernschilder der Fahrzeuge, die uns auf der Straße überholten, gemerkt. Später fragte sie mich nach Farbe und Modell der Fahrzeuge und ordnete sie den Nummernschildern zu. »Gib mir die Nummer des weißen Mazda, Cassy.« Oder: »Welche Farbe hat GP 36867?« Das war ein Spiel, das wir immer gespielt haben. Meine Mutter bestand darauf, meine Gehirnmuskeln ständig zu trainieren.

Nachdem ich die Zahl in meinem Kopf wiederholt habe und Assoziationen mit einprägsamen Daten hergestellt habe, wie zum Beispiel 1920 als das Jahr, in dem mein Großvater geboren wurde, gehe ich zurück ins Bad und spüle das Papier die Toilette hinunter. Als ich nach oben schaue, sehe ich mein Spiegelbild. Meine Haut ist blass, aber meine Wangen sind gerötet, verräterische Zeichen von Stress. Die dunklen Ringe unter meinen Augen sind der Beweis für die zwei schlaflosen Nächte, die hinter mir liegen. Ian und ich haben in der Nacht zuvor nicht viel Schlaf bekommen. Meine Haut ist immer noch aufgescheuert von seinen Stoppeln, und die Spuren an meinem Hals sehen verdächtig nach Knutschflecken aus. Er wollte sie mir nicht zufügen, aber ich bekomme leicht blaue Flecken.

Ich habe das komische Gefühl, eine Fremde anzublicken. Mein Leben ist in der kurzen Zeitspanne von einer Woche auf den Kopf gestellt worden. Ich beiße mir auf die Lippe. Ich bin mir nicht sicher, ob es jemals wieder so sein wird wie früher. Werde ich mir für den Rest meines Lebens über die Schulter schauen müssen? Ich kann die Ungewissheit nicht ertragen. Ich kann nicht mit der ständigen Angst leben. Ich *muss* es wissen.

Es gibt nur einen Weg, das herauszufinden.

Meine Schritte sind schwer, als ich zurück ins Schlafzimmer gehe. Die Sonne scheint durch die Lamellen der Jalousien. Als ich sie öffne, strömt Licht in den Raum. Ich öffne ein Fenster. Draußen ist es bereits heiß. Ich blicke auf den Garten unter mir und entscheide mich. Ich werde herausfinden, wie ernst es Ian damit war, mich zu verfolgen. Nachdem ich mir ein Sommerkleid angezogen habe, gönne ich mir einen Blaubeermuffin und eine Tasse Kaffee und mache mich dann auf den Weg, um meinen Test durchzuführen.

Auf dem Weg in die Stadt geht mir die Nummer, die ich mir eingeprägt habe, immer wieder durch den Kopf. Ich werde das Geld auf keinen Fall anrühren. Zunächst einmal ist es gestohlen, und zweitens wird es sich anfühlen, als würde ich eine Bestechung annehmen. Nein. Die fünf Millionen können auf den Cayman Islands verrotten. Irgendwann wird Ian verstehen, dass ich es nicht will, und er kann das Konto auflösen oder es lebenslang verzinsen lassen. Ich mache mir meine Hände nicht noch schmutziger, als sie ohnehin schon sind. Es ist schon schlimm genug, dass ich Informationen vor der Polizei verberge, Informationen, die zu Ians Verhaftung führen könnten. Ich kenne seinen Nachnamen nicht, aber ich weiß, wie sein Gesicht aussieht. Wie schwer kann es sein, ihn aufzuspüren? Doch wenn ich ihn mir hinter Gittern vorstelle, krampft sich mein Magen zusammen, und mein Herz schmerzt auf eine unerträgliche Art und Weise.

Was für ein heilloses Durcheinander. Ich fühle

mich, als würde ich in den trüben Wellen von Gut und Böse treiben und das schmutzige Wasser schlucken. Als wäre ich zwischen entgegengesetzten Seiten gespannt, hin- und hergerissen zwischen richtig und falsch.

Als ich die Hauptstraße erreiche, gehe ich die Seitengasse in Richtung Kino hinunter und bleibe stehen, um mir das Ladenschild über mir anzusehen. Harry's Tattoo Parlor. Ich kaue auf meiner Unterlippe und schaue nach links und rechts, aber beide Enden der Gasse sind leer. Die Sonne dringt durch die Gebäude und beleuchtet die Ecke des Bürgersteigs. An der Kreuzung fahren die Autos auf der Hauptstraße vorbei. Es gibt keine Männer mit Phantom-Masken. Keiner lauert im Schatten der Nische bei der Apotheke.

Ich entspanne mich ein wenig und lache auf. Wie dumm ich doch war. Ein richtiger Idiot. Wie sollte Ian mich beobachten? Indem er eine Drohne auf mich ansetzt? Erleichterung überkommt mich, und ich fühle, dass meine Beine weich werden. Ich habe nicht gemerkt, wie angespannt ich war, bis sich meine Muskeln endlich entspannt haben.

Ich schaue durch das Fenster. Ein dünner Mann sitzt auf einem Hocker hinter einem Tresen und macht eine Zeichnung. Ich weiß nicht wirklich, was ich will. Es war nicht mein Plan, tatsächlich durch die Tür zu gehen, aber jetzt, wo ich hier bin, kann ich es genauso gut tun.

Ich umfasse den Griff und drücke ihn nach unten. Eine Faust schließt sich um mein Handgelenk. Ich zucke zusammen, und mein Herz klopft gegen meine

Rippen. Die Luft entweicht aus meinen Lungen. Ich bin fast zu ängstlich, um hinzuschauen, aber richte trotzdem meine Augen auf den Besitzer der Hand.

Ein großer, breiter Mann mit einer Glatze blickt auf mich herab. Ich kann seine Augen nicht sehen, weil er eine Sonnenbrille trägt. Er ist mit einem T-Shirt und Jeans bekleidet, und seine dicken Arme sind mit Tätowierungen übersät.

»Das würde ich an Ihrer Stelle nicht tun«, sagt er mit rauer Stimme. »Ich möchte den armen Trottel darin wirklich nicht erschießen müssen.«

Ich reiße meinen Arm aus seinem Griff und gehe ein paar Schritte zurück. Er folgt mir nicht. Ich atme abgehackt. Der Schock trifft mich von allen Seiten. Woher kam er? Er muss die ganze Zeit in der Nähe gewesen sein, gleich um die Ecke. Das erschüttert mich bis ins Mark.

Ich schaue nicht hinter mich, als ich rückwärts zurück zur Hauptstraße gehe. Ich behalte die Gefahr vor mir im Auge, während ich mich mit einer Hand an der Wand entlangtaste. Wir beobachten uns gegenseitig. Er stellt sich breitbeinig hin, während ich einen Schritt nach dem anderen mache.

Erst an der Kreuzung finde ich meine Stimme wieder. »Werden Sie mir folgen?«

Er antwortet nicht.

»Für immer?«, krächze ich heraus.

Sein Lächeln ist nicht unfreundlich. »Sie werden gar nicht merken, dass ich da bin.«

Mehr kann ich nicht ertragen. Ich drehe mich auf

dem Absatz um und laufe los. Ich renne so schnell ich kann, nicht langsamer werdend, nicht, bis meine Lungen brennen und ein scharfer Schmerz in meine Seite schießt. Mein Herz ist nicht für diese Anstrengung geschaffen. Es protestiert und lässt mich wissen, dass es nicht glücklich ist und gleich streiken wird. Ich lasse mich auf die nächstgelegene Bank fallen und krame in meiner Tasche nach meinen Notfalltabletten. Da ich kein Wasser dabeihabe, schlucke ich sie trocken hinunter.

Es dauert ein paar Minuten, bis ich stabil genug bin, um mich zu bewegen. Ich spüre immer noch die Belastung an meinem Körper und in meiner Brust, als ich endlich aufstehe und meine Beine zwinge, sich zu bewegen. Ian hat nicht gelogen. Er *lässt* mich beobachten. Sogar jetzt. Vielleicht. Scheiße, ich weiß es nicht. Ein Teil von mir will es nicht wissen, aber ich habe mich noch nie vor Fakten gescheut.

Mechanisch gehe ich zurück zu meiner Wohnung. Ich bin zu aufgewühlt, um das Geschehen um mich herum wahrzunehmen. Ein Auto verfehlt mich nur knapp, als ich die Straße überquere. Der Fahrer hupt und schreit eine Beleidigung, aber ich bin für alles taub und blind. Alles, woran ich denken kann, ist, dass ich nicht länger ein freier Mensch bin. Das werde ich nie wieder sein. Ian wird alles wissen, was ich tue. Er wird wissen, wohin ich gehe und wen ich treffe. Er wird es wissen, wenn ich in eine andere Stadt ziehe. Er wird wissen, wo ich arbeite, *ob* ich einen neuen Job finde.

Weil ich sein Geld *nicht* verwenden werde. Vor allem jetzt nicht.

Mein Entschluss verstärkt sich, als ich mein Gebäude erreiche. Ich schaue auf und bleibe stehen. Ein weißer Toyota parkt am Bordstein, und Detective Wolfe lehnt dagegen.

Scheiße.

Alles arbeitet wieder auf Hochtouren – mein Puls und mein Verstand –, während ich versuche, rasend schnell zu denken. Was will er? Beobachtet mich die Polizei? Wissen sie, dass ich vorletzte Nacht nicht zu Hause war? Was sage ich, wenn sie fragen, wo ich gewesen bin? Ich kann mir keine Lüge ausdenken, nicht so schnell. Verfolgt der Mann mich immer noch?

Ich schaue hinter mich, aber da ist niemand. Ich gehe langsamer, aber irgendwann geht mir der Bürgersteig aus, und ich habe immer noch keine Ausrede dafür, wo ich gewesen bin.

»Steigen Sie ein«, sagt Wolfe, als ich ihn erreiche. Er öffnet die Hintertür und tritt zur Seite.

Ich hebe mein Kinn an. »Warum?«

»Wir müssen Ihnen noch ein paar Fragen stellen.«

Ich schlucke. Ian hat mich gewarnt, dass das passieren könnte. Während ich den Kopf einziehe und einsteige, wiederhole ich Ians Anweisung in meinem Kopf. *Bleib bei der Geschichte.*

Sollte ich nach einem Anwalt fragen? Würde mich das schuldig aussehen lassen? Nein, ich werde abwarten, was er will. Hoffentlich muss ich nur die gleichen Fragen beantworten – und dann lässt er mich gehen.

Unterwegs sprechen wir nicht miteinander. Detective Wolfe führt mich in das gleiche Büro mit der gleichen traurig aussehenden Pflanze, wo sein Kollege bereits wartet.

»Miss Joubert«, sagt Detective Hackman mit einem Nicken, als ich eintrete.

Wolfe zieht sich seine Jacke aus und deutet auf den Besucherstuhl gegenüber dem Schreibtisch. »Setzen Sie sich.«

Meine Beine sind steif. Meine Knie weigern sich, sich zu beugen, aber ich schaffe es, seitlich auf den Sitz zu rutschen. Um eine selbstbewusste Haltung vorzutäuschen, schlage ich meine Beine übereinander.

Wolfe lockert seine Krawatte und knöpft den obersten Knopf seines Hemdes auf. Er hängt sein Sakko über seine Stuhllehne und nimmt einen Manschettenknopf ab, den er auf den Schreibtisch legt. Der andere Manschettenknopf fällt daneben. Er krempelt die Ärmel seines Hemdes hoch und legt seine Handflächen auf die Schultern des Sakkos, wobei er mich mit angewinkelten Ellenbogen und gebeugten Unterarmen beobachtet. Sein blondes Haar ist mit einem länglichen Bürstenschnitt gestylt, aber zwei Strähnen haben sich gelöst und fallen über seine breite Stirn. Er ist glatt rasiert, was das Grübchen in seinem Kinn zur Geltung bringt, und er starrt mich mit stechend blauen Augen an, während sich die Stille wie eine ansteckende und tödliche Krankheit in der Luft ausbreitet.

Ich lecke über meine trockenen Lippen, erwidere seinen Blick und warte darauf, dass er spricht.

Wie beim letzten Mal sitzt Hackman auf der Ecke des Schreibtisches und stützt einen Arm auf seinen Oberschenkel, während auch er mich betrachtet. Anders als die ruhige, gefährliche Spannung, die von Wolfe ausgeht, sieht er unsicher aus.

»Warum bin ich hier?«, frage ich, als ich die Spannung nicht mehr ertragen kann.

Wolfes Finger spannen sich um die Schulterpolster seines Sakkos an. »Wo waren Sie gestern Abend, Miss Joubert?«

Ich schaue ruhig zwischen den beiden Männern hin und her, während mein Herz in meiner Brust rast. »Zu Hause.«

»Kann das jemand bezeugen?«, fragt Wolfe.

»Ich war allein«, sage ich. »Warum?«

Er nagelt mich mit diesem durchdringenden Blick an den Stuhl. »Was ist mit Dienstagabend?«

Scheiße. Ich grabe meine Nägel in meine Handflächen. Vielleicht habe ich jemanden besucht? Wen? Ich spiele auf Zeit. »Ich war unterwegs.«

»Allein?«, fragt er spöttisch.

»Mit einem Freund.« Ich zerbreche mir den Kopf über jemanden, der für mich lügen würde. Franck, vielleicht. Ich würde es hassen, ihm das antun zu müssen.

Wolfe nimmt ein Stück Papier von der

Schreibunterlage und schiebt es mir zu. »Können Sie mir erklären, woher Sie das Geld für sechs Monatsmieten haben?«

Ich starre auf die Kündigung des Mietvertrages, die vor mir liegt. Doppelte Scheiße. Er muss mit meinem Vermieter gesprochen haben. »Ersparnisse.«

Lächelnd streicht er mit den Fingern über ein weiteres Blatt Papier und schiebt auch dieses über den Schreibtisch.

Das Blut fließt aus meinem Kopf, während ich den Ausdruck betrachte. Das ist mein Kontoauszug. Mein periodischer Kontoauszug. Über die Zahlen, die mein leeres Sparkonto oder den überzogenen Saldo meines Girokontos zeigen, lässt sich nicht streiten. Keine Überraschung, dass auch meine Kreditkarte im Minus ist.

»Ich habe nicht mein ganzes Geld auf der Bank«, sage ich und begegne Wolfes Augen wieder.

Er schlägt mit der Faust auf den Tisch. »Schwachsinn.«

Ich zucke zusammen.

Er beugt sich vor. Sein Ton ist leise und bedrohlich. »Versuchen Sie es noch einmal.«

Meine Stimme verrät nicht, wie sehr ich zittere. »Mein Vater hat mir einen Teil des Geldes vom Verkauf der Farm gegeben.«

»Ihr Vater war bankrott«, sagt Hackman. »Er hat gerade so seine Schulden abbezahlt.«

Ich richte meinen Blick auf ihn. Sie können mich nicht zwingen, etwas zuzugeben, was ich nicht will.

Ein Haufen Bargeld sieht verdächtig aus, aber er beweist nichts.

»Nick Kruger hat Sie gefeuert«, sagt Wolfe.

Ich schaue ihn direkt an. »Ja.«

Er lächelt. »Ich wette, das hat Sie wütend gemacht.«

Ich balle meine Hände fester zusammen und lasse mich vom Schmerz beruhigen, als sich meine Nägel in meine Haut graben. »Natürlich war ich verärgert.«

»Also«, sagt er, und sein Lächeln verwandelt sich in ein Grinsen, »Sie sind praktisch pleite und arbeitslos, trotzdem heben Sie einen Koffer voller Bargeld unter Ihrem Bett ausgegraben, wo Sie ihn all die Jahre nach dem Verkauf der Farm aufbewahrt haben, obwohl Ihre Kreditkartenzinsen durch die Decke gingen.«

Ich antworte nicht.

Wolfe richtet sich auf. »Arbeiten Sie mit der Phantom-Bande zusammen, Miss Joubert?«

»Was?« Ich schrecke auf. »Nein!«

Wieder dieses Grinsen. »Sind Sie sich da sicher?«

»Ja«, flüstere ich. Das sind nicht die gleichen Fragen wie beim letzten Mal. Ich mag die Richtung nicht, in die das geht. »Ich will einen Anwalt.«

»Das wollen Sie nicht«, sagt Wolfe.

Ich bin kurz davor, aufzuspringen und wegzurennen. »Das ist mein Recht. Sie können es mir nicht verweigern.«

»Sie wollen keinen Anwalt«, sagt er. »Vertrauen Sie mir.«

»Warum sollte ich Ihnen vertrauen?«

Er nimmt einen braunen Umschlag vom

Schreibtisch, holt ein A4-Papier heraus und legt es vor mich hin. »Weil Sie es sich nicht leisten können, es nicht zu tun.«

Ich schaue nach unten und werde fast ohnmächtig. Es ist ein Foto. Von mir und Ian. Nackt. Im Pool.

Mir wird der Boden unter den Füßen weggezogen. Ich umklammere die Armlehnen und grabe meine Nägel in das rissige Leder.

Er legt ein weiteres Hochglanz-Farbbild vor mich. Ian berührt mich, stützt meinen Nacken, während er mich kommen lässt. Mein nackter, im Wasser ausgebreiteter Körper erstreckt sich über das ganze Foto. Nichts bleibt der Fantasie überlassen.

Mir wird schlecht.

Er wirft ein Foto nach dem anderen auf den Schreibtisch. Ian sitzt auf der Treppe, ich knie zwischen seinen Beinen, und meine Lippen umschließen ihn. Ians Mund auf mir.

Ich drehe die Bilder nicht um. Ich schaue nicht von ihnen weg. Ich atme die abgestandene Luft von Kreide und Staub ein und bemerke den schrumpeligen Apfel auf der Ecke des Schreibtisches neben einem Becher mit einem Kaffeering am Rand. Alles prägt sich bis ins kleinste Detail in meinem Kopf ein, doch meine Fähigkeit, zu denken, hat sich abgeschaltet. Ich bin geistig gelähmt, unfähig, eine einzige Erklärung oder Entschuldigung zu finden.

Wolfe drückt einen Finger auf die Bilder, die Ian und meine Intimität für die ganze Welt sichtbar machen. »Erklären Sie mir das.«

Das ist jetzt scheiße gelaufen

Ich beiße mir auf die Lippe und schweige ihn an.

Er knallt das letzte Foto zu, seine Handfläche bedeckt die Hälfte des Bildes. Ian in mir. »Hat er Sie gezwungen?«

»Nein«, rufe ich.

»Dann erklären Sie mir das!«, schreit er und sticht mit dem Finger auf das Foto.

Alles auf dem Schreibtisch klappert, sogar Hackman.

Tränen trüben meine Sicht, als ich ihn langsam wieder ansehe und flüstere: »Das kann ich nicht.«

Er ballt die Fäuste und streckt seinen Rücken. »Lassen Sie mich Ihnen sagen, wie das aussieht. Zufälligerweise sind Sie in Sun City, als der größte Raub in der Geschichte des Casinos stattfindet. Einer der Räuber entführt Sie, lässt Sie aber ohne einen Kratzer gehen. Einen Monat vor der Bankrotterklärung zahlen Sie Ihre Miete für ein halbes Jahr im Voraus. Dann verbringen Sie die Nacht damit, besagten Räuber in einem Urlaubsresort zu ficken.«

Ich zeige auf die Fotos. »Das könnte jeder sein.«

Er lacht. »Die Hütte war ein forensisches Paradies. Wir haben Sperma-, Haar- und Hautproben.«

Etwas von meiner Denkkraft kehrt zurück. Sie haben uns beobachtet. Sie müssen mir gefolgt sein. »Warum haben Sie uns nicht verhaftet?« Sie haben das Blut vom Tatort, aber sie kennen Ians Identität nicht. Oder *hatten* sie nicht, besser gesagt. Mein Magen zieht sich nervös zusammen. Jetzt haben sie ein Gesicht dazu.

»Ian Hart«, sagt Wolfe und legt ein weiteres Bild auf den Schreibtisch.

Diese Aufnahme ist körnig. Sie wurde vor langer Zeit gemacht, bevor Ian seinen jetzigen Haarschnitt trug. Seine Haare sind länger und struppiger, aber es ist zweifellos er.

»Er ist in Brixton und Johannesburg aufgewachsen«, sagt Wolfe. »Er wurde im Alter von fünfzehn Jahren beim Ladendiebstahl erwischt. Nach einer dritten Verwarnung wurde er zu einem Aufenthalt in einer Erziehungsanstalt für jugendliche Straftäter verurteilt, aber er lief weg, bevor das Sozialamt ihn abholen konnte, und nahm seinen jüngeren Bruder Leon mit.«

Ich höre gebannt zu und nehme jedes Detail in mich auf.

»Danach hat niemand mehr etwas von ihnen gesehen oder gehört«, fährt er fort.

Sie haben Ians Fingerabdrücke in der Hütte gefunden. Da er schon einmal verhaftet wurde, gab es eine Akte. So haben sie seine Identität herausgefunden.

Die Auswirkungen stürzen auf mich ein. Wenn ich Ian verrate, werde ich sterben. Er wird nicht zögern, eine Frau zu erschießen. Das hat er selbst gesagt. Der Mann, der mir folgt, kann auf mich warten, wenn ich nach Hause komme. Ian hat das neue Tor und die Schlösser installieren lassen. Er wird die Schlüssel haben. Er könnte meinem Stalker eine Kopie geschickt haben.

Ich gehe einen Schritt zurück. Indem er eine

weitere Nacht mit mir stahl, hatte Ian den Polizisten seine Identität verraten. Sie haben die DNA von seinen Haaren, seiner Haut und seinem Sperma. Es wird mit der DNA seines Blutes übereinstimmen und ihn mit dem Tatort in Verbindung bringen.

»Was wollen Sie von mir?«, flüstere ich.

»Wissen Sie, was ich denke?« Wolfe stellt einen Fuß auf den Stuhl und stützt seinen Ellenbogen auf sein Knie. »Ich glaube, er hat Sie vergewaltigt, und Sie wollen nicht, dass jemand davon erfährt. Warum haben Sie sonst eine medizinische Untersuchung abgelehnt?«

Ich erstarre. Trotz allem kocht Wut in mir hoch. »Er hat mich nicht vergewaltigt«, sage ich mit zusammengebissenen Zähnen. Ich werde Ian diese falsche Anschuldigung nicht anhängen, egal was passiert.

Wolfe knallt seine Hand auf das Foto von Ian, das in mir vergraben ist. »Dann erklären Sie mir das, verdammt nochmal.«

»Jim«, sagt Hackman in einem nervösen Ton. »Achte auf deinen Ton, Mann.«

Wolfe zeigt mit einem Finger auf mich. »Erklären Sie mir das.«

»Das kann ich nicht«, sage ich wieder.

»Es wird folgendermaßen ablaufen.« Wolfe schiebt sich die Hände in die Taschen. »Wenn wir diese Beweise vorlegen, werden Sie wie eine Komplizin aussehen. Sie werden wegen der gleichen Verbrechen angeklagt wie Hart und seine Bande. *Alle* von ihnen, die in den letzten Monaten passiert sind«, hebt er hervor. »Wissen Sie, wie sich ein Leben im Gefängnis anfühlt? Denn so lange werden Sie bekommen.«

Ich kann nicht atmen. Ich schaue schockiert und ungläubig zwischen den Männern hin und her. Nein. Wolfe meint es ernst. Das Schlimmste daran ist, dass er recht hat. Ich scheine eine Komplizin zu sein. Alle Fakten – das Geld, um meine Miete zu bezahlen, dass ich unverletzt von einer Entführung zurückkam, während die meisten Leute tot aufgefunden worden wären, und die Intimität im öffentlichen Pool – alles deutet darauf hin, dass ich mit der Bande unter einer Decke stecke.

»Ich will einen Anwalt.« Ich schaue Hackman an, der der vernünftigere der beiden Detectives zu sein scheint. »Jetzt.«

»Das wollen Sie nicht«, sagt Wolfe, »weil ich Ihnen einen Deal vorschlagen werde.«

Meine Nackenhaare stellen sich auf. Es gibt keinen Deal auf der Welt, den ich akzeptieren kann, ohne mit meinem Leben zu bezahlen.

»Wir brauchen Informationen über Hart und seine Bande.« Nachdem er mir einen Moment Zeit gegeben hat, die Worte zu verinnerlichen, fährt er fort: »Wir wollen, dass Sie undercover für uns arbeiten.«

Mein ganzer Körper zuckt vor Entsetzen zusammen. Hackman rührt sich und scheint sich unwohl zu fühlen. Das ist illegal. Sie können keine Privatperson benutzen, um verdeckt Informationen zu sammeln.

Wolfe macht unerbittlich weiter. »Wir wollen

wissen, wer die anderen beiden Bandenmitglieder sind, und wir wollen wissen, wie und wo sie das Geld waschen, das sie stehlen.«

Sein Gesicht verschwimmt vor meinen Augen. »Wie soll ich das machen?«

»Sie sind ein kluges Mädchen.« Er schenkt mir ein falsches Lächeln. »Sie werden einen Weg finden.«

»Nein.« Mein Frühstück kommt beinahe hoch, als ich aufstehe.

Hackman springt vom Schreibtisch und bewegt sich zur Tür, wobei er den Ausgang mit seinem Körper versperrt.

»Verhaften Sie mich«, sage ich, »oder lassen Sie mich gehen.«

Wolfe nimmt ein weiteres Foto zur Hand und kommt um den Schreibtisch herum. Von mir aus kann er diese Fotos an jeden Nachrichtensender im Land geben. Ich werde mich nicht von ihm mit ihnen erpressen lassen. Sie beweisen nichts.

Er hält mir das Bild vors Gesicht.

Ich stolpere einen Schritt und fange mich ab, indem ich mich am Stuhl hinter mir festhalte. Es ist Nick. In einer Blutlache. Sein halbes Gesicht fehlt.

Mein Magen verliert den Kampf. Ich eile zum Mülleimer neben dem Schreibtisch, beuge mich nach vorne und übergebe mich. Nachdem mein Magen leer ist, erzittert mein Körper vom trockenen Würgen. Ich muss mich mit einer Hand auf dem Schreibtisch abstützen, um mich aufzurichten.

»Wo waren Sie am Dienstagabend, Miss Joubert?«, fragt Wolfes erneut.

Er verspottet mich. Ich weiß nicht mehr, was ich sagen soll. Ich kann das brutale Bild in meinem Kopf nicht fassen. Warum? Wer?

Wolfe lehnt sich gegen den Schreibtisch, kreuzt seine Knöchel, und das Foto baumelt zwischen Zeigefinger und Daumen. »Sie haben zugegeben, dass Sie wütend auf Herrn Kruger waren, als er Sie gefeuert hat.«

Ich knirsche mit den Zähnen. »Ich sagte, dass ich verärgert war.«

»Verärgert genug, um den Vorfall Mr. Hart gegenüber zu erwähnen?«

Ja, Ian war wütend, als ich es ihm sagte, aber er hätte es nicht tun können. Er hat die Nacht mit mir verbracht. Es sei denn … Oh, Gott. »Wann ist es passiert?«

»Am frühen Mittwochmorgen, bevor der Rest des Personals eintraf.«

Ian hätte zur Bank gehen können, nachdem er mich abgesetzt hatte. Es war noch früh genug.

»Sie sind mit achthunderttausend in bar abgehauen.« Er zeigt mir ein weiteres Bild von drei Männern mit Phantom-Masken. Dahinter sind die vertrauten Schalter der Bank zu sehen, in denen ich früher gearbeitet habe.

Ich reiße ihm das Foto aus den Fingern.

Nein.

Ich will es nicht glauben. Doch es ist da, schwarz auf weiß, eingefangen von der Sicherheitskamera.

Ich lehne mich gegen den Schreibtisch und lasse die Kante mein Gewicht stützen, während ich das glänzende Papier in meiner Faust zerknülle.

»Ich weiß nicht, was zwischen Ihnen und Hart vorgefallen ist«, sagt Wolfe, »ob er Sie verführt hat oder ob Sie sich in ihn verliebt haben, aber aus irgendeinem Grund haben Sie sein Interesse geweckt. Ich weiß, dass er Ihre Schulden beglichen hat. Er kam zurück, um Sie zu sehen.«

Ich wische mir mit dem Handrücken über meinen Mund. »Sind Sie uns gefolgt?«

»Wir hatten einen Mann auf Sie angesetzt.«

Okay. Sie haben sich Ian nicht geschnappt, als sie die Chance dazu hatten, weil sie wissen wollen, wo seine anderen Bandenmitglieder sind und wo sie das gestohlene Geld verstecken. Sie wollen die Namen der Leute, die das Geld der Bande waschen.

Ich bedecke meinen Mund, als mich eine Erkenntnis trifft. »Wenn Sie ihn verhaftet hätten, als er auftauchte …« Dann wäre Nick jetzt nicht tot. Ich kann es nicht laut sagen, nicht ohne Ian als Mörder zu bezeichnen, und das kann ich einfach nicht. Er ist in der Lage, einem Mann mit einer Schrotflinte das Gesicht wegzublasen, aber ich will es nicht glauben.

»Diese Operation ist viel größer als nur Ian Hart«, sagt Wolfe, »und deshalb brauchen wir Sie.«

Ich halte mich seitlich an der Tischkante fest und

überlege, was ich tun kann. Wegen Mordes verhaftet zu werden oder Ian auszuspionieren.

»Wir sorgen für Ihre Sicherheit, wenn Sie mit uns zusammenarbeiten«, sagt Wolfe. »Wir können Ihnen eine neue Identität geben, wenn alles vorbei ist.«

Ich starre ihn an. Ich möchte nicht jemand anderes sein. Ich will Ian nicht in den Knast schicken. Aber Nick … Mein Gott, Nick. Er hat sich wie ein Arschloch benommen, aber er hat es nicht verdient, zu sterben.

»Ian wird mich umbringen«, sage ich.

Wolfe lässt das Foto auf seinen Schreibtisch fallen. »Wir holen Sie raus, lange bevor er eine Chance hat, den Verrat zu riechen.«

»Sie wissen nicht einmal, ob ich ihn kontaktieren kann«, sage ich mit gebrochener Stimme.

Wolfe lächelt wieder, als er das wiederholt, was er mir schon vorhin gesagt hat. »Sie werden einen Weg finden.«

»Ich will das nicht tun.«

Sein Lächeln wird schief. »Ihre Eltern hätten das, was sie getan haben, nicht gutgeheißen, Miss Joubert.«

Meine Nasenlöcher beben. »Sie wissen nichts über meine Eltern.«

Sie wären vielleicht nicht mit Ian oder dem, was ich getan habe, einverstanden gewesen, aber sie haben mir nie ihren Willen aufgezwungen und meine Entscheidungen immer unterstützt.

Ich muss hier raus. Ich beschwöre Ruhe und Kraft und stehe auf. »Gut.« Ich werde sagen, was ich muss, damit sie mich gehen lassen.

Wolfe geht um den Schreibtisch herum, öffnet eine Schublade und nimmt einen Gegenstand heraus, den er mir bringt. Es ist ein Kupferarmband, die Art, die man an jeder Straßenecke kaufen kann.

»Legen Sie sich das um und nehmen Sie es nicht ab«, sagt er. »Es ist zu Ihrer Sicherheit.«

»Es hat einen Peilsender?«

»Ein Mikrochip, mit dem wir Sie aufspüren können, falls wir Sie herausholen müssen. Die Bande durchsucht Sie vielleicht, aber das wird jeden Metalldetektor auslösen. Sie werden nicht auf die Idee kommen, im Inneren nach einem Chip zu suchen.«

Zögernd schließe ich meine Finger um das kalte Metall.

»Ziehen Sie es über«, sagt er. »Der Chip überträgt Ihren Puls.« Er fügt in einem unheimlichen Tonfall hinzu: »Wenn Sie es abnehmen, werden wir es wissen, und wenn ich Sie suchen muss, ist unser Deal nichtig.«

Als ich das Armband über mein Handgelenk schiebe, fühlt es sich wie ein Todesurteil an.

»Aus Sicherheitsgründen werden wir uns nicht melden.« Er nimmt eine Visitenkarte aus seiner Hemdtasche und drückt sie mir in die Hand. »Rufen Sie mich nicht an, bis Sie Beweise oder Informationen haben.« Der ist echt ein Arsch, woher soll sie wissen welcher Beweis wirklich einer ist.

Ich starre auf die Karte in meiner Hand und präge mir reflexartig die Nummer ein. Schneidend frage ich: »Oder wenn mein Leben in Gefahr ist?«

»Sie scheinen etwas zu haben, was Mr. Hart möchte, und es scheint, dass Sie wissen, wie Sie es benutzen müssen. Ich denke, Sie können sich lange genug aus der Gefahr heraushalten.«

Arschloch.

Wolfe neigt seinen Kopf zur Tür. »Detective Hackman wird Sie nach Hause fahren.«

Ich schiebe mich an ihm vorbei und trete durch die Tür, als Hackman sie öffnet. »Ich werde allein nach Hause kommen.«

Erst draußen auf dem Bürgersteig merke ich, dass ich immer noch das zerknitterte Foto der drei maskierten Männer in meiner zusammengeballten Faust halte. Ich lasse es in meine Tasche fallen, als ob es kontaminiert wäre.

Wie beim letzten Mal, als ich von der Polizeiwache kam, rufe ich ein Taxi. Es ist ironisch, dass das Geld in meiner Brieftasche das Wechselgeld von den zweihundert Rand ist, die Ian mir gegeben hat. Einmal mehr bezahle ich mit dem Geld von dem Mann, den ich ausspionieren soll. Und das in 60. Seiten

Ich lebe von Essen, das mit seinem Geld bezahlt wird, und unter einem Dach, das von seinem Geld gesichert wird. Ich habe keinen Job, und jetzt ist auch noch mein Ex-Boss tot. Alles nur, weil sich mein Weg mit Ians gekreuzt hat.

Ich stehe auf dem Bürgersteig und umarme mich. Ich fühle mich völlig allein, noch mehr als nach dem Tod meiner Eltern. Ich habe niemanden, an den ich mich wenden kann, und keine Optionen mehr. Ich bin in eine Ecke gedrängt.

Als das Taxi kommt, steige ich hinten ein und gebe

dem Fahrer meine Adresse. Ich drehe das Armband um mein Handgelenk und schaue durch die Heckscheibe. Das einzige andere Fahrzeug auf der Straße ist ein Motorrad. Als wir abbiegen, folgt der Fahrer des Motorrads. Der Mann. Der, den Ian auf mich angesetzt hat. Er weiß, dass ich auf der Polizeiwache war. Er wird Ian zweifelsohne Bericht erstatten.

Bei meinem Gebäude parkt der Fahrer sein Motorrad unter den Bäumen. Er nimmt seinen Helm nicht ab, und ich schaue ihn nicht an, als ich zum Eingang eile und hineingehe. Ich renne den ganzen Weg nach oben in die falsche Sicherheit meiner Wohnung und atme hektisch ein, als ich die Tür hinter mir geschlossen habe.

Ich wische mir mit den Handballen über die Augen und gehe auf und ab. Ich weine und gehe weiter hin und her. Ich habe keine Ahnung, was ich tun soll. Ich weiß nur, dass ich den Anruf, den ich machen muss, nicht aufschieben kann. Ich lasse mich auf das Sofa fallen und hole mein Handy aus der Tasche. Ich starre es lange an, bevor ich in die Kontaktliste gehe und die einzig vorhandene Nummer finde. Ian hat sie unter seinem Namen gespeichert. Mit zittrigen Fingern drücke ich auf die Wähltaste und warte darauf, dass der Anruf aufgebaut wird.

Ian nimmt nach dem ersten Klingeln ab. Er klingt glücklich, aber nicht überrascht. »Baby Doll.«

»Ian.« Meine Stimme bricht in einem Schluchzen. Tränen verwischen den Rest meiner Worte.

»Cas?« Sein Ton wird angespannt und alarmiert. »Was ist los, Baby?«

»Ian.« Ich stütze meine Stirn auf meine Hand. Große Tränen platschen auf meine Knie. Ich schaffe ein leises, heiseres Flüstern: »Ich bin in Schwierigkeiten.«

»Bleib, wo du bist.« Ein Klicken ertönt. Schritte. »Ich bin auf dem Weg.«

Na toll & jetzt sorgt sie dafür das er zurück in die Stadt kommt. Also fall sie ihn eigentlich schützen wollte hat sie gerade ganz schön verkackt
Und ich glaub bisher das sie ihn eigentlich nicht verraten wird. Was meinst du?

16

IAN

Cas' Tränen bringen mich dazu, jemanden töten zu wollen.

Ich zögere nicht. Ich lasse das angefangene Steak und die Ofenkartoffel, die ich auf der Terrasse zu Mittag gegessen habe, stehen, gehe ins Haus, schließe die Tür hinter mir und hole eine Tasche aus dem Schrank, während ich sage: »Geh ins Bad und mach die Dusche an.«

»W-was?«, fragt sie mit leiser Stimme.

Ich stelle mein Telefon auf Lautsprecher, um die Hände frei zu haben, und schließe den Safe in meinem Schrank auf. »Tu, was ich sage.«

Es gibt einen Moment der Stille. Während ich einen Stapel Geld und eine Glock in die Tasche schiebe, ertönt das Geräusch von fließendem Wasser aus der Leitung.

Sie schnieft. »Ich bin im Bad.«

Das Telefon, das ich ihr gegeben habe, ist sicher,

aber die Polizisten haben vielleicht Wanzen in ihrer Wohnung platziert. Das Rauschen des Wassers wird unsere Stimmen übertönen.

»Geht es dir gut?«, frage ich, schließe die Tasche und mache mich auf den Weg zum Hauptgebäude.

Sie kämpft damit, ihre Tränen zu kontrollieren. »Die Polizei hat mich zum Verhör mitgenommen.«

Scheiße. Das war nie auszuschließen gewesen, aber ich hatte gehofft, dass sie ihr nicht noch mehr Verhöre zumuten würden.

»Du kannst nicht hierherkommen«, sagt sie.

Ich bleibe abrupt stehen. »Was haben sie mit dir gemacht?«

Mehr Tränen. »Es könnte eine Falle sein.«

Ich habe ein Klingeln in meinen Ohren. »Was haben sie mit dir gemacht, Cas?«

»Sie denken, ich bin deine Komplizin.«

Wut treibt meine Schritte an. Meine Beine bringen die Strecke mit langen Schritten hinter sich. Auch wenn ich Lust habe, das Arschloch, das sie beschuldigt hat, zu Tode zu prügeln, kann ich verstehen, wie die Bullen darauf gekommen sind. Ich kann sehen, wie sich die Punkte verbinden.

Ich weiß, wie sie funktionieren. Sie werden sie verhaften oder ihr einen Deal anbieten. Ein Deal würde eine Aussage und eine Zeugenaussage beinhalten. Sie werden hinter mir, Leon und Ruben her sein, und die Hexenjagd wird nicht aufhören, bis wir hinter Gittern oder tot sind.

»Ich komme dich holen, Cas.« Das ist nicht verhandelbar.

»Sie beobachten mich.« Sie fügt in einem panischen Tonfall hinzu: »Sie wissen, wer du bist.« Noch mehr Schluchzen. »Sie haben Bilder von uns im Pool.«

Ich schlage mit einer Faust gegen das Geländer der Brücke, die über den Bach führt. »Pack eine Tasche. Nimm nur deine Wertsachen mit. Unten ist ein Typ mit einem Motorrad. Geh runter und steig darauf.«

»Warum? Wohin bringt er mich?«

»Tu es, Cas.«

Meine Stimme ist schroff. Leon und Ruben essen gerade auf der Terrasse des Hauptgebäudes zu Mittag. Sie schauen auf, als ich mich nähere.

»Ich kenne ihn nicht einmal«, sagt sie und wird von Minute zu Minute hysterischer.

Ihr zuliebe zwinge ich Ruhe in meinen Tonfall. »Du kannst ihm vertrauen.«

»Ian, ich …«

Ich bleibe neben dem Tisch stehen und lasse meine Tasche auf den Boden fallen. »Geh. Ich werde so schnell wie möglich da sein.« Ich beende den Anruf, wähle die Nummer des Piloten, und während ich darauf warte, dass die Verbindung hergestellt wird, sage ich zu Leon: »Ich werde bis heute Abend weg sein. Halt die Stellung.« Ich schaue Ruben an. Er hatte vor, ein paar Tage in Mosambik zu verbringen. »Ihr bleibt beide hier.«

»Was ist los?«, fragt Leon.

Ruben ballt seine Hände mit Messer und Gabel

neben seinem Teller zu Fäusten und mustert mich mit seinem gewohnten ausdruckslosen Gesicht.

»Die Polizisten haben Cas die Komplizen-Karte zugeschoben.«

Leons Kiefer spannt sich an.

Der Anruf ist aufgebaut.

Sowohl mein Bruder als auch Ruben beobachten mich, als ich den Piloten frage: »Wo bist du?«

»Ich bin noch im Hotel.«

Gemeint ist sein üblicher Aufenthaltsort, die Elephant Hills nebenan. »Flughafen. Jetzt.«

»Ich bin in zwanzig Minuten da.«

Ich beende den Anruf und schiebe das Telefon in meine Tasche.

»Was jetzt, Ian?«, fragt Leon, nimmt seine Serviette von seinem Schoß und legt sie neben seinem Teller ab.

»Jetzt hole ich sie«, knirsche ich hervor. »Was denn sonst?«

»Sie ist ein Risiko, Mann«, sagt Ruben.

Leon steht auf. »Du willst sie doch nicht ernsthaft hierherbringen?«

»Das hier ist der sicherste Ort, an den ich sie bringen kann.« Wir rüsten unser Sicherheitssystem mit den modernsten Geräten auf, die er gestern bestellt hat.

Leon tritt nahe an mich heran. »Du hast gesagt, dass es vorbei ist.«

»Was soll ich deiner Meinung nach tun?«, frage ich und stoße einen Laut aus, der einem Knurren ähnelt.

»Sollen sie sie doch verhaften.«

Das Klingeln in meinen Ohren wird lauter. »Was hast du verdammt nochmal gesagt?«

»Sie wird ein paar Jahre im Gefängnis verbringen. Na und?«

»*Na und?*« Bevor er blinzeln kann, greife ich sein T-Shirt mit der Faust.

Ruben springt auf und hält meine Arme von hinten fest. Wataida, der den Weg harkt, schaut zu, aber er greift nicht ein.

»Sie ist ein gutes Mädchen«, spottet Leon. »Sie werden sie wahrscheinlich nach fünf Jahren wegen guter Führung entlassen.«

Ich sehe rot. Nicht einmal Ruben kann mich zurückhalten. Ich reiße mich los, schwinge einen Arm durch die Luft und schlage meine Faust in Leons Gesicht. Er stolpert gegen den Tisch, wodurch der Wasserkrug umfällt.

Shona läuft mit einem Geschirrtuch in der Hand aus der Küche. »Aikona!« Ihre Augen sind rund, das Weiße groß. »Hör auf damit.« Sie schlägt mit dem Spültuch nach mir. »Was soll das Kämpfen?«

Ich steche mit dem Finger auf Leons Brust. »Ich habe ihr Leben versaut. Ich werde sie nicht den Wölfen zum Fraß vorwerfen.«

»Warte«, sagt Ruben. »Ian hat recht. Denk darüber nach, Leon. Was ist, wenn sie gegen ihn aussagt? Es ist besser, wenn er sie hierherbringt, wo wir ein Auge auf sie haben können.«

Ein Rinnsal von Blut läuft aus Leons Nase. Er wischt es mit dem Handrücken weg. »Das ist ein

Ich mag das nicht, egal ob Gefängnis oder verrat, das is beides blöd verdammt dummer Plan. Du kannst sie nicht für immer hier einsperren.«

Ich schüttele meine Faust aus und sage: »Ich behalte sie so lange, wie ich muss.«

»Und wie?«, fragt Leon mit einem abfälligen Lächeln. »Hoffst du, du kannst sie dazu überreden?«

»Ich muss sie nicht überreden«, stoße ich hervor.

»Also wirst du sie einfach behalten«, sagt er.

So einfach ist das.

Ich schaue Leon entschlossen an, und er mich wütend. »Du bist total durchgeknallt.«

Ruben nimmt seinen Arm. »Komm schon, Bruder. Du weißt, dass Ian recht hat. Je länger wir sie da draußen lassen, desto mehr riskieren wir.«

»Sie kennen bereits meine Identität.« Das müssen sie von ihr erfahren haben. Meine Identität kann die Bullen in die Lage versetzen, Leons Identität herauszufinden. Die Bundesbehörden werden schon bald zwei und zwei zusammenzählen.

Leon tritt ruckartig von Ruben weg und fuchtelt mit den Armen in der Luft. »Was?«

»Sie haben Bilder«, sage ich. »Von Cas und mir.«

»Jesus.« Ruben fährt sich mit den Fingern durch das Haar.

Ich beiße die Zähne zusammen, als ich daran denke, dass ein anderer Mann Cas' nackten Körper betrachtet. »Die Wichser müssen uns gefolgt sein.«

»Weil du so dumm warst, zurückzugehen«, sagt Leon, und seine Stimme wird lauter.

»Jungs.« Shona stützt ihre Hände auf die Hüften.

»Hört auf damit. Kämpfen hat noch nie irgendwelche Probleme gelöst.«

Ich schaue sie an. »Sag den Männern, sie sollen in der Nähe der Siedlung besonders vorsichtig sein. Ich will, dass an den Grenzen patrouilliert wird.«

»Ja, Baba.« Sie schaut zwischen uns hin und her. »Kann ich jetzt wieder backen gehen oder wollt ihr euch gegenseitig umbringen?«

Als sich niemand bewegt, geht sie mit einem Zungenschnalzen zurück in die Küche.

Leons Nasenlöcher beben. »Wenn sie DNA haben, werden sie dich mit dem Tatort in Verbindung bringen. Sie werden einen Haftbefehl gegen dich erlassen.«

»Sie können dir hierher folgen, auch wenn du Vorsichtsmaßnahmen triffst«, sagt Ruben. »Heutzutage gibt es alle möglichen Wege. Drohnen. Satelliten.«

Eine Möglichkeit, die ich bereits in Betracht gezogen habe. »Sie haben keine juristischen Zuständigkeit in Simbabwe.«

Ruben kratzt sich am Kinn. »Sie werden Druck auf die Regierung ausüben, dich auszuliefern.«

»Das wird nicht passieren.« Nicht, solange wir die richtigen Leute in der Regierung auf unserer Gehaltsliste stehen haben und uns die lokalen Strafverfolgungsbehörden gehören.

»Fuck.« Leon neigt sein Gesicht in den Himmel. »Verdammt nochmal, Ian.«

»Ich werde bei Einbruch der Dunkelheit zurück

sein.« Ich schnappe mir meine Tasche und mache mich auf den Weg nach vorne.

»Ian«, ruft Leon mir hinterher.

Ich halte inne.

»Sei vorsichtig«, sagt er in meinem Rücken. »Versaue es nicht wegen einer Frau.«

Zu spät.

Ich gehe durch die Tür, um mein Mädchen zum dritten Mal zu entführen.

Egal wie das ausgeht, ich kann mir nicht vorstellen, das mir oder dir das gefällt

17
CAS

Ian hat aufgelegt. Ich starre auf das Telefon in meiner Hand. Er ist auf dem Weg. Um was zu tun? Um mich zu retten? Um mich ein für alle Mal zum Schweigen zu bringen?

Scheiße.

Ich stelle das Wasser in der Dusche ab und lasse mich auf den Toilettendeckel fallen. Die dampfgefüllte Luft des Badezimmers ist dick in meiner Lunge. Ich atme die Feuchtigkeit ein und versuche, mich zu beruhigen. Abwesend drehe ich das Kupferarmband um mein Handgelenk. Meine Haut hat auf das Metall reagiert, das Kupfer hat einen dunklen Ring hinterlassen. Es ist grün-schwarz, wie die schmutzige Aufgabe, die Wolfe mir aufgedrückt hat. Das Armband ist nicht weniger einschränkend als eine Handschelle, und ich fühle es wie eine Schlinge um meinen Hals.

Ich will nicht für Mord ins Gefängnis gehen, und ich will Ian nicht ausspionieren. Wenn ich nicht tue, was Wolfe will, wird er mich mit allem, was er hat, jagen. Er wird dafür sorgen, dass ich für eine sehr lange Zeit hinter Gittern lande. Wenn ich tue, was er will, wird Ian mich töten, sobald er es herausfindet. Es ist eine unmögliche Wahl. Wieder einmal bin ich zwischen zwei Möglichkeiten hin- und hergerissen, und beide fühlen sich falsch an.

Plötzlich weiß ich es. Als sich die Luft in meinen Lungen ausdehnt und ich den ersten Anschein von Ruhe nach meinem Zusammenbruch finde, weiß ich, was ich zu tun habe.

Ich muss weglaufen.

Ich muss so weit wie möglich von der Polizei und Ian wegkommen. Schon während ich beginne, mich zu bewegen, alle verderblichen Lebensmittel wegwerfe und den Müll zu den großen Abfallbehältern im Erdgeschoss trage, arbeite ich die Details in meinem Kopf aus. Ich brauche ein Fahrzeug. Ich brauche eine falsche Identität und etwas Geld.

In meinem Kopf gehe ich verschiedene Szenarien durch und ziehe mir eine Jeans, ein T-Shirt und meine Lederjacke an, bevor ich meine Wanderschuhe zuschnüre. Ich arbeite schnell und nehme nicht mehr als ein paar Kleidungsstücke zum Wechseln, ein paar notwendige Toilettenartikel und meine Handtasche mit.

Bevor ich das Telefon in meine Tasche lege, stelle ich sicher, dass die Standortermittlung deaktiviert ist. Ich will nicht, dass Ian oder die Polizei mich so aufspüren. An der Kommode bleibe ich stehen, um den

Rahmen mit dem Foto meiner Eltern zu nehmen. Ich bin weder sentimental noch ein Messie, aber ich mache mir Sorgen, dass mein Gedächtnis mich eines Tages im Stich lässt. Ich habe Angst, dass ihre Gesichter verblassen und ich mich nicht mehr an die sanften Lachfalten um die Augen meiner Mutter erinnern werde oder daran, wie mein Vater versuchte, nicht zu lächeln, während er mich ausschimpfte.

Meine Finger zittern, als ich die Klammern auf der Rückseite entferne und das Foto aus dem Rahmen nehme. Nachdem ich es in mein Portemonnaie geschoben habe, schaue ich mich ein letztes Mal um. Es gibt nichts anderes, was für mich wichtig ist. Keine Pflanzen und keine Haustiere. Keine Wertsachen. Nach dem Tod von Mama und Papa habe ich dafür gesorgt, dass mir nichts zu nahe kommt. Ich habe es geschafft, mich an nichts zu binden.

Einen Plan zu haben, beruhigt mich. Ein Ziel zu haben, macht mich stärker. Ich setze meinen Rucksack auf und hänge den Riemen meiner Handtasche diagonal über meine Brust. Mrs. Steyn beobachtet mich durch ihr Küchenfenster, als ich abschließe und die Treppe hinuntergehe. Der Mann wartet mit einem Ersatzhelm in der Hand neben dem Motorrad. Es ist derselbe Mann von vorhin, der mir gefolgt ist. Er startet das Motorrad, während ich den Helm aufsetze. Kaum habe ich mein Bein über den hinteren Sitz geschwungen, fährt er los.

Ich halte mich nicht an ihm fest, sondern umklammere den Sitz und versuche, ihn so wenig wie möglich zu berühren. Er hält sich an das Tempolimit, als wir die Stadt durchqueren. Ab und zu schaue ich zurück, aber kein Auto verfolgt uns. Wolfe hat es nicht nötig, mich verfolgen zu lassen. Das Armband erledigt den Job für ihn.

Nach dem Überqueren der Bahngleise nimmt der Mann die Autobahn und fährt nach Südosten. Ich habe keine andere Wahl, als meine Arme um ihn zu schlingen, als er schneller wird. Mein Herz klopft zwischen meinen Rippen, während der Wind an meinem Gesicht vorbeipeitscht. Er schaut mich über seine Schulter an, stellt mir wortlos die Frage, ob es mir gut geht, und ich nicke.

Schilder für Pretoria fliegen vorbei. Gut. Es wird einfacher sein, in einer großen Stadt zu verschwinden. Irgendwann könnte ich mich in Richtung Botswana oder Namibia aufmachen und die Grenze überqueren. Ich könnte ein Stück Land mitten im Nirgendwo finden, mitten in der unbesiedelten Halbwüste, und davon leben. Ich weiß, wie man das macht. Ich weiß, wie man nur mit den Ressourcen der Natur überleben kann.

Als wir uns einer großen Tankstelle mit Restaurant und Laden außerhalb Pretorias nähern, tippe ich dem Mann auf die Schulter.

»Toilette«, sage ich über das Geräusch des Motors und des Windes hinweg.

Er schaltet den Blinker ein und nimmt die Ausfahrt zur Tankstelle. Die Toiletten befinden sich an der Seite des Gebäudes. Er parkt davor und stellt den Motor ab.

Meine Beine sind steif, als ich vom Motorrad absteige. Es dauert einen Moment, bis ich mein Gleichgewicht gefunden habe. Er hat seinen Helm schon abgenommen, als ich endlich meine Beine dazu bringe, sich zu bewegen.

»Zwei Minuten«, sagt er und neigt seinen Kopf in Richtung Damentoilette.

»Fünf. Meine Blase ist mehr als voll.«

Seine Augen sind hellgrün. Irgendwie scheint der hellere Farbton durchdringender zu sein, aber ich halte seinem Blick stand, auch wenn es sich so anfühlt, als ob er die Lüge durchschaut.

Er streckt eine Hand aus. »Gib mir deinen Helm.«

Ich öffne den Helm und reiche ihn ihm.

Er legt ihn auf den Rücksitz. »Soll ich deine Tasche halten?«

»Das geht schon«, sage ich und schüttele meine zerzausten Haare aus, während ich mich auf den Weg ins Bad mache.

Drinnen gibt es eine Warteschlange. Ich stelle mich nicht an, sondern gehe zum Waschbecken und betrachte die wartenden Frauen, während ich mir die Hände wasche und mir kaltes Wasser ins Gesicht spritze.

Ein Teenager-Mädchen mit Kopfhörern surft auf ihrem Handy. Hinter ihr tupft sich eine Frau mit engem T-Shirt und Schweißflecken unter den Achseln mit einem Taschentuch das Gesicht ab. Eine schick gekleidete Frau mit hohen Absatzschuhen tippt wütend auf ihrem Telefon. In der Ecke sitzt eine

Putzfrau in blauer Latzhose auf einem umgestürzten Eimer neben einem Tisch.

Eine Mutter verlässt die Behindertentoilette mit einem Baby auf der Hüfte und einem Mädchen in der Hand. Die Putzfrau steht auf, schnappt sich einen Lappen und eine Sprühflasche mit Desinfektionsmittel und betritt die Toilette, die das Trio verlassen hat.

Das Mädchen muss etwa zehn Jahre alt sein. Ich gewinne noch etwas Zeit vor dem Spiegel, indem ich meine Haare mit den Fingern ausbürste und meine Tasche nach einem Gummiband durchsuche. Als ich eines finde, binde ich meine Haare zu einem Pferdeschwanz. Die Mutter balanciert das Baby auf dem Rand des Waschbeckens, während das Mädchen sich die Hände wäscht. Ich werfe einen Blick auf das Mädchen und zwinkere.

Sie lächelt. »Du hast schöne Haare.«

»Danke.« Ich erwidere ihr Lächeln. »Du auch.«

»Beeil dich, Maddie«, sagt ihre Mutter, macht ein Papiertuch nass und wischt etwas Orangefarbenes von dem Gesicht des Babys.

Die Putzfrau kommt aus der Kabine und gibt dem Teenager ein Zeichen, dass er weitergehen soll. Der Teenager betritt die Toilette und schließt die Tür ab, während die Putzfrau zurück zu ihrem Tisch geht.

Das Mädchen neben mir schnappt sich ein Papiertuch, um ihre Hände zu trocknen. »Tschüss.« Sie winkt mir zu, während sie ihrer Mutter zur Tür folgt.

Eine mit Münzen gefüllte Holzschale steht auf dem Tisch. Die Mutter kramt in ihrer Tasche und holt eine

Münze heraus, die sie in die Schüssel fallen lässt, als sie gehen.

Ich gehe hinüber. »Es tut mir so leid«, sage ich zu der Putzfrau, »ich habe keine Münzen bei mir.« Ich nehme das Armband von meinem Handgelenk und halte es ihr hin. »Aber hier. Nehmen Sie das.«

Sie schaut überrascht auf. »Das kann ich nicht.«

»Doch, bitte.« Ich nehme ihre Hand und streife ihr das Armband über. »Anstatt Trinkgeld.«

Sie dreht ihr Handgelenk von einer Seite zur anderen und bewundert das Armband. »Wenn Sie darauf bestehen.«

Solange sie das Armband anbehält, sendet es ein Signal über ihre Vitalwerte und ihren Standort an Wolfe. Für den Fall, dass sie es entfernt oder er Verdacht schöpft, ist das Schlimmste, was ihr passieren kann, wenn Wolfe sie findet, dass sie verhört wird.

Ich schenke ihr ein Lächeln und gehe schnell nach draußen. Der Mann steht neben dem Motorrad und sieht angespannt aus.

»Ich werde mir eine Flasche Wasser holen«, sage ich und zeige auf den Automaten vor dem Laden. »Ich muss meine Tabletten nehmen.«

Er verengt ein Auge, und sein Blick folgt mir. Ich versperre ihm die Sicht mit meinem Rücken, gebe den Code für das Wasser ein und warte einen Moment ab, bevor ich fluche und die Maschine schüttele. Ich werfe meine Arme in die Luft und gehe zurück.

»Der Automat hat mein Geld genommen, aber nichts ausgespuckt«, sage ich.

»Gehen Sie rein und kaufen Sie es im Laden.«

Ich lehne meinen Hintern gegen den hinteren Sitz des Motorrads. »Das war mein letzter Zwanziger. Ich will mein Wasser und mein Wechselgeld.«

Er kramt einen Schein aus seiner Gesäßtasche und reicht ihn mir.

Ich schüttele den Kopf. »Ich werde Ihr Geld nicht nehmen.«

Fluchend geht er zum Laden.

In dem Moment, in dem sich die Tür hinter ihm schließt, ziehe ich den Helm auf und springe auf das Motorrad. Wie die meisten Bikes heutzutage funktioniert auch dieses mit einem Startknopf. Der Motor erwacht röhrend zum Leben. Mein Herz klopft so wild, dass es in meinen Ohren widerhallt. Ich schaue nicht zurück. Ich habe zu viel Angst, dass er direkt hinter mir ist, bereit, mir eine Kugel in den Rücken zu jagen.

Ich lasse die Kupplung kommen und fahre mit quietschenden Reifen los. Ein Tankwart springt aus dem Weg, als ich an den Zapfsäulen vorbeifahre. Erst als ich den Highway erreiche, wage ich einen Blick zurück.

Ians Mann rennt über den Parkplatz, und seine Arme rudern an seinen Seiten. Ich drehe den Motor auf und gebe Gas. Ian wird nach mir suchen. Der Mann ist wahrscheinlich schon am Telefon, um ihm zu sagen, dass ich sein Motorrad gestohlen habe. Zumindest werden die Polizisten für eine Weile getäuscht, hoffentlich lange genug, um mir Zeit zu geben, zu verschwinden. Sobald ich in Pretoria bin, werde ich jemanden finden, der mir einen gefälschten Ausweis verkauft. Ich habe in der Highschool mit einigen zwielichtigen Leuten herumgehangen. Einer der Jungs besuchte früher eine Bar in Pretoria, in der alle möglichen Dinge verkauft wurden, von verschreibungspflichtigen Medikamenten bis hin zu gefälschten Dokumenten.

Ich müsste das Motorrad loswerden, aber im Moment habe ich Zeit. Selbst wenn der Mann an der Tankstelle ein Auto klaut, wird er mich nicht einholen, nicht bei der Geschwindigkeit, die ich fahre.

Die Autofahrer hupen, als ich zwischen den Autos auf der weißen Mittellinie vorbeifahre, aber ich werde nicht langsamer. Ich bin eine gute Fahrerin. Mein ganzer Körper vibriert vor Angst, aber ich gebe ihr nicht nach. Ich konzentriere mich auf Geschwindigkeit und Abstand, darauf, wie schnell ich fahren muss, um den LKW auf dem Seitenstreifen zu überholen, bevor der Asphalt dem Schotter weicht. Ich verwende all meine Energie darauf, lebend nach Pretoria zu kommen. Um den Rest werde ich mich kümmern, wenn ich dort bin.

Ich bin voller Adrenalin, als ich endlich an den Gebäuden der Justizvollzugsanstalt vorbeikomme und mich auf die höher gelegene Ostseite der Stadt begebe. An der Menlyn Shopping Mall parke ich das Motorrad in der Tiefgarage und befestige den Helm am Griff. Von dort aus mache ich mich auf den Weg nach oben in die Mall und gehe direkt in die Bankabteilung. Noch stehe ich auf keiner Fahndungsliste, aber vielleicht schon bald. Im Moment muss ich mich nicht vor den Überwachungskameras verstecken.

Am Selbstbedienungs-Geldautomaten gebe ich die Offshore-Kontonummer und die PIN ein und hebe fünftausend Rand ab. Ich wollte Ians Geld nicht benutzen, aber wenn ich überleben will, habe ich keine andere Wahl.

Ich stecke das Geld ein und gehe zurück zum Parkplatz, aber nicht, um das Motorrad zu holen. Ich gehe zu dem Bereich, wo die Taxis parken, und bezahle einen Fahrer, um mich zu einem nahe gelegenen Hotel zu bringen. Die Gegend ist teuer, aber billig bedeutet gefährlich. Nachdem ich eingecheckt habe, gehe ich ins Zimmer und schließe die Tür hinter mir ab. Ich lehne mich mit dem Rucksack als Puffer gegen das Holz und sinke auf die Knie, als meine Beine nachgeben.

Schließlich holt mich die Angst ein. Hinter dem spärlichen Schutz der Tür gebe ich meinem Drang, zu zittern, nach. Meine Zähne klappern, und meine Hände zittern. Ich lasse den Rucksack meine Arme hinuntergleiten und ziehe den Riemen meiner Handtasche über meinen Kopf. Ich lasse das Zittern eine Minute zu, bevor ich tief einatme und aufstehe.

Ich zwinge mich zur Ruhe, ziehe mich aus und nehme eine kühle Dusche. Dann ziehe ich mir die sauberen Wechselklamotten an, wasche die schmutzigen mit dem Duschgel vom Hotel im Waschbecken und hänge sie zum Trocknen vor den Ventilator.

Mein Magen knurrt. Ein Hungergefühl erinnert mich daran, dass ich seit dem Frühstück nichts mehr gegessen habe, und es ist schon später Nachmittag. Ich bestelle ein getoastetes Tomaten-Käse-Sandwich mit Pommes vom Zimmerservice und nehme zur Sicherheit noch eine Cola dazu. Ich brauche alle Energie aus dem Zucker darin, die ich bekommen kann. Wieder einmal esse ich dank Ians Wohltätigkeit, aber ich weigere mich, darüber nachzudenken. was passiert hier?

Es ist fünf, und die Bar öffnet erst um sieben. Ich sollte mich etwas ausruhen, aber ich bin zu nervös, um zu schlafen, also schalte ich den Fernseher ein. Nicks brutale Ermordung ist überall in den Nachrichten zu sehen. Soweit die Polizei weiß, ist es das erste Mal, dass die Phantom-Bande einen Mord während eines Raubüberfalls begangen hat. Der Mord hat sie von der berüchtigtsten und meistgesuchten Bande zur meistgejagten des Landes aufsteigen lassen. Die Polizei sagt, dass sie nicht aufhören werden, bis die Täter gefasst sind und der Gerechtigkeit Genüge getan ist. Die Anhänger der Bande, Leute, die sich dem Studium der Raubüberfälle widmen, sind gespalten. Einige vergöttern das Töten auf ekelhafte Weise, während andere es verurteilen.

Unfähig, länger zuzusehen, schalte ich den Fernseher aus und greife nach meiner Handtasche. Es ist Zeit, in die Bar zu gehen und mir eine neue Identität zu kaufen, bevor ich für immer verschwinde.

Ich bin verwirrt, so verwirrt

18
IAN

Als wir auf dem Wonderboom Airport landen, schaue ich mich um, während ich aus der Cessna steige, aber weder Cas noch Walter warten auf dem Rollfeld.

Scheiße.

Ich schalte mein Telefon ein. Der Bildschirm leuchtet mit Benachrichtigungen auf – sechs verpasste Anrufe und eine Textnachricht.

Meine Nackenhaare stellen sich auf, als ich die Nachricht lese.

Cas ist geflohen. Sie hat Walters Motorrad gestohlen und ist abgehauen.

Ich balle meine Hände zu Fäusten und löse sie wieder, steige die drei Stufen zurück ins Flugzeug und rufe dem Piloten zu: »Mach eine Pause, aber bleib in der Nähe. Wir werden nicht sofort wieder abheben.«

Er schaut vom Kritzeln in einem Logbuch auf.

»Okay. Ich bin in der Pilotenlounge, wenn du mich brauchst.«

Ich verschwende keine Zeit mit dem Abhören von Walters Sprachnachrichten. Ich gehe mit großen Schritten zum vorderen Teil des Flughafengebäudes und rufe ihn an. Der Zollbeamte nickt, als ich vorbeigehe. Sie stehen alle auf meiner Gehaltsliste, was es mir ermöglicht, unbemerkt ins Land hinein- und wieder hinauszuschlüpfen. Was die Aufzeichnungen angeht, so hat mein Pilot eine Lebensmittelspende des Roten Kreuzes abgesetzt und keine Passagiere befördert.

»Wo bist du?«, frage ich mit fester Stimme, als Walter abhebt.

»Im Zentrum von Pretoria. Ein Kollege, der hier arbeitet, hat mich gefahren.«

»Wie viele Männer hast du in Pretoria?«

»Ich kann sofort drei besorgen und weitere zwei in einer Stunde.«

»Tu es.« Ich bleibe vor dem Haupteingang stehen. »Bleib in Wartestellung. Ich werde Anweisungen schicken.«

Ich beende den Anruf und winke ein Taxi herbei.

Verdammte Scheiße.

Ich bin wütend. Meine Hand zittert, als ich die Tracker-App auf meinem Telefon aktiviere, während der Taxifahrer den Kofferraum aufmacht und meine Tasche einlädt. Hat Cas gedacht, ich würde sie entkommen lassen? Dachte sie, sie könnte vor mir weglaufen? Nicht, dass ich es ihr verdenken könnte, dass sie es versucht. Ich bin wirklich beeindruckt. Sie hat einen mutigen Zug gemacht. Ein Teil von mir ist stolz auf sie. Bewunderung erhitzt meine Brust, auch wenn ich Lust habe, ihr den festen, kleinen Arsch zu versohlen, bis er rosa ist.

Die App verbindet sich mit dem Chip in ihrem Telefon, während ich auf den Rücksitz rutsche. Sie hat ihre Standortermittlung deaktiviert, aber das ändert nichts. Nach einem Moment habe ich eine Adresse. Ich gebe dem Fahrer den Namen des Hotels und biete ihm an, sein Honorar zu verdoppeln, wenn er mich in einer Stunde dorthin bringt, anstatt der zwei Stunden, die meine Verkehrs-App anzeigt. Jede Minute zählt.

Während wir fahren, schicke ich eine SMS mit der Adresse des Hotels an Walter und weise ihn und seine Männer an, an jedem Hotelausgang und an jeder Ecke des Blocks Stellung zu beziehen. Dann habe ich keine andere Wahl, als zu warten.

Die Bullen werden sie mit einem Tracker versehen haben. Sie hoffen, dass sie sie zu mir führen wird. Wenn sie einen Deal gemacht haben, und ich bin mir sicher, dass die das haben, werden sie von ihr erwarten, dass sie Informationen für ihre Freiheit austauscht. Was auch immer der Fall ist, ich bin ihnen einen Schritt voraus, und Cas' freie Tage sind gezählt.

Zu dieser Tageszeit gibt es viel Verkehr. Es ist Rush Hour. Zum Glück kennt der Fahrer die Abkürzungen und Nebenstraßen. Wir fahren über Silverton nach Pretoria hinein und schaffen es in etwas mehr als einer Stunde, auf die Ostseite zu gelangen.

Er setzt mich auf der Rückseite des Hotels ab. Die App zeigt an, dass Cas in Zimmer Nummer fünfundzwanzig ist. Ich bin neugierig, was ihr Plan ist, wie sie denkt, mir entkommen zu können, aber im Moment konzentriere ich mich nur darauf, sie da herauszuholen, ohne in eine Falle zu laufen.

Walter lässt mich wissen, dass er die Gegend im Blick hat und es keine Anzeichen von Polizisten in Zivil gibt. Ich sage ihm, dass er wachsam bleiben soll, und bahne mir den Weg über die Rückseite nach drinnen. Egal, wie vorsichtig ich bin, ich gehe ein Risiko ein, aber es gibt nichts, was ich nicht für das freche Mädchen wagen würde, das das Motorrad eines ein Meter achtzig großen Riesen gestohlen hat.

Es ist ein kurzer Weg durch die Lobby zur Treppe, die mich in den ersten Stock bringt. Je schneller ich die Distanz zu Tür Nummer fünfundzwanzig zurücklege, desto härter schlägt mein Herz in der Brust. Je näher ich komme, desto richtiger fühlt es sich an. Nach einer gefühlten Ewigkeit, anstatt einer Stunde und ein paar Minuten, bin ich endlich da und stehe vor der Tür, die uns noch trennt.

Das Überschreiten dieser Schwelle wird uns auf eine ganz neue Ebene bringen. Dieses Mal stehle ich Cas nicht eine Nacht aus ihrem Leben. Dieses Mal ist es für immer. Es gibt kein Zurück mehr. Wenn ich durch diese Tür gehe, kann ich sie auf keinen Fall wieder gehen lassen. Die Risiken sind zu groß. Sie ist jetzt eine Landkarte zu mir und eine Waffe in den falschen Händen. Ihre Zeugenaussage würde zerstören,

Zu viel Drama grad für mich

was Leon und ich aufgebaut haben. Durch mein eigenes Handeln habe ich sie an mich gebunden. Wegen der Entscheidungen, die ich getroffen habe, kann sie keine mehr treffen.

Dieser Moment ist riesig. Ich lasse ihn auf mich wirken. Ich nehme mir eine Minute Zeit, um den hässlichen Fakten ins Gesicht zu schauen. Was ich jetzt tun werde, ist schwerwiegend. Dunkel. Aber ich habe keine Schuldgefühle. Vielleicht war das schon immer so vorherbestimmt. Ja. Egal, wie ich es betrachte, an dem dunklen Ort, an dem ich meine Wünsche wegschließe, gab es immer nur einen Ausgang für dieses Spiel.

Vielleicht sollte das so sein.

Ich nehme die Waffe aus der Innentasche meiner Jacke und schraube einen Schalldämpfer auf. Gerade als ich nach der Klinke greife, öffnet sich die Tür.

Meine Güte

ich mag diese Geschichte nicht

19
CAS

Wie erstarrt schaue ich auf den Anblick, das mein Gehirn sich weigert, zu verarbeiten – Ian auf der Türschwelle mit einer Waffe in der Hand.

Mit Schalldämpfer.

Es gibt nur einen Grund für einen Schalldämpfer.

Das Adrenalin explodiert in meinem Körper und wird durch meine Adern gepumpt. Ein Hitzeschwall läuft über meine Haut, und meine Fußsohlen und Handflächen brennen.

Mein Gehirn schaltet sich wieder ein, während wir beide noch auf der Stelle stehen. Ians Bewegungslosigkeit hat mehr mit Überraschung als mit Schock zu tun. Sein Erstaunen dauert nur eine Sekunde, aber es fühlt sich an wie ein in der Zeit schwebender Moment. Ich nutze die Sekunde, bevor er zur Besinnung kommt.

Ich greife nach dem Türrahmen, um mein

Gleichgewicht zu halten, und trete ihm die Waffe aus der Hand. Die Waffe fliegt durch die Luft und schlägt mit einem dumpfen Aufprall auf den Fliesen auf, rutscht weg und bleibt kurz vor den Aufzugstüren liegen.

Er ist überrumpelt, und sein Blick ist auf die Waffe gerichtet. Dadurch gewinne ich eine weitere wertvolle Sekunde, lange genug, um ihm in die Eier zu treten. Stöhnend fasst er sich an die Leiste und stolpert einen Schritt zurück.

Ich zögere nicht. Ich laufe durch den Raum, den er geschaffen hat, und sprinte zur Treppe. Wäre die Waffe näher bei mir auf den Boden gefallen, hätte ich mich danach gebückt, aber so würde er mich einholen, bevor ich sie greifen kann. Weglaufen ist meine beste Option. Er muss sich die Waffe holen, bevor er mir hinterherjagen kann, und dadurch gewinne ich mehr Zeit.

Meine Atemzüge kommen in Schüben, während ich die Treppe hinuntereile und dabei immer zwei Stufen auf einmal nehme.

»Scheiße«, schreit er vom Treppenabsatz.

Seine Schritte hallen schwer hinter mir, genug, um mich noch schneller werden zu lassen, wobei ich fast über meine eigenen Füße stolpere.

»Cas«, schreit er, und seine Stimme kommt von irgendwo zu nah hinter mir. »Langsamer.«

Ich fliege um die Kurve und greife das Geländer als Hebel, während ich die nächste Ebene erreiche. Die Tür, die den Zugang zur Tiefgarage ermöglicht, ist in

Als ob sie eine Chance hat

Sichtweite. Gerade als ich denke, dass ich es schaffen werde, schließt sich eine Faust um meinen Bizeps. Mein Körper wird herumgeschleudert, und meine Beine verheddern sich, wobei sich mein Knöchel schmerzhaft verdreht. Der Schwung wirft mich nach hinten. Die Luft weicht zischend aus meinen Lungen, als mein Rücken gegen die Wand schlägt. Ian steht vor mir, ein Felsbrocken aus festen Muskeln, der mich gegen die Ziegel drückt. Tabak und Leder dringen in meine Sinne ein. Sein Griff um meinen Arm ist fest, aber nicht so fest, dass es wehtut. Es ist die Wildheit gemischt mit der Wut in seinen Augen, die mir Angst macht. Es ist die Waffe, die in seinem Hosenbund steckt, die mich in Panik geraten lässt.

Ich kämpfe um mein Leben. Ich presse meine Unterarme mit verschränkten Fingern zusammen und hebe meine Hände mit aller Kraft, die ich besitze, um seinen Griff um meinen Arm zu brechen, aber die Anstrengung hat keine Wirkung auf ihn. Sein Griff wird nicht lockerer. Stattdessen schlingt er seine freie Hand um meinen Hals und drückt warnend zu.

»Hör auf zu kämpfen, verdammt nochmal«, sagt er durch zusammengebissene Zähne.

Die Tür in der Etage über uns öffnet sich. Ein Mann mit einem Koffer in der Hand verlässt das Gebäude über die Treppe. Er zieht ein Telefon aus seiner Tasche, als sich die Tür hinter ihm schließt. Ian wirft nicht einmal einen Blick in Richtung der Bedrohung. Sein Blick bleibt auf mich gerichtet und betrachtet meine Reaktion. Als ich meinen Mund öffne, um zu schreien, presst er seinen Mund auf meinen und schluckt jeden Laut, den ich zu machen hoffte. Ich drücke gegen seine Schultern, aber er kommt noch näher und schließt mich unter seiner Hitze und Kraft ein. Sein Körper bedeckt mich, während er meinen Mund plündert und mich mit seiner großen Hand um meinen Hals an der Wand festhält. Seine Erektion drückt gegen meinen Bauch und reibt sich hart an meinem Schambein.

Trotz meiner Angst werde ich nass. Ich bin sowohl verängstigt als auch erregt, und der Cocktail ist eine starke Mischung. Die Angst setzt mehr Adrenalin frei, und meine Erregung nährt sich davon. Wenn ich die Wahl hätte, würde ich es vorziehen, meinen letzten Atemzug auf diesem unangebrachten Hoch zu tun.

Der Mann mit dem Koffer ist in sein Telefon vertieft. Er schreckt auf, als er uns bemerkt, und wendet schnell seinen Blick ab. Meine Chance auf Rettung schwindet, als er vorbeihastet und durch die Tür zu den Parkplätzen verschwindet.

Etwas von Ians Gewicht hebt sich, aber er drückt mich immer noch mit seinem Körper an die Wand. Er entwirrt unsere Zungen und gibt meiner Unterlippe einen strafenden Biss.

Die Farbe seiner Augen ist ein Fleck aus schwelendem Braun, gesprenkelt mit Bernstein, als er sich zurückzieht, um mich anzusehen. Die längeren Haare auf der einen Seite seines Kopfes fallen über seine Stirn und sein linkes Auge. Mein Knöchel pocht vor Schmerz, während wir uns gegenseitig anblicken, ich mit Trotz und er mit Entschlossenheit.

»Wie verfolgen dich die Bullen?«, fragt er.

Ich erwidere seinen Blick, weigere mich aber, ihm eine Antwort zu geben. Wenn ich irgendeine Chance darauf haben soll, hier lebend herauszukommen, ist es am besten, wenn er denkt, dass die Bullen wissen, wo ich bin.

Er schlingt seine Finger um meinen Hals und gibt mir gerade genug Luft zum Atmen. »Wie?«

Ich hebe mein Kinn so weit an, wie es sein Griff erlaubt. »Tu es einfach.«

Seine Nasenlöcher beben. »Du denkst, ich will dich töten?«

Ich spucke ihm die Worte entgegen. »Warum bist du sonst mit einer Waffe hier?«

Sein Lächeln ist kalt, fast grausam. Im Moment ist er nicht der Mann, der mir Pfannkuchen gemacht hat. Er ist der gefährliche Mann, der sich von allen Gefühlen gelöst hat, als mein Herz stehenzubleiben drohte. Er ist der Mann, der schnell und konzentriert gehandelt hat, als er die Tabletten aus meiner Tasche nahm.

»Nicht, um dich zu töten«, sagt er.

»Warum dann die Waffe?«

Er runzelt die Stirn. »Um deine Tür aufzuschießen. Ich kann kein elektronisches Schloss knacken, nicht ohne viel Vorbereitung.«

Die Vene, die in meinem Hals pulsiert, zuckt gegen seine Handfläche. Er kann meine Angst spüren. Würde er seine Hand in mein Höschen stecken, würde er meine Erregung spüren. Ich bin nicht immun gegen

Wen erregt das denn?

ihn. Das Problem ist, dass ich das nie war. Selbst jetzt, wo er mich mit einer unausgesprochenen Botschaft bedroht und entscheidet, wie viel und wann ich atme, sehne ich mich nach seinem Schutz. Ich sehne mich nach seinen Armen. Ich zittere so sehr, dass ich mich an ihn klammern möchte. Ich möchte mich sicher fühlen, aber ich bin nicht so naiv, zu glauben, dass Sicherheit ein Luxus ist, den ich jemals wieder haben werde. Nicht einmal mit ihm. Vor allem nicht mit ihm.

»Rede«, sagt er und schüttelt mich ein wenig.

Ich verlagere mein Gewicht auf meinen Knöchel und zucke zusammen. *Verdammt, tut der weh.*

Besorgnis flackert in seinen Augen auf. »Knöchel?«

Ich nicke.

»Du hast dir fast das Genick gebrochen«, schimpft er, aber dann wird seine Stimme weicher. »Ganz zu schweigen davon, dass es nicht gut für dein Herz ist, wie ein verängstigtes kleines Kaninchen zu rennen.«

Ich versuche, mich aus seinem Griff zu befreien, aber erfolglos. »Lass mich gehen.«

»Nicht, bevor du mir sagst, was ich wissen will.«

Ich lecke mir die trockenen Lippen und schaue weg. Er würde mich nicht damit anlügen, dass er mich nicht töten will. Wann immer ich zu einer Impfung musste, hat meine Mutter nie gelogen und gesagt, dass es nicht wehtun würde. Sie sagte mir immer, dass die Nadel wehtun würde. Ian ist genauso. Er hätte mir Respekt gezollt, indem er mir die Wahrheit gesagt und mich geküsst hätte, während er mich erwürgt.

»Sag es mir«, sagt er wieder. »Wir haben keine Zeit.«

Nein, haben wir nicht. Zumindest nicht viel. Ich lasse meine Hände von seinen Schultern fallen und schaue ihn wieder an. »Ein Armband.«

Er blickt auf meine Handgelenke. »Mit einem Tracker?«

»Und einen Chip, der meine Vitalwerte überträgt.«

»Arschlöcher.« Er lässt meinen Hals los. »Wo ist es?«

»Ich habe es einer Putzfrau an der Tankstelle gegeben.«

Seine Augen weiten sich vor Ungläubigkeit, bevor seine Lippen ein leichtes Lächeln formen. »Kluges Mädchen.«

Er zieht mich von der Wand weg, und seine Finger sind immer noch fest um meinen Bizeps geschlungen, als er sagt: »Gehen wir.«

Ich schiebe meine Fersen in den Boden und bereue die Aktion sofort, als der Schmerz mein Bein hochschießt. »Ich werde nirgendwo mit dir hingehen.«

»Du hast keine Wahl«, sagt er und stützt mein Gewicht, während er mich in Richtung Treppe schiebt.

»Ich will nicht auf der Flucht sein.«

»Das bist du schon.«

Ich weiche vor der Kälte seines Tons zurück. »Ich komme nicht mit dir mit.«

»Das war keine Bitte, Baby Doll.«

Ich schlage mit einer Faust auf seine verletzte Schulter. »Lass mich gehen!«

Er stöhnt, aber sein Griff um mich wird nicht lockerer. »Ich hatte gehofft, es würde nicht dazu kommen.«

Ich erstarre vor Angst und frage: »Wozu?«

Er lässt mich so plötzlich los, dass ich stolpere, aber er hält mich mit seinen Armen um meinen Körper fest, bevor ich falle. Die Umarmung ist sanft, tröstend, und sie macht mir Angst.

Ich ziehe mich zurück. »Ian.«

Er nimmt etwas aus seiner Tasche. »Pst, Baby.«

Meine Panik eskaliert. »Was machst du da?«

Zwei Sekunden lang hält er mich fest, wiegt mich sanft in seinen Armen, dann umfasst er meinen Nacken und teilt meine Lippen mit seinem Daumen. Er drückt meine Zunge nach unten, so dass ich würgen muss. Ich versuche zu beißen, aber er erhöht nur den Druck, bis es sich anfühlt, als ob er meinen Kiefer aus den Angeln heben würde.

Ein bitterer Geschmack breitet sich unter seiner Daumenkuppe auf meiner Zunge aus. Die Bitterkeit löst sich auf, während er mich leicht an sich drückt. Seine Berührung in meinem Nacken ist zärtlich im Gegensatz zu der grausamen Kraft seines Daumens. Er reibt mit ihm über meine Zunge und mein Zahnfleisch, bevor er meinen Mund freigibt.

»Was zum Teufel hast du mir gegeben?«, frage ich und schlucke die entsetzliche Bitterkeit hinunter.

»Dir wird gleich schwindelig werden«, sagt er und fährt mit seinem Daumen über meine Lippen. »Ein bisschen übel vielleicht.«

Mein Atem stockt. »Welche verdammte Droge hast du mir gegeben?«

Er senkt seinen Kopf und betrachtet meine Augen. »Ich habe sichergestellt, dass es in deinem Zustand nicht gefährlich ist. Es wird keine Wechselwirkung mit deinen Medikamenten geben.«

Ich bin keine Jungfrau in Sachen Chemie. Ich habe in meinem Leben genug genommen, um eine starke Resistenz aufgebaut zu haben. Die meisten freiverkäuflichen Medikamente haben keine Wirkung auf mich. Was auch immer er mir gegeben hat, es muss stark sein, denn ich bekomme bereits dieses schwebende Gefühl, das sich vor einer Ohnmacht einstellt.

»Ian.«

Er nimmt mich in seine Arme. »Ich habe dich.«

Das ist es, wovor ich Angst habe.

»Ich will nicht …« Ich will nicht seine Gefangene sein, aber ich schlucke den Rest der Worte hinunter, als ich von einer Übelkeitswelle überrollt werde.

Er steigt die Stufen hinauf und trägt mich, als würde ich nichts wiegen. Die Tür zu meinem Zimmer steht immer noch offen. Er schaut nach links und rechts, bevor er den Korridor überquert und hineingeht. Das Schwindelgefühl, vor dem er mich gewarnt hat, trifft mich, als er die Tür hinter sich zuzieht. Ich bin bei vollem Bewusstsein, als er mich auf das Sofa setzt, aber ich bin zu instabil, um mich zu bewegen. Er geht durch den Raum und nimmt meine nassen Klamotten vom Trockengestell, um sie in meine

Tasche zu packen. Ich schaue zu, aber ich kann keinen Finger rühren. Ich bin schwer. Lethargisch. Mir ist schwindelig und schlecht. Was für ein furchtbares Gefühl.

Er lässt die Tasche neben mir fallen, hockt sich hin und wischt mir die Haare aus dem verschwitzten Gesicht. »Geht es dir gut?«

Meine Zunge weigert sich, zu kooperieren. Sie ist dick in meinem Mund. Trocken wie Baumwolle. Ich schüttele den Kopf.

Er nimmt die Tasche, richtet sich auf und zieht mich auf die Füße. »Du musst allein gehen. Wir wollen keine Aufmerksamkeit erregen.« Er wirft einen Arm um meine Schultern. »Hier. Ich werde dir helfen.«

Es fällt mir schwer, zu denken. Ich kämpfe mich durch die Spinnweben, als ich nach einem Grund suche, warum ich nicht tun sollte, was er sagt.

»Komm schon, Baby.« Er küsst meine Schläfe. »Lehn dich an mich. Ich halte dich.«

Der Schmerz in meinem Knöchel ist weg. Als er einen Schritt macht, schleifen meine Füße. Er wird nicht langsamer, damit ich ihn einholen kann. Er führt mich die Treppe hinunter, während er in sein Telefon spricht und jemandem sagt, dass er ein Auto herbringen soll.

Wir steigen über die Rückseite aus. Der Mann, dessen Motorrad ich gestohlen habe, wartet auf der Straße neben einem schwarzen Auto mit getönten Scheiben. Er nimmt meine Tasche von Ian und wirft sie in den Kofferraum.

»Tür«, sagt Ian und blickt die Straße hinauf und hinunter.

Der Mann öffnet die Hintertür des Autos, während Ian mir ins Innere hilft, bevor er den Sitz neben mir einnimmt.

»Wonderboom«, sagt er zu dem Mann hinter dem Lenkrad und kurbelt sein Fenster herunter.

»Ich habe sie schon ausgecheckt«, sagt der Biker durch Ians Fenster. »Meine Männer werden in der Nähe bleiben, um sicherzustellen, dass niemand folgt.«

»Gut.« Ian zieht meinen Kopf nach unten auf seine Schulter.

Er schließt das Fenster, und als wir losfahren, ruft er jemanden an, dem er befiehlt, das Flugzeug bereit zu machen.

Die Schwere zieht mich nach unten. Ich bin unfähig, zu kämpfen, und schließe die Augen. Ein Tippen auf meine Wange lässt mich meine Augen wieder aufreißen.

»Bleib wach für mich«, sagt Ian. »Du musst es nur bis zum Flughafen schaffen, und dann kannst du loslassen.«

Flughafen ist das letzte Wort, das ich registriere. Ein Stakkato von Schlägen fällt auf meine Wangen, aber der Rhythmus verpufft, bis nur noch weißes Rauschen zu hören ist.

Oh nöö, als ob da noch ne Vorsetzung geschrieben wird. Das ist ja so dumm. Ich dachte hier gibt es ein richtiges Ende →

Das ist ja noch schlimmer als
Entführung oder Verrat!

LESEPROBEN

Die Geschichte von Cas und Ian geht in *Stolen Life – Gestohlenes Leben* weiter. Wenn Ihnen *Stolen Lust – Gestohlene Lust* gefällt, hinterlassen Sie bitte eine Rezension.

Können Sie nicht genug von Charmaine Pauls' Dark Romance bekommen? Weitere Bücher von ihr finden Sie hier: www.greyeaglepublications.com/de/book-author/charmaine-pauls-deutsch/.

Möchten Sie benachrichtigt werden, wenn unser nächstes Buch voller knisternder Leidenschaft erscheint? Besuchen Sie www.greyeaglepublications.com/de/ und melden Sie sich für unseren Newsletter an.

Wenn Ihnen dieses Buch gefallen hat, werden Sie auch

diese beiden dunklen Liebesromane lieben: *Weiße Nächte* von Anna Zaires & Charmaine Pauls und *Diamanten im Staub* von Charmaine Pauls. Blättern Sie um, um einen spannenden Auszug aus jedem Buch zu entdecken!

AUSZUG AUS WEISSE NÄCHTE VON ANNA ZAIRES UND CHARMAINE PAULS

Macht. Daran denke ich, wenn ich ihn in der Notaufnahme sehe. Macht und Gefahr.

Alex Volkov, einer der reichsten russischen Oligarchen, ist ebenso rücksichtslos wie anziehend. Er bekommt immer, was er will, und das, was er will, bin ich, in seinem Bett.

Er ist die Art von Ärger, vor dem jede Frau weglaufen sollte. Die Kugel, die sein Leibwächter für ihn abgefangen hat, beweist das.

Ich sollte mich von ihm fernhalten, aber für eine Nacht gebe ich der Versuchung nach. Ehe ich mich versehe, zieht er mich tiefer in seine Welt voller Exzesse und Gewalt und dringt nicht nur in mein Leben, sondern auch in mein Herz ein.

Wie viel Vertrauen kann ich in einen so gefährlichen Mann setzen? Wie viel wage ich, für seine Liebe zu riskieren?

Ich drehe mich vom Waschbecken weg und schaue dorthin zurück, wo der verwundete Mann lag – und blicke in ein Paar stahlblaue Augen, das auf mich gerichtet ist.

Es ist einer der Männer, die in der Nähe des Opfers gestanden haben, wahrscheinlich einer seiner Verwandten. Nachts sind Besucher im Krankenhaus im Allgemeinen nicht erlaubt, aber die Notaufnahme ist eine Ausnahme.

Anstatt wegzuschauen, wie es die meisten Leute tun, wenn sie beim Hinstarren erwischt werden, beobachtet mich der Mann weiter.

Sowohl fasziniert als auch leicht genervt, starre ich ihn ebenfalls an.

Er ist groß, weit über ein Meter achtzig und breitschultrig. Er ist nicht gutaussehend im klassischen Sinne, das wäre ein zu schwaches Wort, um ihn zu beschreiben. Stattdessen ist er magnetisch.

Macht. Das ist es, was mir in den Sinn kommt, wenn ich ihn ansehe. Sie ist in der arroganten Neigung seines Kopfes, in der Art, wie er mich so ruhig anschaut, völlig überzeugt von sich selbst und seiner Fähigkeit, alles um ihn herum zu kontrollieren. Ich weiß nicht, wer er ist oder was er macht, aber ich bezweifele, dass er ein Schreibtischhengst in irgendeinem Büro ist. Dieser Mann ist es gewohnt, Befehle zu erteilen, die befolgt werden.

Seine Kleidung sitzt gut und sieht teuer aus. Vielleicht sogar maßgeschneidert. Er trägt einen grauen Trenchcoat, eine dunkelgraue Hose mit einem dezenten Nadelstreifen und ein Paar schwarze italienische Lederschuhe. Sein dunkelbraunes Haar ist kurz geschnitten, fast wie beim Militär. Der einfache Haarschnitt passt zu seinem Gesicht und offenbart harte, symmetrische Züge. Er hat hohe Wangenknochen und eine Adlernase mit einer leichten Beule, als ob sie einmal gebrochen worden wäre.

Ich kann nicht sagen, wie alt er ist. Sein Gesicht ist faltenfrei, aber es hat nichts Jungenhaftes an sich. Keine Weichheit, nicht einmal in der Wölbung seines Mundes. Ich schätze sein Alter auf Anfang dreißig, aber er könnte genauso gut fünfundzwanzig oder vierzig sein.

Er wird nicht unruhig und sieht auch nicht unbehaglich aus, als unser Wettstarren weitergeht. Er steht einfach nur ruhig da, völlig bewegungslos, und seine blauen Augen sind auf mich gerichtet.

Zu meinem Entsetzen beschleunigt sich mein Herzschlag, und ein Kribbeln läuft mir über den Rücken. Es ist, als ob die Temperatur im Raum um zehn Grad gestiegen wäre. Plötzlich wird die Atmosphäre intensiv sexuell, und ich werde mir auf eine Art und Weise bewusst, eine Frau zu sein, wie ich es noch nie erlebt habe. Ich spüre, wie das seidige

Material meines passenden Unterwäsche-Sets zwischen meinen Beinen und gegen meine Brüste streicht. Mein ganzer Körper scheint errötet und sensibilisiert, meine Nippel kribbeln unter meinen Kleidungsschichten.

Heilige Scheiße. So fühlt es sich also an, wenn man sich zu jemandem hingezogen fühlt. Es ist nicht rational, nicht logisch. Es gibt kein Treffen der Köpfe und Herzen. Nein, das Verlangen ist einfach und primitiv. Mein Körper hat den seinen auf irgendeiner tierischen Ebene gespürt und will sich paaren.

Er fühlt es auch. Das zeigt sich in der Art und Weise, wie sich seine blauen Augen verdunkeln, die Lider sich leicht senken – und wie sich seine Nasenlöcher blähen, als ob er versucht, meinen Geruch einzufangen. Seine Finger zucken, dann ballen sie sich zu Fäusten, und ich weiß irgendwie, dass er versucht, sich zu beherrschen, um nicht gleich hier und jetzt nach mir zu greifen.

Wären wir allein, wäre er mit Sicherheit schon auf mir.

Ich starre den Fremden immer noch an, während ich mich zurückziehe. Die Stärke meiner Reaktion auf ihn ist erschreckend, beunruhigend. Wir sind mitten in der Notaufnahme, umgeben von Menschen, und alles, woran ich denken kann, ist heißer Sex, der zerwühlte Laken zurücklässt. Ich habe keine Ahnung, wer er ist, ob er verheiratet oder Single ist. Er könnte ein Krimineller oder ein Arschloch sein. *Oder ein fremdgehender Drecksack wie Tony.* Wenn mich jemand gelehrt hat, zweimal nachzudenken, bevor ich einem Mann vertraue, dann ist es mein Ex-Freund. Ich möchte mich so kurz nach meiner letzten, katastrophalen Beziehung nicht auf jemanden einlassen. Ich möchte diese Art von Komplikationen nicht mehr in meinem Leben haben.

Der große Fremde hat eindeutig andere Vorstellungen.

Auf meinen vorsichtigen Rückzug hin verengt er die Augen, und sein Blick wird schärfer, fokussierter. Dann kommt er mit anmutigen Schritten für einen so großen Mann zu mir. Seine gemächlichen Bewegungen haben etwas Pantherhaftes, und für eine Sekunde fühle ich mich wie eine Maus, die von einer großen Katze verfolgt wird. Instinktiv gehe ich einen weiteren Schritt zurück, und sein harter Mund verzieht sich vor Unmut.

Verdammt, ich benehme mich wie ein Feigling.

Ich weiche nicht mehr zurück, sondern bleibe stattdessen stehen und richte mich zu meiner vollen Größe von ein Meter siebzig auf. Ich bin immer die ruhige und fähige Person, die Stresssituationen mit Leichtigkeit meistert, aber jetzt verhalte ich mich gerade wie ein Schulmädchen, das auf seinen ersten Schwarm trifft. Ja, ich fühle mich in der Nähe dieses Mannes unwohl, aber es gibt nichts, wovor ich Angst haben müsste. Was ist das Schlimmste, was er tun kann? Mich zu einem Date einladen?

Trotzdem zittern meine Hände leicht, als er sich nähert und weniger als einen Meter entfernt stehen bleibt. So nah, er ist sogar größer, als ich dachte, ein paar Zentimeter über ein Meter achtzig. Ich bin keine kleine Frau, aber ich fühle mich winzig, wenn ich vor ihm stehe. Ich mag das Gefühl nicht.

»Sie machen ihren Job sehr gut.« Seine Stimme ist tief und etwas rau, gefärbt mit einem osteuropäischen Akzent. Allein ihn zu hören lässt mein Inneres auf eine seltsam angenehme Weise erschaudern.

»Danke«, sage ich ein wenig unsicher. Ich *mache* meinen Job gut, aber ich habe kein Kompliment von diesem Fremden erwartet.

»Sie haben sich gut um Igor gekümmert. Ich danke Ihnen dafür.«

Igor muss der Patient mit der Schusswunde sein. Es ist ein ausländisch klingender Name. Russisch vielleicht? Das würde den Akzent des Fremden erklären. Obwohl er fließend Englisch spricht, ist er kein Muttersprachler.

»Das ist mein Job.« Ich bin stolz auf meine feste Stimme. Hoffentlich merkt der Mann nicht, was für eine Wirkung er auf mich hat. »Ich hoffe, er erholt sich schnell. Ist er ein Verwandter?«

»Mein Leibwächter.«

Wow. Ich hatte recht. Dieser Mann ist einer der großen Fische. Heißt das …?

»Wurde er im Dienst angeschossen?«, frage ich und halte die Luft an.

»Er hat eine Kugel abbekommen, die für mich bestimmt war, ja.« Sein Tonfall ist sachlich, aber ich spüre eine unterdrückte Wut in diesen Worten.

Ich schlucke trocken. »Haben Sie schon mit der Polizei gesprochen?«

»Ich habe eine kurze Erklärung abgegeben. Ich werde ausführlicher mit ihr sprechen, sobald Igor sich stabilisiert und das Bewusstsein wiedererlangt hat.«

Ich nicke, ohne zu wissen, was ich dazu sagen soll. Der Mann, der vor mir steht, wurde heute fast ermordet. Wer ist er? Ein Mafiaboss? Ein Politiker?

Wenn ich irgendwelche Zweifel daran hatte, ob es klug wäre, dieser seltsamen Anziehung zwischen uns nachzugeben, sind sie verschwunden. Dieser Fremde bedeutet Schwierigkeiten, und ich muss mich so weit wie möglich von ihm fernhalten.

»Ich wünsche Ihrem Leibwächter, dass er schnell wieder gesund wird«, sage ich mit einer aufgesetzt fröhlichen Stimme. »Wenn es keine Komplikationen gibt, sollte es ihm bald wieder gut gehen.«

»Dank Ihnen.«

Ich schenke ihm ein kleines Lächeln und mache in der Hoffnung einen Schritt zur Seite, um an dem Mann vorbei zu meinem nächsten Patienten gehen zu können.

Er bewegt sich, so dass er mir den Weg versperrt. »Ich bin Alex Volkov«, sagt er leise. »Und Sie sind?«

Mein Puls beschleunigt sich. Die männliche Absicht in seiner Frage macht mich nervös. In der Hoffnung, dass er den Hinweis versteht, sage ich: »Nur eine Krankenschwester, die hier arbeitet.«

Er versteht ihn nicht, oder er tut so, als ob er es nicht täte. »Wie heißen Sie?«

Er ist auf jeden Fall hartnäckig. Ich atme tief ein. »Ich bin Katherine Morrell. Wenn Sie mich entschuldigen …?«

»Katherine«, wiederholt er, und sein Akzent verleiht den vertrauten Silben eine exotische Note. Sein harter Mund wird ein wenig weicher. »Katerina. Das ist ein schöner Name.«

»Vielen Dank. Ich muss jetzt wirklich gehen.«

Ich habe es zunehmend eiliger, wegzukommen. Er ist zu groß, zu männlich. Ich brauche Platz und etwas Raum zum Atmen. Seine Nähe ist überwältigend, macht mich nervös und unruhig und lässt mich nach etwas verlangen, von dem ich weiß, dass es schlecht für mich sein wird.

»Sie müssen Ihre Arbeit machen. Ich verstehe«, sagt er und sieht ein wenig amüsiert aus.

Trotzdem geht er mir nicht aus dem Weg. Stattdessen hebt er, während ich entsetzt zuschaue, eine große Hand an und streicht mit den Fingerknöcheln über meine Wange.

Ich erstarre, als eine Hitzewelle durch meinen Körper rollt. Seine Berührung ist leicht, aber ich fühle mich von ihr gebrandmarkt, bis ins Mark erschüttert.

»Ich würde Sie gerne wiedersehen, Katerina«, sagt er leise und lässt seine Hand sinken. »Wann ist Ihre Schicht heute Abend zu Ende?«

Ich starre ihn an und habe das Gefühl, dass ich die Kontrolle über die Situation verliere. »Ich glaube nicht, dass das eine gute Idee ist.«

»Warum nicht?« Seine blauen Augen verengen sich. »Sind Sie verheiratet?«

Ich bin versucht, zu lügen, aber die Ehrlichkeit siegt. »Nein, aber ich bin im Moment nicht an einem Date interessiert.«

»Wer hat etwas von einem Date gesagt?«

Ich blinzele. Ich nahm an …

Er hebt wieder seine Hand und stoppt mich mitten im Gedanken. Diesmal nimmt er eine Strähne meines Haares auf und reibt sie zwischen seinen Fingern.

»Ich date nicht, Katerina«, murmelt er, seine Stimme mit dem Akzent ist seltsam hypnotisierend. »Aber ich würde gerne mit dir ins Bett gehen. Und ich glaube, das würde dir auch gefallen.«

Möchten Sie mehr erfahren? Besuchen Sie www.greyeaglepublications.com/de/ um Ihr Exemplar noch heute zu bestellen!

AUSZUG AUS DIAMANTEN IM STAUB VON CHARMAINE PAULS

Männer wie wir sehen Dinge.

Wir tun Dinge, die uns gefühllos machen.

Das ist der Preis für Macht und Geld, dafür, dass wir la belle vie leben und die französische Mafia leiten. Dann tauchte sie auf wie eine hübsche Wildblume, die durch die Ritzen eines schmutzigen Pflasters wächst – zerbrechlich und doch unverwüstlich, ein Hauch von Schönheit inmitten des Schmutzes. Sie sollte nur ein weiterer Job sein, eine namenlose Person, die ich aus ihrem Leben reißen und meinem Bruder übergeben sollte, nichts weiter als ein Pfand in unserem Diamantengeschäft.

Für Männer wie uns gibt es einen psychologischen Stempel.

Uns fehlt es an Empathie und Schuldgefühlen.

Wir tun Dinge, um zu bekommen, was wir wollen,
Dinge, die Blumen verwelken lassen.

Außerhalb des Raumes stehen Gautier und Benoit Wache, genau wie Maxime gesagt hatte. Sie nicken Maxime zur Begrüßung zu, aber ignorieren mich. Wir gehen einen Flur mit schönen Gemälden und Spiegeln hinunter und steigen eine Treppe mit einem geschnitzten Holzgeländer herab. Die Lobby ist extravagant in burgunderfarbenen und goldenen Tönen gehalten. Wir durchqueren ein Marmor-Foyer, und dann sind wir auf einer Kopfsteinpflasterstraße.

Ein kalter Luftzug trifft mich und lässt meine Augen tränen. Natürlich. Es ist Winter hier. Ich habe nicht daran gedacht, auch nicht, als Maxime mir warme Kleidung anzog. Auf eine abstrakte Art und Weise hatte ich die Informationen aufgenommen, aber mein Gehirn war abgeschaltet. Das plötzliche Frösteln lässt mich erzittern.

Maxime zieht mich näher an sich. »Warm genug?«

Ich versteife. Das ist es nicht, aber ich nicke. Ich gehe neben ihm, leer, während Gautier und Benoit ihm folgen. Ich nehme abwesend die Sehenswürdigkeiten auf, auf die Maxime hinweist, nicht um ihn oder mich selbst zu ärgern, sondern weil ich einfach keine Begeisterung aufbringen kann, geschweige denn

Freude. Mein Verstand nimmt die schöne Stadt auf, aber mein Herz verarbeitet die Sinneserfahrungen nicht als eine glückliche.

Wir besuchen den Markusdom, den Dogenpalast und die Rialtobrücke. Bei jedem Stopp posieren wir für Fotos, die Benoit mit Maximes Handy macht. Ich lächele, wenn Maxime es mir sagt, und die Geste ist steif und unnatürlich, aber als er mir die Fotos zeigt, sehen wir aus wie jedes andere Paar in einer Pose ... glücklich und sorgenfrei. Es ist die Täuschung der Landschaft, des Windes, der Haarsträhnen, die über mein Gesicht wehen und meinen Ausdruck verdecken, uns atemlos und vom Wind zerzaust aussehen lassen, anstatt grausam und gefangen. Ich nehme an, die Fotos werden zu weiteren Beweisen, falls meine Freunde zu Hause Fragen stellen. Vielleicht wird Maxime sogar eines in den Brief an Damian stecken.

Am Nachmittag legen wir eine Pause in einer Pizzeria ein. Maxime sagt, dass das Restaurant auf der ganzen Welt berühmt ist und dass ich einige der italienischen *Familien* dort essen sehen werde. Es interessiert mich nicht, berüchtigte Mafiamitglieder zu sehen. Ich esse die Pizza und trinke den Wein und bemerke im Hinterkopf, dass die Rechnung die Höhe des Preises für den Kauf einer Pizza-Franchiselizenz zu Hause hat. Maxime übernimmt das Reden, so dass eine Art Unterhaltung zustande kommt, aber die Worte schweben in das eine Ohr hinein und aus dem anderen heraus. Ich befinde mich in einer seltsamen Schwebe. Es fühlt sich an, als wäre ich nicht anwesend, sondern blickte von irgendwo anders, irgendwo, wo es sicherer ist, auf mich herab.

»Kaffee?«, fragt Maxime und lenkt meine Aufmerksamkeit auf sich, nachdem der Kellner unsere Dessertteller abgeräumt hat. »Oder vielleicht Tee?«

»Nein, danke.«

»Hat dir das Tiramisu geschmeckt?«

Ich schaue nur ihn an. Ich antworte nicht, weil ich es wirklich nicht weiß.

Sein Mund spannt sich an. »Zoe.«

»Ja.«

Er lächelt. »Gut.« Er steht auf und streckt eine Hand aus. »Komm.«

Draußen hält er am Blumenmarkt an, um einen riesigen Strauß rosa Rosen zu kaufen. Sie sind wirklich hübsch und riechen göttlich. Ich erwarte, dass er mehr Fotos mit den Blumen als eine weitere seiner Requisiten macht, aber er scheint mit den Fotos fertig zu sein. Benoit trägt die Blumen, während Maxime mir in eine Gondel hilft. Der Ruderer spricht auf Italienisch mit Maxime. Ich bin mir nicht sicher, was sie sagen, aber Maxime spricht die Sprache fließend.

Der Ruderer steuert uns den Kanal hinunter, unter Brücken und Torbögen hindurch, und singt leidenschaftliche Liebeslieder, während ich mit einer Decke über die Beine drapiert neben Maxime sitze. Er hält meine Hand, als wären wir ein Liebespaar, und nicht so, als hätte er eine Pistole in seinem Hosenbund unter seiner Jacke und als würden seine beiden

Wachen nicht in ihrer eigenen Gondel ein kurzes Stück hinter uns folgen.

Hinter einer Kurve hält der Ruderer an, damit wir den Sonnenuntergang bewundern können. Es ist kühl, und ich bin dankbar, als wir endlich aussteigen und uns auf den Weg zurück zum Hotel machen. Meine Beine sind müde, und ich möchte ins Bett kriechen und mich zu einem Ball zusammenrollen, mich vor *ihm,* vor mir selbst und vor allem vor den nächsten vier Jahren verstecken.

Wir halten auf dem Platz an. Erst als Maxime mein Gesicht zwischen seine großen Hände nimmt, bemerke ich, dass Gautier und Benoit etwas zurückgefallen sind und uns Raum geben.

»Zoe.« Allein von der Art und Weise, wie mein Name ein Seufzer auf seinen Lippen ist, weiß ich, dass das, was folgen wird, schwer sein wird. »Hattest du heute Spaß?«

Ich kehre von dem Zauber, der mich gefangen hatte, zurück, und mein Bewusstsein wird in den Moment zurückgeworfen. Wie damals, als er mich im Eingang meines Wohnblocks packte, werden meine Sinne geschärft und mein Bewusstsein verstärkt. Instinktiv spüre ich, dass dies wichtig ist, dass dieser Moment Auswirkungen auf mein Schicksal haben wird.

Ich nicke, weil ich ihn nicht verärgern will.

»Gut.« Er lächelt und streicht mit seinen Daumen über meine Wangen. »Jetzt benutze deine Worte.«

»Ja.« Verspätet füge ich hinzu: »Danke.«

»Ich möchte, dass du mir sehr genau zuhörst«, fährt er fort. »Erinnerst du dich an das, was ich dir über Entscheidungen gesagt habe?«

Ich nicke wieder, und meine Angst wächst.

»Ich werde dich eine treffen lassen, vielleicht die wichtigste, die du je treffen wirst, und ich möchte, dass du sorgfältig darüber nachdenkst. Ich möchte, dass du sie weise triffst. Verstanden?« Er schüttelt mich ein wenig, als ich nicht antworte. »Verstanden?«

Ich tue es nicht, aber das Wort, das er erwartet, kommt über meine Lippen. »Ja.«

Er lässt mich los und tritt einen Schritt zurück. Für einen Moment zögert er, aber dann nimmt er meine Hand und führt mich in eine Gasse. Er läuft so schnell, dass ich rennen muss, um Schritt zu halten, und als wir einen dunklen, engen Durchgang betreten, schleift er mich beinahe hinter sich her.

»Maxime.« Ich ziehe an seiner Hand und versuche, ihn dazu zu bringen, langsamer zu werden, aber er will mich nicht anschauen.

Wir nehmen einen weiteren Durchgang, diesmal einen noch engeren, der in Richtung Kanal führt. Unter einer Brücke steigen wir eine Treppe zu einer Ebene unter den Gebäuden hinunter. Die Treppe ist kalt und schimmelig, die Steinmauern sind nass. Sie führt zu einem Raum, der unter dem Wasserspiegel zu liegen scheint, vielleicht ein alter Teil eines Hauses, bevor die Fundamente der Stadt unter dem Meer versanken.

»Was ist das hier?«, frage ich und blinzele, damit

sich meine Augen anpassen.

Das einzige Licht kommt aus einem Lüftungsloch mit einem Eisengitter hoch oben an der Wand, direkt unter der Decke.

Maxime dreht sich um, um mich anzuschauen, und seine Augen sind leer und emotionslos in dieser düsteren Umgebung. Er zieht mich näher, bündig an seinen Körper, und verschränkt meine Arme hinter meinem Rücken. Etwas legt sich um meine Handgelenke.

»Maxime«, flüstere ich weinend.

Er knallt meinen Rücken gegen die Wand und nimmt etwas aus seiner Tasche. Ich sehe entsetzt dabei zu, wie er die Rückseite eines Stückchens Klebeband abzieht.

»Maxime! Was hast du …?«

Er versiegelt meine Lippen mit dem Klebeband und drückt es so fest, dass mein Kopf gegen einen der Steinblöcke stößt. Sterne explodieren hinter meinen Augenlidern. Ich schüttele den Kopf und versuche, wieder einen klaren Blick zu bekommen, und als ich meine Augen wieder öffne, tue ich das gerade noch rechtzeitig, um zu sehen, wie er ein Eisentor und dann eine schwere Holztür zuschleudert.

Möchten Sie mehr erfahren? Besuchen Sie www.greyeaglepublications.com/de/ um Ihr Exemplar noch heute zu bestellen!

ÜBER DIE AUTORIN

Charmaine Pauls wurde in Bloemfontein, Südafrika geboren. Sie studierte Kommunikationswissenschaften an der Universität Potchefstroom und schlug eine vielseitige Karriere in den Bereichen Journalismus, Public Relations, Werbung, Kommunikation, Fotografie, Grafikdesign und Markenmarketing ein. Das Schreiben ist seit jeher ein wichtiger Bestandteil ihrer Berufe gewesen.

Nachdem sie mit ihrem französischen Ehemann nach Chile gezogen war, erfüllte sie sich ihren Wunsch, sich hauptberuflich dem kreativen Schreiben zu widmen. Charmaine hat seit 2011 mehr als fünfzehn Romane sowie mehrere Kurzgeschichten und Artikel veröffentlicht. Zwei ihrer Kurzgeschichten wurden von der International Society of Literary Fellows in Zusammenarbeit mit dem International Research Council on African Literature and Culture für die

Veröffentlichung in einer afrikanischen Anthologie aus dem ganzen Kontinent ausgewählt.

Wenn sie nicht gerade schreibt, reist und liest sie und rettet gerne Katzen. Charmaine lebt derzeit mit ihrem Mann und ihren Kindern in Montpellier. In ihrem Haushalt wird eine Mischung aus Afrikaans, Englisch, Französisch und Spanisch gesprochen.

Printed in Poland
by Amazon Fulfillment
Poland Sp. z o.o., Wrocław

17125487R00184